山田社
日檢書

ここまでやる、だから合格できる　竭盡所能，所以絕對合格

附贈 MP3

心智圖　絕對合格 全攻略！

新制日檢 必背 かならずあんしょう 必出 かならずでる 文法 N3

吉松由美・田中陽子・西村惠子・
大山和佳子・山田社日檢題庫小組 ◉ 合著

前言
preface

《絕對合格 全攻略！新制日檢 N3 必背必出文法》精心出版較小的 25 開本，
方便放入您的包包，為的就是要您利用在公車站等車、坐捷運，或是喝咖啡等人的時間，
走到哪，學到哪，隨時隨地增進日語文法力，輕鬆通過新制日檢！

不僅如此，更採用適合小開本的全新排版，一眼就能看到重點！

瞬間回憶關鍵字＋
直擊考點全真模擬考題＋「5W+1H」細分使用狀況
再搭配「圖像式文法心智圖」，
一張圖迅速統整，過目不忘！
最具權威日檢金牌教師，竭盡所能，濃縮密度，
讓您學習效果再次翻倍！

《心智圖 絕對合格 全攻略！新制日檢 N3 必背必出文法》百分百全面日檢學習對策，讓您制勝考場：

★「以一帶十機能分類」幫您歸納，腦中文法不再零亂分散，概念更紮實，學習更精熟！
★「秒記文法心智圖」圖解文法考試重點，像拍照一樣，一看就記住！
★「瞬間回憶關鍵字」濃縮文法精華成膠囊，考試瞬間打開記憶寶庫。
★「5W+1H」細分使用狀況，絕對貼近日檢考試，高效學習不漏接！
★ 類義文法用法辨異，掃清盲點，突出易混點，高分手到擒來！
★ 小試身手分類題型立驗學習成果，加深記憶軌跡！
★ 必勝全真模擬試題，直擊考點，全解全析，100% 命中考題！

本書提供 100%全面的文法學習對策，讓您輕鬆取證，制勝考場！特色有：

100%分類　「以一帶十機能分類」，以功能化分類，快速建立文法體系！

書中將文法機能進行分類，按時間、理由、判斷、樣態、變化、條件、比較、授受表現…等共 16 章節，幫您歸納，以一帶十，把零散的文法句型系統列出，讓學習更有效果，文法概念更為紮實，學習更為精熟。

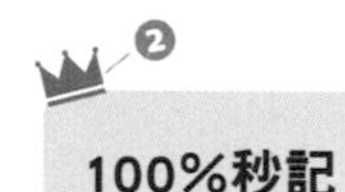

「秒記文法心智圖」圖解文法考試重點，像拍照一樣，一看就記住！

本書幫您精心整理超秒記文法心智圖，透過有效歸納、整理的關鍵字及圖表，讓您學習思維在一夕間蛻變，讓您學習思考化被動為主動。

化繁為簡的「心智圖」中，「放射狀聯想」讓記憶圍繞在中央的關鍵字，不偏離主題；「群組化」利用關鍵字，來分層、分類，讓記憶更有邏輯；「全體檢視」可以讓您不遺漏也不偏重某項目。這樣自然能夠將文法重點，長期的停留在腦中，像拍照一樣，達到永久記憶的效果。

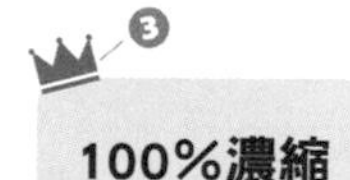

「瞬間回憶關鍵字」濃縮文法精華成膠囊，考試瞬間打開記憶寶庫！

文法解釋為什麼總是那麼抽象又複雜，每個字都讀得懂，但卻很難讀進腦袋裡？本書貼心在每項文法解釋前加上「關鍵字」，也就是將大量資料簡化的「重點字句」，去蕪存菁濃縮文法精華成膠囊，幫助您以最少時間就能輕鬆抓住重點，刺激聯想，進而達到長期記憶的效果！有了這項記憶法寶，絕對讓您在考試時瞬間打開記憶寶庫，高分手到擒來！

「5W+1H」細分使用狀況，絕對貼近日檢考試，高效學習不漏接！

學習日語文法，要讓日文像一股活力，打入自己的體內，就要先掌握文法中的人事時地物（5W+1H）等要素，了解每一項文法、文型，是在什麼場合、什麼時候、對誰使用、為何使用，這樣學文法就能慢慢跳脫死記死背的方式，進而變成一個真正屬於您且實用的知識！

因此，書中將所有符合 N3 文法程度的 5 個 W 跟 1 個 H 等使用狀況細分出來，並列出相對應的例句，讓您看到考題，答案立即選出！

100%辨異　類義文法用法辨異，掃清盲點，突出易混點，高分手到擒來！

書中每項文法，還特別將難分難解刁鑽易混淆的文法項目，用「比一比」的方式進行整理、歸類，並分析易混淆文法間的意義、用法、語感、接續…等的微妙差異。讓您在考場中不必再「左右為難」、「一知半解」，一看題目就能迅速找到答案，一舉拿下高分！

100%實戰　立驗成果文法小練習，身經百戰，成功自然手到擒來！

每個單元後面，皆附上文法小練習，幫助您在學習完文法概念後，「小試身手」一下！提供您豐富的實戰演練，當您身經百戰，成功自然手到擒來！

100%命中　必勝全真模擬試題，直擊考點，全解全析，100% 命中考題！

每單元最後又附上，金牌日檢教師以專業與實力精心撰寫必勝模擬試題，試題完整掌握新制日檢出題傾向，並參考國際交流基金和及財團法人日本國際教育支援協會對外公佈的，日本語能力試驗文法部分的出題標準。此外，書末還附有翻譯及直擊考點的解題分析！讓您可以即時演練、即時得知解題技巧，就像有個貼身日語教師幫您全解全析，帶您 100% 命中考題！

100%情境　日籍教師親自錄音，發音、語調、速度都力求符合新日檢考試情境！

書中所有日文句子，都由日籍教師親自錄音，發音、語調、速度都要求符合 N3 新日檢聽力考試情境，讓您一邊學文法，一邊還能熟悉 N3 情境的發音，這樣眼耳並用，為您打下堅實基礎，全面提升日語力！

目錄

contents

N3 題型分析

測驗科目（測驗時間）		試題內容				
		題型			小題題數＊	分析
語言知識（30分）	文字、語彙	1	漢字讀音	◇	8	測驗漢字語彙的讀音。
		2	假名漢字寫法	◇	6	測驗平假名語彙的漢字寫法。
		3	選擇文脈語彙	○	11	測驗根據文脈選擇適切語彙。
		4	替換類義詞	○	5	測驗根據試題的語彙或說法，選擇類義詞或類義說法。
		5	語彙用法	○	5	測驗試題的語彙在文句裡的用法。
語言知識、讀解（70分）	文法	1	文句的文法1（文法形式判斷）	○	13	測驗辨別哪種文法形式符合文句內容。
		2	文句的文法2（文句組構）	◆	5	測驗是否能夠組織文法正確且文義通順的句子。
		3	文章段落的文法	◆	5	測驗辨別該文句有無符合文脈。
	讀解＊	4	理解內容（短文）	○	4	於讀完包含生活與工作等各種題材的撰寫說明文或指示文等，約150～200字左右的文章段落之後，測驗是否能夠理解其內容。
		5	理解內容（中文）	○	6	於讀完包含撰寫的解說與散文等，約350字左右的文章段落之後，測驗是否能夠理解其關鍵詞或因果關係等等。
		6	理解內容（長文）	○	4	於讀完解說、散文、信函等，約550字左右的文章段落之後，測驗是否能夠理解其概要或論述等等。
		7	釐整資訊	◆	2	測驗是否能夠從廣告、傳單、提供各類訊息的雜誌、商業文書等資訊題材（600字左右）中，找出所需的訊息。
聽解（40分）		1	理解問題	◇	6	於聽取完整的會話段落之後，測驗是否能夠理解其內容（於聽完解決問題所需的具體訊息之後，測驗是否能夠理解應當採取的下一個適切步驟）。
		2	理解重點	◇	6	於聽取完整的會話段落之後，測驗是否能夠理解其內容（依據剛才已聽過的提示，測驗是否能夠抓住應當聽取的重點）。
		3	理解概要	◇	3	於聽取完整的會話段落之後，測驗是否能夠理解其內容（測驗是否能夠從整段會話中理解說話者的用意與想法）。
		4	適切話語	◆	4	於一面看圖示，一面聽取情境說明時，測驗是否能夠選擇適切的話語。
		5	即時應答	◆	9	於聽完簡短的詢問之後，測驗是否能夠選擇適切的應答。

＊「小題題數」為每次測驗的約略題數，與實際測驗時的題數可能未盡相同。此外，亦有可能會變更小題題數。

＊有時在「讀解」科目中，同一段文章可能會有數道小題。

＊符號標示：「◆」舊制測驗沒有出現過的嶄新題型；「◇」沿襲舊制測驗的題型，但是更動部分形式；「○」與舊制測驗一樣的題型。

資料來源：《日本語能力試驗JLPT官方網站：分項成績・合格判定・合否結果通知》。2016年1月11日，取自：http://www.jlpt.jp/tw/guideline/results.html

本書使用說明

Point 1 秒記文法心智圖

有效歸納、整理的關鍵字及圖表，讓您學習思維在一夕間蛻變，思考化被動為主動！

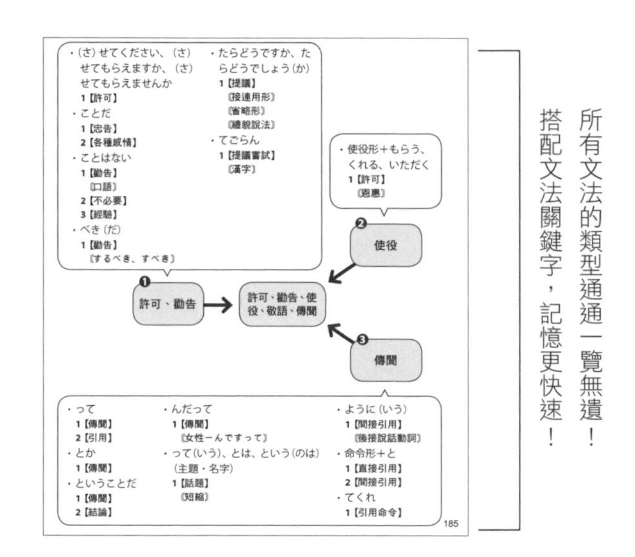

所有文法的類型通通一覽無遺！

搭配文法關鍵字，記憶更快速！

Point 2 瞬間回憶關鍵字

每項文法解釋前加上「關鍵字」，也就是將大量資料簡化的「重點字句」，幫助您以最少時間就能輕鬆抓住重點，刺激聯想，進而達到長期記憶的效果！

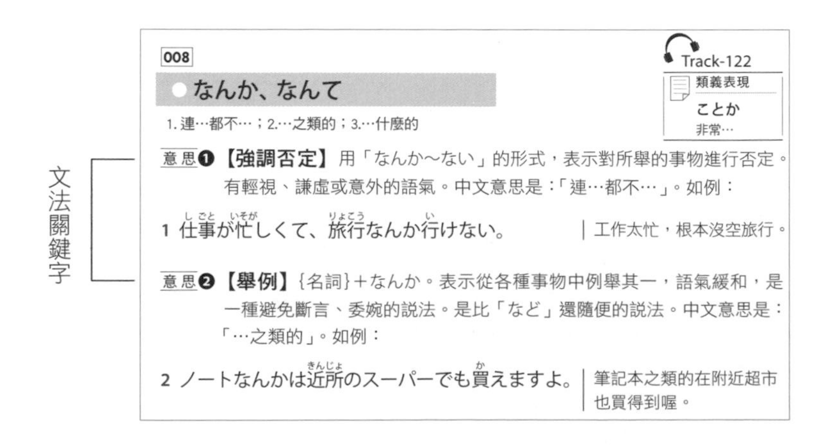

008

● なんか、なんて

1.連…都不…；2.…之類的；3.…什麼的

Track-122

類義表現

ことか

非常…

文法關鍵字

意思❶ 【強調否定】用「なんか～ない」的形式，表示對所舉的事物進行否定。有輕視、謙虛或意外的語氣。中文意思是：「連…都不…」。如例：

1 仕事(しごと)が忙(いそが)しくて、旅行(りょこう)なんか行(い)けない。｜工作太忙，根本沒空旅行。

意思❷ 【舉例】{名詞}＋なんか。表示從各種事物中例舉其一，語氣緩和，是一種避免斷言、委婉的說法。是比「など」還隨便的說法。中文意思是：「…之類的」。如例：

2 ノートなんかは近所(きんじょ)のスーパーでも買(か)えますよ。｜筆記本之類的在附近超市也買得到喔。

Point 3 「5W+1H」細分使用狀況

將所有符合 N3 文法程度的 5 個 W 跟 1 個 H 等使用狀況細分出來，並列出相對應的例句，讓您看到考題，答案立即選出！

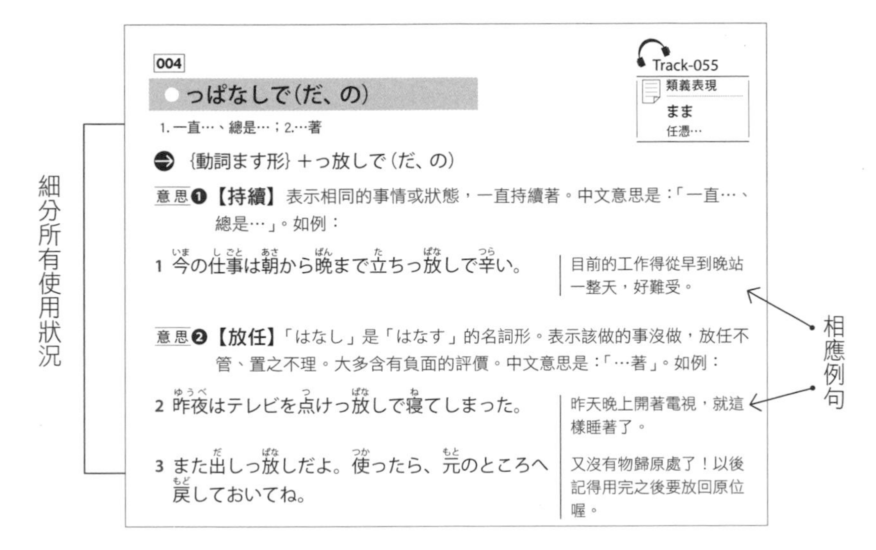

004
っぱなしで（だ、の）
1. 一直…、總是…；2.…著
Track-055
類義表現
まま
任憑…
{動詞ます形} ＋っ放しで（だ、の）
意思❶【持續】表示相同的事情或狀態，一直持續著。中文意思是：「一直…、總是…」。如例：
1 今の仕事は朝から晩まで立ちっ放しで辛い。
目前的工作得從早到晚站一整天，好難受。
意思❷【放任】「はなし」是「はなす」的名詞形。表示該做的事沒做，放任不管、置之不理。大多含有負面的評價。中文意思是：「…著」。如例：
2 昨夜はテレビを点けっ放しで寝てしまった。
昨天晚上開著電視，就這樣睡著了。
3 また出しっ放しだよ。使ったら、元のところへ戻しておいてね。
又沒有物歸原處了！以後記得用完之後要放回原位喔。
細分所有使用狀況
相應例句

Point 4 類義文法用法辨異

每項文法特別將難分難解刁鑽易混淆的文法項目，用「比一比」的方式進行整理、歸類，並分析易混淆文法間的意義、用法、語感、接續…等的微妙差異。讓您在考場中一看題目就能迅速找到答案，一舉拿下高分！

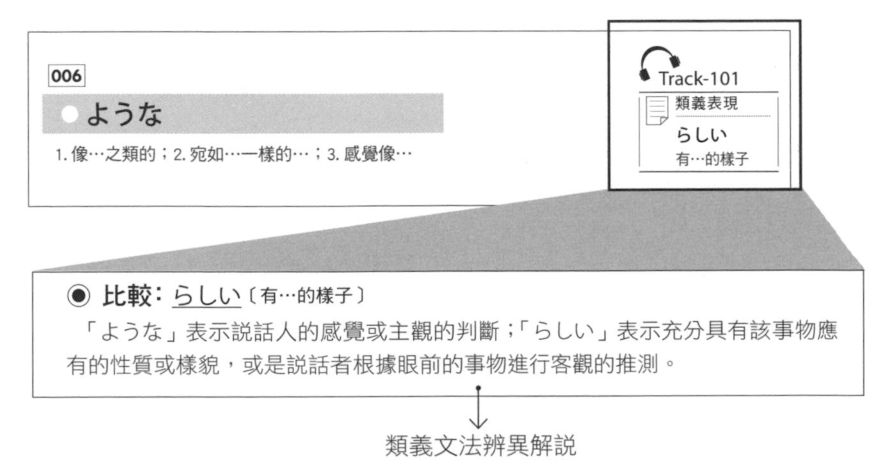

Point 5 小試身手＆必勝全真模擬試題＋解題攻略

學習完每章節的文法內容，馬上為您準備小試身手，測驗您學習的成果！接著還有金牌日檢教師以專業與實力精心撰寫必勝模擬試題，試題完整掌握新制日檢出題傾向，還附有翻譯及直擊考點的解題分析！讓您可以即時演練、即時得知解題技巧，就像有個貼身日語教師幫您全解全析，帶您 100% 命中考題！

STEP 3_ 小試身手

練習 文法知多少？

☞ 請完成以下題目，從選項中，選出正確答案，並完成句子。

▼ 答案詳見右下角

1 彼は、失恋した（　）、会社も首になってしまいました。
1．ついでに　2．ばかりか

2 私はイタリア人ですが、すきやき、てんぷら（　）、納豆も大好きです。
1．はもちろん　2．に加えて

3 日本の近代には、夏目漱石（　）、いろいろな作家がいます。
1．をはじめ　2．を中心に

4 安室奈美恵（　）小顔になりたいです。
1．のような　2．らしい

5 今日は朝から大雨だった。雨（　）、昼からは風も出てきた。
1．にわたって　2．に加えて

6 彼の奥さんは、きれいな（　）、料理もじょうずだ。
1．ばかりでなく　2．はんめん

156

文法小試身手

STEP 4_ 新日檢擬真模擬試題

問題１　つぎの文の（　）に入れるのに最もよいものを、１・２・３・４から一つえらびなさい。

1 母親「あら、お姉さんはまだ帰らないの？」
妹「お姉さん、友だちとご飯食べて帰る（　）よ。」
1　らしい　2　つもり　3　そうなら　4　ような

2 天気予報では、「明日は晴れ、ところ（　）雨。」って言ってたよ。
1　により　2　では　3　なら　4　について

3 私は小学校のときは、病気（　）病気をしたことがなかった。
1　らしく　2　らしい　3　みたいな　4　ような

4 練習すれば、君だって1kmぐらい泳げる（　）なるさ。
1　らしく　2　ことに　3　ように　4　そうに

5 彼女のお兄さんは、スタイルは（　）、とても性格がいいそうよ。
1　いいけど　2　もちろん　3　悪く　4　いいのに

問題２　つぎの文の ★ に入る最もよいものを、１・２・３・４から一つえらびなさい。

6 高校生の息子がニュージーランドにホームステイをしたいと言っている。
私は、子どもが＿＿ ＿＿ ★ ＿＿と思うが、やはり少し心配だ。
1　思うことは　2　やりたい　3　したいと　4　させて

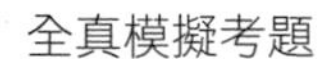
▼ 翻譯與詳解請見 P.245

157

全真模擬考題

答案＆解題

01 時間的表現

問題1

＊1. 答案 2

＊2. 答案 3

＊3. 答案 3

＊4. 答案 1

＊5. 答案 2

問題2

＊6. 答案 4

02 原因、理由、結果

問題1

以下文章是曾至日本留學的王先生於回國之後，寫給日文老師的信。

山下老師，許久沒有向您請安，其後是否別來無恙？

222　223

模擬考題解題

Lesson 01

時の表現

時間的表現

▼ STEP 1_ 文法速記心智圖

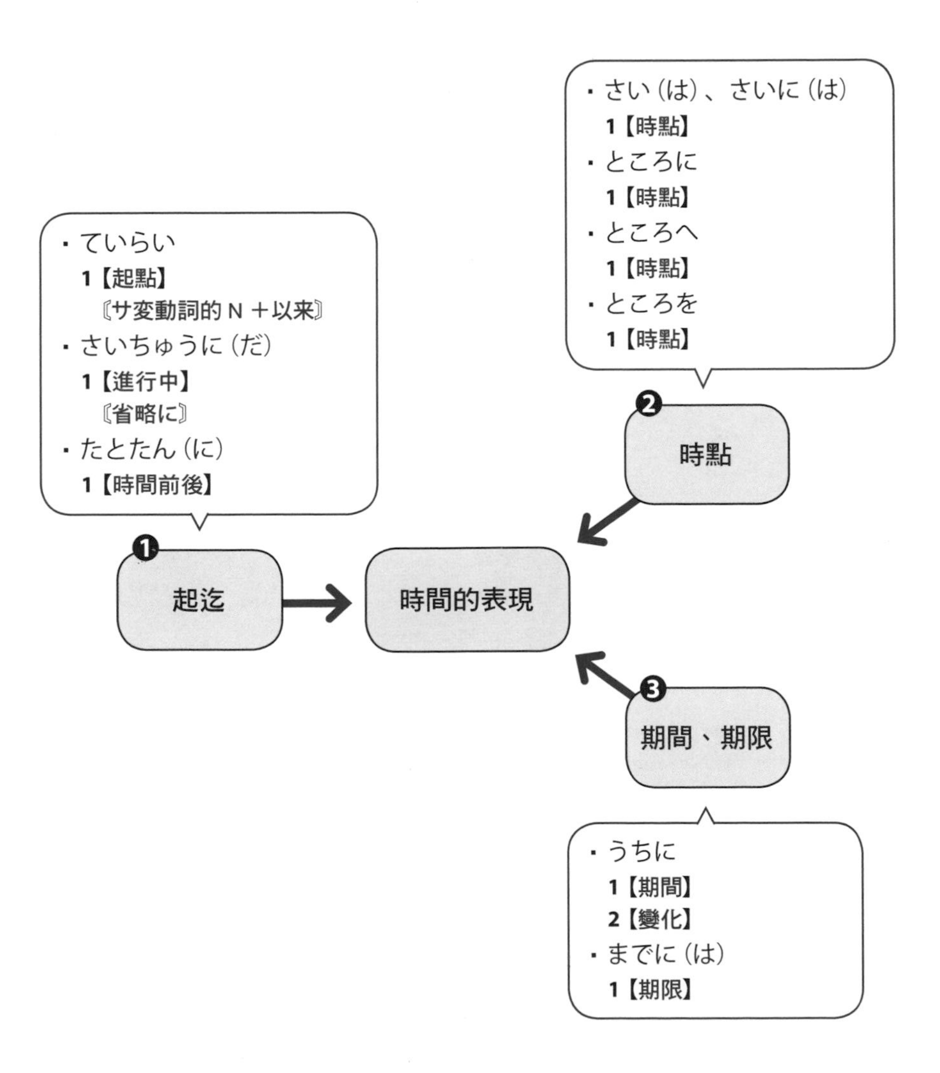

STEP 2 文法學習

001

Track-001
類義表現
動詞過去形＋ところ
結果…

● ていらい

自從…以來，就一直…、…之後

意思❶ **【起點】**{動詞て形}＋て以来。表示自從過去發生某事以後，直到現在為止的整個階段，後項一直持續某動作或狀態。不用在後項行為只發生一次的情況，也不用在剛剛發生不久的事。跟「てから」相似，是書面語。中文意思是：「自從…以來，就一直…、…之後」。如例：

1 このアパートに引っ越して来て以来、なぜだか夜眠れない。
不曉得為什麼，自從搬進這棟公寓以後，晚上總是睡不著。

2 結婚して以来、夫は毎日早く帰ってきます。
我先生自從結婚以後，天天都很早回來。

◉ **比較：**動詞過去形＋ところ〔結果…〕

「ていらい」表示前項的行為或狀態發生至今，後項也一直持續著；「動詞過去形＋ところ」表示做了前項動作後結果，就發生了後項的事情，或變成這種狀況。

補充 ▸▸▸ **〖サ変動詞的 N ＋以来〗**{サ変動詞語幹}＋以来。如例：

3 岸君とは、卒業以来一度も会っていない。
我和岸君從畢業以後，連一次面都沒見過。

4 先月の文学賞の受賞以来、たくさんの読者から手紙が届く。
自從上個月獲頒文學獎之後，接到許多讀者來函。

002

Track-002
類義表現
さい（は）
在…時

● さいちゅうに（だ）

正在…

➡ {名詞の；動詞て形＋ている}＋最中に（だ）

意思❶【進行中】「最中だ」表示某一狀態、動作正在進行中。「最中に」常用在某一時刻，突然發生了什麼事的場合，或正當在最高峰的時候被打擾了。相當於「している途中に、している途中だ」。中文意思是：「正在…」。如例：

1 会議の最中に、急にお腹が痛くなった。
開會開到一半，我肚子突然痛了起來。

2 大切な試合の最中に怪我をして、みんなに迷惑をかけた。
在最重要的比賽中途受傷，給各位添了麻煩。

3 この暑い最中に、停電で冷房が効かない。
在最熱的時候卻停電了，冷氣機無法運轉。

◉ 比較：さい（は）〔在…時〕

「さいちゅうに（だ）」表示正在做某件事情的時候，突然發生了其他事情；「さい（は）」表示動作、行為進行的時候。也就是面臨某一特殊情況或時刻。

補充 ▸▸▸〘省略に〙有時會將「最中に」的「に」省略，只用「～最中」。如例：

4 みんなで部長の悪口を言っている最中、部長が席に戻って来た。
大家講經理的壞話正說得口沫橫飛，不巧經理就在這時候回到座位了。

003

Track-003

たとたん（に）

剛…就…、剎那就…

類義表現
ともに
和…一起

➡ {動詞た形}＋とたん（に）

意思❶【時間前後】表示前項動作和變化完成的一瞬間，發生了後項的動作和變化。由於是說話人當場看到後項的動作和變化，因此伴有意外的語感，相當於「したら、その瞬間に」。中文意思是：「剛…就…、剎那就…」。如例：

01 STEP 2 文法學習

1 家に着いたとたん、雨が降り出した。
剛踏進家門，就下起雨來了。

2 その子供は、座ったとたんに寝てしまった。
那個孩子才剛坐下就睡著了。

3 彼は有名になったとたん、私たちへの態度が変わった。
他一有了名氣，對我們的態度就大不如前了。

4 店長が変わったとたんに、店の雰囲気が悪くなった。
店長一換了人，店裡的氣氛就變差了。

◉ **比較：**<u>とともに</u>〔和…一起〕

「たとたん（に）」表示前項動作完成的瞬間，馬上又發生了後項的事情；「とともに」表示隨著前項的進行，後項也同時進行或發生。

004

さい（は）、さいに（は）

…的時候、在…時、當…之際

➡ {名詞の；動詞普通形} ＋際、際は、際に（は）

意思❶ **【時點】** 表示動作、行為進行的時候。也就是面臨某一特殊情況或時刻。一般用在正式場合，日常生活中較少使用。相當於「ときに」。中文意思是：「…的時候、在…時、當…之際」。如例：

1 契約の際は、住所と名前の確認できる書類をお持ちください。
簽合約的時候，請攜帶能夠核對住址和姓名的文件。

2 ご用の際は、こちらのベルを鳴らしてお知らせください。
需要協助時，請按下這裡的呼叫鈴通知員工。

3 明日、御社へ伺う際に、詳しい資料をお持ち致します。
明天拜訪貴公司時，將會帶詳細的資料過去。

4 ここは、アメリカの大統領が来日した際に宿泊したホテルです。
這裡是美國總統訪日時住宿的旅館。

◉ **比較：** とところ（に、へ、で、を）〔…的時候〕

「さい（は）、さいに（は）」表示在做某個行為的時候；「ところに」表示在做某個動作的當下，同時發生了其他事情。

005

ところに

…的時候、正在…時

➡ {名詞の；形容詞辭書形；動詞て形＋ている；動詞た形}＋ところに

意思❶ **【時點】** 表示行為主體正在做某事的時候，發生了其他的事情。大多用在妨礙行為主體的進展的情況，有時也用在情況往好的方向變化的時候。相當於「ちょうど～しているときに」。中文意思是：「…的時候、正在…時」。如例：

1 社長が外出中のところに、奥さんが訪ねてきた。
就在總經理外出時，夫人恰巧來到了公司。

2 出掛けようとしているところに、雨が降ってきた。
正準備出門的時候，下起雨來了。

3 君、いいところに来たね。これ、１枚コピーして。
你來得正好！這個拿去印一張。

4 ちょうどご飯ができたところに、子供たちが帰ってきた。
就在飯剛剛煮好的時候，孩子們回來了。

◉ **比較：** さいちゅうに〔正在…〕

「ところに」表示在做某個動作的當下，同時發生了其他事情；「さいちゅうに」表示正在做某件事情的時候突然發生了其他事情。

006

● ところへ

…的時候、正當…時，突然…、正要…時，（…出現了）

➡ {名詞の；形容詞辭書形；動詞て形＋ている；動詞た形} ＋ところへ

意思❶ **【時點】** 表示行為主體正在做某事的時候，偶然發生了另一件事，並對行為主體產生某種影響。下文多是移動動詞。相當於「ちょうど～しているときに」。中文意思是：「…的時候、正當…時，突然…、正要…時，（…出現了）」。如例：

1 まだ開店準備中のところへ、数人の客が入ってきた。
還在準備開門營業時，幾位客人進來了。

2 君はいつも、私がちょうど忙しいところへ来るね。
你老是在我正在忙的時候來耶！

3 部屋で勉強しているところへ、友達からメールが来た。
正在房間裡用功的時候，朋友傳簡訊來了。

4 先月家を買ったところへ、今日部長から転勤を命じられた。
上個月才剛買下新家，今天就被經理命令調派到外地上班了。

◉ **比較：**<u>とたんに</u>〔剛一…〕

「ところへ」表示前項「正好在…時候（情況下）」，偶然發生了後項的其他事情，而這一事情的發生，改變了當前的情況；「とたんに」表示前項動作完成的瞬間，馬上又發生了後項的動作和變化。由於説話人是當場看到後項的動作和變化，因此伴有意外的語感。

007

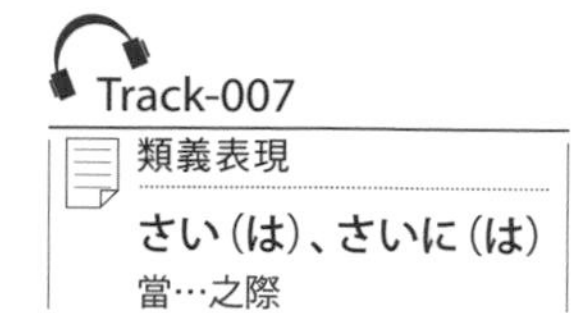

●ところを

正…時、…之時、正當…時…

➡ ｛名詞の；形容動詞詞幹な；［形容詞・動詞］普通形｝＋ところを

意思❶ **【時點】**表示正當Ａ的時候，發生了Ｂ的狀況。後項的Ｂ所發生的事，是對前項Ａ的狀況有直接的影響或作用的行為。含有説話人擔心給對方添麻煩或造成對方負擔的顧慮。相當於「ちょうど～しているときに」。中文意思是：「正…時、…之時、正當…時…」。如例：

1 お話し中のところを失礼します。高橋様がいらっしゃいました。

不好意思，打擾您講電話，高橋先生已經到了。

2 お休みのところを、大変ご迷惑おかけしました。

打擾您休息時間，非常抱歉！

3 お急ぎのところを、申し訳ございません。

百忙之中，真是抱歉。

4 危ないところを助けて頂いて、ありがとうございました。

危急的時刻承蒙搭救，萬分感激！

◉ **比較：**<u>さい（は）、さいに（は）</u>〔當…之際〕

「ところを」表示行為主體正在做某事的時候，偶然發生了其他的事情。大多用在妨礙行為主體的進展的情況，有時也用在情況往好的方向變化的時候；「さい（は）、さいに（は）」表示動作、行為進行的時候。

STEP 2 文法學習

008

うちに

1. 趁…做…、在…之內…做…；2. 在…之內，自然就…

➡ {名詞の；形容動詞詞幹な；[形容詞・動詞] 辭書形} ＋うちに

意思❶ **【期間】** 表示在前面的環境、狀態持續的期間，做後面的動作。強調的重點是狀態的變化，不是時間的變化。相當於「（している）間に」。中文意思是：「趁…做…、在…之內…做…」。如例：

1 夜の山は危険だから、明るいうちに下った方がいいですよ。
因為入夜後山裡面很危險，最好趁天還亮著的時候下山喔。

2 子供が寝ているうちに、買い物に行ってきます。
趁著孩子睡著時出門買些東西。

3 忘れないうちにノートに書いておこう。
趁著還沒忘記時趕緊寫在筆記本上吧。

◉ **比較：**まえに〔…前〕

「Ａうちに」表示期間。表示在Ａ狀態還沒有結束前，先做某個動作；「Ａまえに」表示時間的前後。是用來客觀描述做Ａ這個動作前，先做後項的動作。

補充 ▸▸▸ **〖變化〗** 前項接持續性的動作，後項接預料外的結果或變化，而且是不知不覺、自然而然發生的結果或變化。中文意思是：「在…之內，自然就…」。如例：

4 その子は、お母さんを待っているうちに寝てしまった。
那孩子等待著母親回來，不知不覺就睡著了。

5 李さんとは、何度かたまたま駅で会っているうちに、すっかり友達になりました。

我和李小姐在車站偶然碰了幾次面之後，現在已經成為好朋友了。

009

までに（は）

…之前、…為止

➡ {名詞；動詞辭書形} ＋までに（は）

意思❶【期限】前面接和時間有關的名詞，或是動詞，表示某個截止日、某個動作完成的期限。中文意思是：「…之前、…為止」。如例：

1 来週まではご報告します。

會在下星期前向您報告。

2 12時までには寝るようにしている。

我現在都在十二點之前睡覺。

3 冬休みが終わるまでには、この論文を完成させなければ。

在寒假結束之前，非得完成這篇論文不可！

4 死ぬまでに、一度でいいから豪華客船に乗ってみたい。

我希望能在死前搭過一次豪華郵輪。

◉ **比較：**のまえに〔…前〕

「までに（は）」表示某個動作完成的期限、截止日；「のまえに」表示動作的順序，也就是做前項動作之前，先做後項的動作。

文法知多少？

☞ 請完成以下題目，從選項中，選出正確答案，並完成句子。

▼ 答案詳見右下角

1 赤(あか)ちゃんが寝(ね)ている（　　　）、洗濯(せんたく)しましょう。

1．前(まえ)に　　2．うちに

2 故郷(こきょう)に帰(かえ)った（　　　）、とても歓迎(かんげい)された。

1．際(さい)に　　2．ところに

3 大事(だいじ)な試験(しけん)の（　　　）、急(きゅう)におなかが痛(いた)くなってきた。

1．最中(さいちゅう)に　　2．うちに

4 窓(まど)を開(あ)けた（　　　）、ハエが飛(と)び込(こ)んできた。

1．とたん　　2．とともに

5 彼女(かのじょ)は嫁(よめ)に（　　　）、一度(いちど)も実家(じっか)に帰(かえ)っていない。

1．来(き)たところ　　2．来(き)て以来(いらい)

6 口紅(くちべに)を塗(ぬ)っている（　　　）、子(こ)どもが飛(と)びついてきて、はみ出(だ)してしまった。

1．ところに　　2．とたんに

答案：(1) 2　(2) 1　(3) 1　(4) 1　(5) 2　(6) 1

問題１　つぎの文の（　　）に入れるのに最もよいものを、１・２・３・４から一つえらびなさい。

1　ほかほかでおいしそうだな。温かい（　　　）食べようよ。

1　うえに　　2　うちに　　3　ころに　　4　ように

2　彼に理由を聞いた（　　　）、彼は、何にも知らないと言っていたよ。

1　なら　　2　って　　3　ところ　　4　ばかりで

3　A「中村さんは？」

B「あら、たった今、（　　　）よ。まだその辺にいるんじゃない。」

1　帰ったとたん　　2　帰るばかり

3　帰ったばかり　　4　帰るはず

4　A館のこの入場券は、B館に入る（　　　）必要ですので、なくさないようにしてくださいね。

1　際にも　　2　際は　　3　間に　　4　うちにも

5　友だちと遊んでいる（　　　）、母から電話がかかった。

1　ふと　　2　最中に　　3　さっさと　　4　急に

問題２　つぎの文の＿★＿に入る最もよいものを、１・２・３・４から一つえらびなさい。

6　今ちょうど母から＿＿＿　＿＿＿　＿＿＿　＿★＿です。

1　かかった　　2　電話　　3　が　　4　ところ

▼ 翻譯與詳解請見 P.222

原因、理由、結果

原因、理由、結果

Lesson 02

▼ STEP 1_ 文法速記心智圖

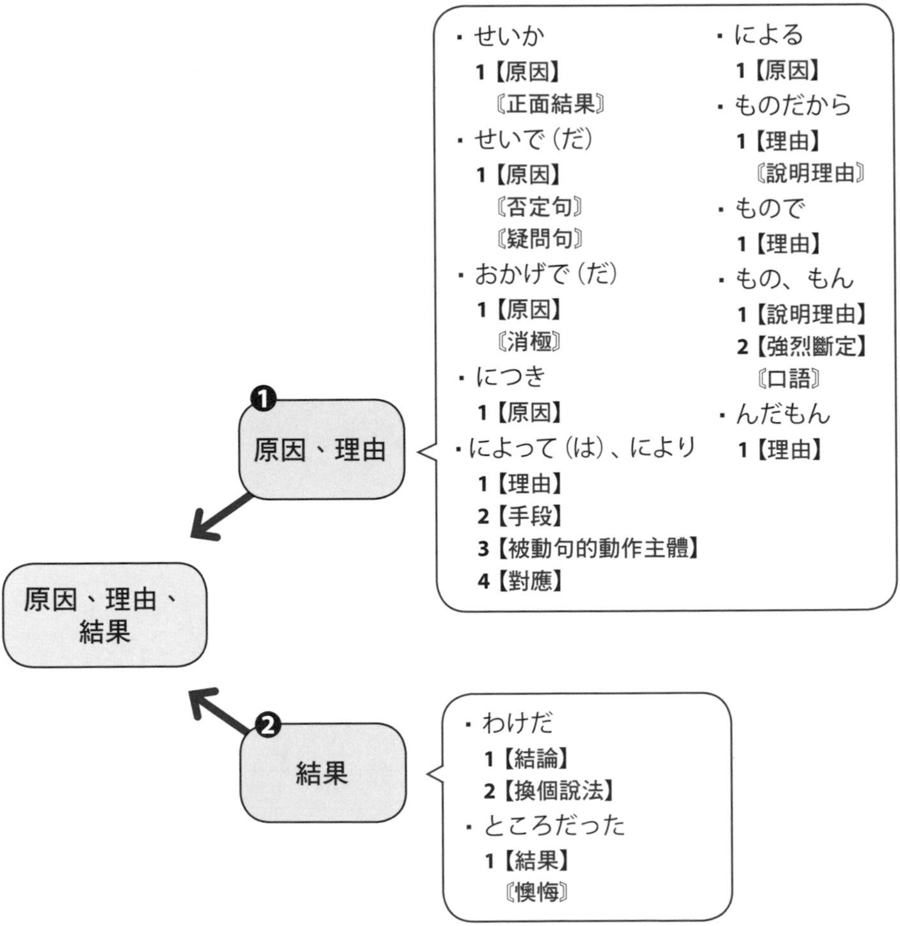

原因、理由、結果

❶ 原因、理由

・せいか
1【原因】
〔正面結果〕
・せいで（だ）
1【原因】
〔否定句〕
〔疑問句〕
・おかげで（だ）
1【原因】
〔消極〕
・につき
1【原因】
・によって（は）、により
1【理由】
2【手段】
3【被動句的動作主體】
4【對應】
・による
1【原因】
・ものだから
1【理由】
〔說明理由〕
・もので
1【理由】
・もの、もん
1【說明理由】
2【強烈斷定】
〔口語〕
・んだもん
1【理由】

❷ 結果

・わけだ
1【結論】
2【換個說法】
・ところだった
1【結果】
〔懊悔〕

STEP 2 文法學習

001

Track-010

類義表現
ゆえ
因為

● せいか

可能是（因為）…、或許是（由於）…的緣故吧

➡ {名詞の；形容動詞詞幹な；[形容詞・動詞] 普通形} ＋せいか

意思❶ **【原因】** 表示不確定的原因，說話人雖無法斷言，但認為也許是因為前項的關係，而產生後項負面結果，相當於「ためか」。中文意思是：「可能是（因為）…、或許是（由於）…的緣故吧」。如例：

1 年のせいか、このごろ疲れ易い。
可能是年紀大了，這陣子很容易疲倦。

2 教室が暖かいせいか、みんな眠そうだ。
或許由於教室很暖和，大家都快睡著了。

3 私の結婚が決まったせいか、最近父は元気がない。
也許是因為我決定結婚了，最近爸爸無精打采的。

◉ **比較：**ゆえ〔因為〕

「せいか」表示發生了不好的事態，但是說話者自己也不太清楚原因出在哪裡，只能做個大概的猜測；「ゆえ」表示句子之間的因果關係，前項是理由，後項是結果。

補充 ▸▸▸ **〖正面結果〗** 後面也可接正面結果。如例：

4 しっかり予習をしたせいか、今日は授業がよくわかった。
可能是徹底預習過的緣故，今天的課程我都聽得懂。

002

Track-011

類義表現
せいか
可能是（因為）…

● せいで（だ）

由於…、因為…的緣故、都怪…

➡ {名詞の；形容動詞詞幹な；[形容詞・動詞] 普通形} ＋せいで（だ）

STEP 2 文法學習

意思❶【原因】表示發生壞事或會導致某種不利情況的原因，還有責任的所在。「せいで」是「せいだ」的中頓形式。相當於「が原因だ、ため」。中文意思是：「由於…、因為…的緣故、都怪…」。如例：

1 台風のせいで、新幹線が止まっている。

由於颱風的緣故，新幹線電車目前停駛。

2 子供のころは、体が小さいせいで、いつも一番前の席だった。

小時候因為長得矮，上課總是坐在第一排。

◉ **比較：せいか**〔可能是（因為）…〕

「せいで（だ）」表示發生壞事或會導致某種不利情況的原因，還有責任的所在。含有責備對方的語意；「せいか」表示發生了不好的事態，但是說話者自己也不太清楚原因出在哪裡，只能做個大概的猜測。

補充 ▸▸▸〔**否定句**〕否定句為「せいではなく、せいではない」。如例：

3 病気になったのは君のせいじゃなく、君のお母さんのせいでもない。誰のせいでもないよ。

生了病不是你的錯，也不是你母親的錯，那不是任何人的錯啊！

補充 ▸▸▸〔**疑問句**〕疑問句會用「せい＋表推量的だろう＋疑問終助詞か」。如例：

4 おいしいのにお客が来ない。店の場所が不便なせいだろうか。

明明很好吃卻沒有顧客上門，會不會是因為餐廳的地點太偏僻了呢？

003

Track-012

● おかげで（だ）

多虧…、托您的福、因為…

類義表現
せいで（だ）
因為…的緣故

➡ ｛名詞の；形容動詞詞幹な；形容詞普通形・動詞た形｝＋おかげで（だ）

意思❶ 【原因】由於受到某種恩惠，導致後面好的結果，與「から、ので」作用相似，但感情色彩更濃，常帶有感謝的語氣。中文意思是：「多虧…、托您的福、因為…」。如例：

1 先生のおかげで志望校に合格できました。ありがとうございました。
承蒙老師的指導，這才得以考上心目中的學校，非常感謝！

2 母が 90 になっても元気なのは、歯が丈夫なおかげだ。
家母高齡九十仍然老當益壯，必須歸功於牙齒健康。

3 あなたが手伝ってくれたおかげで、あっという間に終わりました。
多虧您一起幫忙，一下子就做完了。

補充 ▸▸▸〔消極〕後句如果是消極的結果時，一般帶有諷刺的意味，相當於「のせいで」。如例：

4 隣にスーパーができたおかげで、うちの店は潰れそうだよ。
都怪隔壁開了間新超市，害我們這家店都快關門大吉啦！

◉ **比較：** せいで（だ）〔因為…的緣故〕

「おかげで（だ）」表示因為前項而產生後項好的結果，帶有感謝的語氣；「せいで（だ）」表示發生壞事或會導致某種不利情況的原因，還有責任的所在。

004

● につき

因…、因為…

➔ ｛名詞｝＋につき

02 STEP 2 文法學習

意思❶【原因】接在名詞後面，表示其原因、理由。一般用在書信中比較鄭重的表現方法，或用在通知、公告、海報等文體中。相當於「のため、という理由で」。中文意思是：「因…、因為…」。如例：

1 工事中（こうじちゅう）につき、足元（あしもと）にご注意（ちゅうい）ください。
由於正在施工，行走時請特別當心。

2 台風（たいふう）につき、本日（ほんじつ）の公演（こうえん）は中止（ちゅうし）します。
由於颱風來襲，今日演出取消。

3 この問題（もんだい）は現在調査中（げんざいちょうさちゅう）につき、お答（こた）えできません。
關於這個問題，目前已進入調查程序，不便答覆。

4 体調不良（たいちょうふりょう）につき、欠席（けっせき）させていただきます。
因為身體不舒服，請允許我缺席。

◉ **比較：によ る**〔因…造成的…〕

「につき」是書面用語，用來説明事物或狀態的理由；「による」表示所依據的方法、方式、手段。後項的結果是因為前項的行為、動作而造成的。

005

Track-014

●によって（は）、により

1. 因為…；2. 根據…；3. 由…；4. 依照…的不同而不同

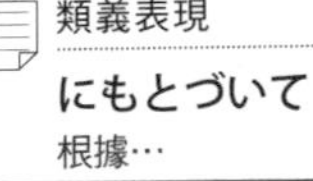
類義表現
にもとづいて
根據…

➡ {名詞} ＋によって（は）、により

意思❶【理由】表示事態的因果關係，「により」大多用於書面，後面常接動詞被動態，相當於「が原因で」。中文意思是：「因為…」。如例：

1 彼は自動車事故により、体の自由を失った。

他由於遭逢車禍而成了殘疾人士。

意思❷【手段】表示事態所依據的方法、方式、手段。中文意思是：「根據…」。如例：

2 実験によって、薬の効果が明らかになった。 | 藥效經由實驗而得到了證明。

◉ **比較：**にもとづいて〔根據…〕

「によって（は）、により」表示做後項事情的方法、手段；「にもとづいて」表示以前項為依據或基礎，進行後項的動作。

意思❸【被動句的動作主體】用於某個結果或創作物等，是因為某人的行為或動作而造成、成立的。中文意思是：「由…」。如例：

3 電話は、1876 年グラハム・ベルによって発明された。 | 電話是由格拉漢姆 · 貝爾於 1876 年發明的。

意思❹【對應】表示後項結果會對應前項事態的不同，而有各種可能性。中文意思是：「依照…的不同而不同」。如例：

4 場合によっては、契約内容を変更する必要がある。 | 有時必須視當時的情況而變更合約內容。

006

●による

因…造成的…、由…引起的…

➔ {名詞} +による

02 STEP 2 文法學習

意思❶【原因】表示造成某種事態的原因。「による」前接所引起的原因。中文意思是：「因…造成的…、由…引起的…」。如例：

1 アリさんの採用は店長の推薦によるものだ。
阿里先生之所以獲得錄取是得到店長的推薦。

2 運転手の信号無視による事故が続いている。
一連發生多起駕駛人闖紅燈所導致的車禍。

3 卵をゆでると固まるのは、熱による化学反応である。
雞蛋經過烹煮之所以會凝固，是由於熱能所產生的化學反應。

4 この地震による津波の心配はありません。
這場地震將不會引發海嘯。

◉ **比較：**ので〔因為…〕

「による」表示造成某種事態的原因。後項的結果是因為前項的行為、動作而造成的；「ので」表示原因、理由。前句是原因，後句是因此而發生的事。一般用在客觀的自然的因果關係，所以也容易推測出結果。

007

ものだから

就是因為…，所以…

➡ {[名詞・形容動詞詞幹]な；[形容詞・動詞]普通形}＋ものだから

意思❶【理由】表示原因、理由，相當於「から、ので」常用在因為事態的程度很厲害，因此做了某事。中文意思是：「就是因為…，所以…」。如例：

1 娘は勉強が嫌いなものだから、中学を出たら働くと言っている。
女兒因為討厭讀書，說是中學畢業就要去工作了。

2 久(ひさ)しぶりに会(あ)ったものだから、懐(なつ)かしくて涙(なみだ)が出(で)た。

畢竟是久違重逢，不禁掉下了思念的淚水。

◉ **比較：**ことだから〔由於…〕

「ものだから」用來解釋理由。表示會導致後項的狀態，是因為前項的緣故。「ことだから」表示原因。表示「（不是別的）正是因為是他，所以才…的吧」説話人自己的判斷依據。説話人通過對所提到的人的性格及行為的瞭解，而做出的判斷。

補充 ››› **〘説明理由〙** 含有對事情感到出意料之外、不是自己願意的理由，而進行辯白，主要為口語用法。口語用「もんだから」。如例：

3 道(みち)に迷(まよ)ったものだから、途中(とちゅう)でタクシーを拾(ひろ)った。	由於迷路了，因此半路攔了計程車。
4 昨日(きのう)飲(の)み過(す)ぎたものだから、今朝(けさ)の会議(かいぎ)に遅刻(ちこく)してしまった。	昨天實在喝太多了，所以今天早上的會議遲到了。

008

もので

因為…、由於…

Track-017

類義表現
ことから
因為…

➔ ｛形容動詞詞幹な；[形容詞・動詞] 普通形｝＋もので

意思❶ **【理由】** 意思跟「ので」基本相同，但強調原因跟理由的語氣比較強。前項的原因大多為意料之外或不是自己的意願，後項為此進行解釋、辯白。結果是消極的。意思跟「ものだから」一樣。後項不能用命令、勸誘、禁止等表現方式。中文意思是：「因為…、由於…」。如例：

1 資料(しりょう)が古(ふる)いもので、正確(せいかく)な数字(すうじ)ではありませんが。	資料太舊了，因此數字並不精確。

2 携帯電話を忘れたもので、ご連絡できず、すみませんでした。
由於忘了帶手機而無法與您聯絡，非常抱歉。

3 バスが来なかったもので、遅くなりました。 | 因為巴士脫班，所以遲到了。

4 勉強が苦手なもので、高校を出てすぐ就職した。
因為不喜歡讀書，所以高中畢業後馬上去工作了。

◉ **比較：ことから**〔因為…〕

「もので」用來解釋原因、理由，帶有辯駁的感覺，後項通常是由前項自然導出的客觀結果；「ことから」表示原因或者依據。根據前項的情況，來判斷出後面的結果或結論。是說明事情的經過跟理由的句型。句末常用「がわかる」等形式。

009

もの、もん

1. 因為…嘛；2. 就是因為…嘛

➡ {[名詞・形容動詞詞幹] んだ；[形容詞・動詞] 普通形んだ} ＋もの、もん

意思❶ **【說明理由】** 說明導致某事情的緣故。含有沒辦法，事情的演變自然就是這樣的語氣。助詞「もの、もん」接在句尾，多用在會話中，年輕女性或小孩子較常使用。跟「だって」一起使用時，就有撒嬌的語感。中文意思是：「因為…嘛」。如例：

1「なんで笑うの。」「だって可笑しいんだもん。」 | 「妳笑什麼？」「因為很好笑嘛！」

◉ **比較：**ものだから〔就是因為…〕

「もの」帶有撒嬌、任性、不滿的語氣，多為女性或小孩使用，用在説話者針對理由進行辯解；「ものだから」用來解釋理由，通常用在情況嚴重時，表示出乎意料或身不由己。

意思❷ **【強烈斷定】**表示説話人很堅持自己的正當性，而對理由進行辯解。中文意思是：「就是因為…嘛」。如例：

2 母親(ははおや)ですもの。子供(こども)を心配(しんぱい)するのは当(あ)たり前(まえ)でしょう。

我可是當媽媽的人呀，擔心小孩不是天經地義的嗎？

補充 ››› 〘**口語**〙 更隨便的口語説法用「もん」。如例：

3 田中君(たなかくん)は絶対(ぜったい)に来(く)るよ。昨日(きのう)約束(やくそく)したもん。

田中一定會來的！他昨天答應人家了嘛。

4 そんなに簡単(かんたん)に休(やす)めないよ。仕事(しごと)だもん。

怎麼可以隨便請假呢？這畢竟是工作嘛！

010

Track-019

類義表現
もん
因為…嘛

● んだもん

因為…嘛、誰叫…

➔ {[名詞・形容動詞詞幹]な}＋んだもん；{[動詞・形容詞]普通形}＋んだもん

意思❶ **【理由】**用來解釋理由，是口語説法。語氣偏向幼稚、任性、撒嬌，在説明時帶有一種辯解的意味。也可以用「んだもの」。中文意思是：「因為…嘛、誰叫…」。如例：

1「まだ起(お)きてるの。」「明日(あした)テストなんだもん。」

「怎麼還沒睡？」「明天要考試嘛。」

2「このゲーム、もうしないの。」「これ退屈（たいくつ）なんだもん。」
「這款電玩，不玩了哦？」「這個太無聊了啦！」

3「なんで遅（おく）れたの。」「道（みち）が混（こ）んでたんだもん。」
「怎麼遲到了？」「因為路上塞車嘛。」

4「え、全部（ぜんぶ）食（た）べちゃったの。」「うん、おいしいんだもん。」
「啊，統統吃光了？」「嗯，因為很好吃嘛。」

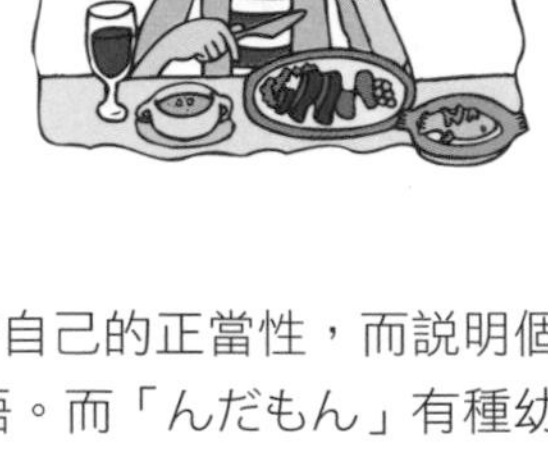

◉ **比較：もん**〔因為…嘛〕

「もん」來自「もの」，接在句尾，表示説話人因堅持自己的正當性，而説明個人的理由，為自己進行辯解。「もん」比「もの」更口語。而「んだもん」有種幼稚、任性、撒嬌的語氣。

011

わけだ

1. 當然…、難怪…；2. 也就是說…

Track-020

類義表現
にちがいない
肯定…

➡ {形容動詞詞幹な；[形容詞・動詞]普通形} ＋わけだ

意思❶ **【結論】** 表示按事物的發展，事實、狀況合乎邏輯地必然導致這樣的結果。與側重於説話人想法的「はずだ」相比較，「わけだ」傾向於由道理、邏輯所導出結論。中文意思是：「當然…、難怪…」。如例：

1 美術大学（びじゅつだいがく）の出身（しゅっしん）なのか。絵（え）が得意（とくい）なわけだ。
原來你是美術大學畢業的啊！難怪這麼會畫圖。

2「木村さん、結婚するらしいよ。」「ああ、それで最近機嫌がいいわけだ。」
「木村先生好像要結婚了喔！」「是哦，難怪看他最近滿面春風。」

3 一日中食べてばっかりだもの、太るわけだよ。
一整天吃個不停，難怪會胖嘛！

◉ **比較：**<u>にちがいない</u>〔肯定…〕

「わけだ」表示說話者本來覺得很不可思議，但知道事物背後的原因後便能理解認同。「にちがいない」表示說話者的推測，語氣十分確信肯定。

意思❷ **【換個說法】** 表示兩個事態是相同的，只是換個說法而論。中文意思是：「也就是說…」。如例：

4 卒業したら帰国するの。じゃ、来年帰るわけね。
畢業以後就要回國了？那就是明年要回去囉。

012

● ところだった

1.（差一點兒）就要…了、險些…了；2. 差一點就…可是…

➔ {動詞辭書形} ＋ところだった

意思❶ **【結果】** 表示差一點就造成某種後果，或達到某種程度，含有慶幸沒有造成那一後果的語氣，是對已發生的事情的回憶或回想。中文意思是：「（差一點兒）就要…了、險些…了」。如例：

1 あ、会社に電話しなきゃ。忘れるところだった。
啊，我得打電話回公司！差點忘啦！

2 電車があと１本遅かったら、飛行機に乗り遅れるところだった。
萬一搭晚了一班電車，就趕不上飛機了。

3 この単位(たんい)を落(お)としたら、卒業(そつぎょう)できないところでした。 | 假如沒拿到這門學分，就沒辦法畢業了。

◉ **比較：ところだ**〔剛要…〕

「ところだった」表示驚險的事態，只差一點就要發生不好的事情；「ところだ」表示主語即將採取某種行動，或是即將發生某個事情。

補充 ▸▸▸〘懊悔〙「ところだったのに」表示差一點就可以達到某程度，可是沒能達到，而感到懊悔。中文意思是：「差一點就…可是…」。如例：

4 今(いま)帰(かえ)るところだったのに、部長(ぶちょう)に捕(つか)まって飲(の)みに行(い)くことになった。 | 我正要回去，卻被經理抓去喝酒了。

MEMO

文法知多少？

☞ 請完成以下題目，從選項中，選出正確答案，並完成句子。

▼ 答案詳見右下角

1 今年(ことし)の冬(ふゆ)は、暖(あたた)かかった（　　　）過(す)ごしやすかった。

1. おかげで　　　2. によって

2 年(とし)の（　　　）、体(からだ)の調子(ちょうし)が悪(わる)い。

1. おかげで　　　2. せいか

3 この商品(しょうひん)はセット販売(はんばい)（　　　）、一(ひと)つではお売(う)りできません。

1. につき　　　2. により

4 その村(むら)は、主(おも)に漁業(ぎょぎょう)（　　　）生活(せいかつ)しています。

1. に基(もと)づいて　　　2. によって

5 隣(となり)のテレビがやかましかった（　　　）、文句(もんく)をつけに行(い)った。

1. ものだから　　　2. せいか

6 道(みち)が混(こ)んでいた（　　　）、遅(おく)れてしまいました。

1. もので　　　2. いっぽうで

答案：(1) 1　(2) 2　(3) 1　(4) 2
(5) 1　(6) 1

問題１　次の文章を読んで、文章全体の内容を考えて、［ 1 ］から［ 5 ］の中に入る最もよいものを、1・2・3・4から一つえらびなさい。

下の文章は、日本に留学（りゅうがく）したワンさんが、帰国後に日本語の先生に書いた手紙である。

山下先生、ごぶさたしております。［ 1 ］後、いかがお過ごしでしょうか。

日本にいる間は、本当にお世話になりました。帰国後しばらくは生活のリズムが［ 2 ］ため、食欲（しょくよく）がなかったり、ねむれなかったりしましたが、おかげさまで今では［ 3 ］元気になり、新しい会社に就職（しゅうしょく）をして、家族で楽しく暮（く）らしています。

国に帰ってからも先生が教えてくださったことをよく思い出します。漢字の勉強を始めたばかりの頃は苦労しましたが、授業（じゅぎょう）で練習の方法を習って、わかる漢字が増（ふ）えると、しだいに楽しくなりました。また、最後の授業で聞いた、「枕草子（まくらのそうし）※」の話も［ 4 ］印象（いんしょう）に残（のこ）っています。私もいつか私の国の四季（しき）について、本を書いてみたいです。［ 5 ］、先生が私の国にいらっしゃったら、ゆっくりお話をしながら、いろいろな美しい場所にご案内（あんない）したいと思っています。

もうすぐ夏ですね。どうぞお体に気をつけてお過（す）ごしください。

またお目にかかる時を心から楽しみにしています。

ワン・ソンミン

※枕草子…10 ～ 11 世紀ごろに書かれた日本の有名な文学作品

1

1　あの　　2　その
3　あちらの　　4　そちらの

2

1　変わる　　2　変わった
3　変わりそうな　　4　変わらなかった

3

1　すっかり　　2　ゆっくり
3　すっきり　　4　がっかり

4

1　大きく　　2　短く
3　深く　　4　長く

5

1　そして　　2　でも
3　しかし　　4　やはり

▼ 翻譯與詳解請見 P.223

Lesson 03

推量、判断、可能性

推測、判斷、可能性

▼ STEP 1_ 文法速記心智圖

推測、判斷、可能性

- にきまっている
  1【自信推測】
  〖斷定〗
- にちがいない
  1【肯定推測】
- （の）ではないだろうか、（の）ではないかとおもう
  1【推測】
  2【判斷】
- みたい（だ）、みたいな
  1【推測】
  2【比喻】
  3【嘗試】
- おそれがある
  1【推測】
  〖不利〗
- ないことも（は）ない
  1【推測】
  2【消極肯定】
- っけ
  1【確認】

- わけが（は）ない
  1【強烈主張】
  〖口語〗
- わけでは（も）ない
  1【部分否定】
- んじゃない、んじゃないかとおもう
  1【主張】

STEP 2 文法學習

Track-022

類義表現
わけがない
不會…

001

にきまっている

肯定是…、一定是…

➔ {名詞；[形容詞・動詞] 普通形} ＋に決まっている

意思❶【自信推測】表示說話人根據事物的規律，覺得一定是這樣，不會例外，沒有模稜兩可，是種充滿自信的推測，語氣比「きっと～だ」還要有自信。中文意思是：「肯定是…、一定是…」。如例：

1 こんなに頑張(がんば)ったんだから、合格(ごうかく)に決(き)まってるよ。
都已經那麼努力了，肯定考得上的！

2 君(きみ)が家(いえ)を出(で)たら、お母(かあ)さんは寂(さび)しいに決(き)まってるじゃないか。
要是你離開這個家，媽媽一定會覺得孤單寂寞的，不是嗎？

◉ 比較：わけがない〔不會…〕

「にきまっている」意思是「肯定是…」，表示說話者很有把握的推測，覺得事情一定是如此；「わけがない」表示沒有某種可能性，是很強烈的否定。

補充 ▸▸▸〔斷定〕表示說話人根據社會常識，認為理所當然的事。如例：

3 子供(こども)は外(そと)で元気(げんき)に遊(あそ)んだほうがいいに決(き)まっている。
不用說，小孩子自然是在外面活潑玩耍才好。

4 こんな夜遅(よるおそ)く、店(みせ)は閉(し)まっているに決(き)まってるよ。
都這麼晚了，餐廳當然打烊了呀！

03 STEP 2 文法學習

002

● にちがいない

一定是…、準是…

類義表現
よりしかたがない
只有…

➔ {名詞；形容動詞詞幹；[形容詞・動詞] 普通形} ＋に違いない

意思❶ **【肯定推測】** 表示說話人根據經驗或直覺，做出非常肯定的判斷，相當於「きっと～だ」。中文意思是：「一定是…、準是…」。如例：

1 僕のケーキを食べたのは妹に違いない。
偷吃我那塊蛋糕的人肯定是妹妹！

2 丘の上の家なんて、景色はよくても不便に違いない。
建在山丘上的屋子就算坐擁景觀，也想必生活不便。

3 大事なところでミスをして、彼も悔しかったに違いない。
在重要的地方出錯，想必他也十分懊悔。

4 その子は目が真っ赤だった。ずっと泣いていたに違いない。
那女孩的眼睛紅通通的，一定哭了很久。

◉ **比較：** よりしかたがない〔只有…〕

「にちがいない」表示說話人根據經驗或直覺，做出非常肯定的判斷；「よりしかたがない」表示讓步。表示沒有其他的辦法了，只能採取前項行為。含有無奈的情緒。

003

● (の) ではないだろうか、(の) ではないかとおもう

Track-024

類義表現
っけ
是不是…來著

1. 是不是…啊、不就…嗎；2. 我想…吧

➡ {名詞；[形容詞・動詞]普通形}＋(の)ではないだろうか、(の)ではないかと思う

意思❶【推測】表示推測或委婉地建議。是對某事是否會發生的一種推測，有一定的肯定意味。中文意思是：「是不是…啊、不就…嗎」。如例：

1 信(しん)じられないな。彼(かれ)の話(はなし)は全部(ぜんぶ)嘘(うそ)ではないだろうか。
真不敢相信！他說的是不是統統都是謊言啊？

2 みんなで話(はな)し合(あ)ったほうがいいのではないだろうか。
也許大家一起商量比較好吧。

意思❷【判斷】「(の) ではないかと思う」是「ではないか＋思う」的形式。表示說話人對某事物的判斷，含有徵詢對方同意自己的判斷的語意。中文意思是：「我想…吧」。如例：

3 君(きみ)のしていることは全(すべ)て無駄(むだ)ではないかと思(おも)う。
我懷疑你所做的一切都是白費的。

4 そんなことを言(い)われたら、誰(だれ)でも怒(おこ)るのではないかと思(おも)う。
如果聽到別人那樣說自己，我想不管是誰都會生氣吧。

◉ **比較：**っけ〔是不是…來著〕

「(の) ではないだろうか、(の) ではないかとおもう」利用反詰語氣帶出說話者的想法、主張；「っけ」用在想確認自己記不清，或已經忘掉的事物時。接在句尾。

03 STEP 2 文法學習

004

● みたい（だ）、みたいな

1. 好像…；2. 像…一樣的；3. 想要嘗試…

意思❶【推測】{名詞；形容動詞詞幹；[動詞・形容詞] 普通形}＋みたい（だ）、みたいな。表示說話人憑自己的觀察或感覺，做出不是很確定的推測或判斷。中文意思是：「好像…」。如例：

1 君、具合が悪いみたいだけど、大丈夫。
你好像身體不舒服，要不要緊？

2 ２階の人、引っ越すみたいだな。
住在二樓的人，好像要搬家了耶？

◉ 比較：ようだ〔好像…〕

「みたいだ」表示推測。表示說話人憑自己的觀察或感覺，而做出不是很確切的推斷；「ようだ」表示推測。說話人從各種情況，來推測人事物是後項的情況，但這通常是說話人主觀、根據不足的推測。

意思❷【比喻】針對後項像什麼樣的東西，進行舉例並加以說明。後接名詞時，要用「みたいな＋名詞」。中文意思是：「像…一樣的」。如例：

3 生まれてきたのは、お人形みたいな女の子でした。
生下來的是個像洋娃娃一樣漂亮的女孩。

意思❸【嘗試】{動詞て形}＋てみたい。由表示試探行為或動作的「てみる」，再加上表示希望的「たい」而來。跟「みたい（だ）」的最大差別在於，此文法前面必須接「動詞て形」，且後面不能接「だ」，用於表示想嘗試某行為。中文意思是：「想要嘗試…」。如例：

4 南の島へ行ってみたい。
我好想去南方的島嶼。

005

おそれがある

恐怕會…、有…危險

Track-026

類義表現
かもしれない
也許…

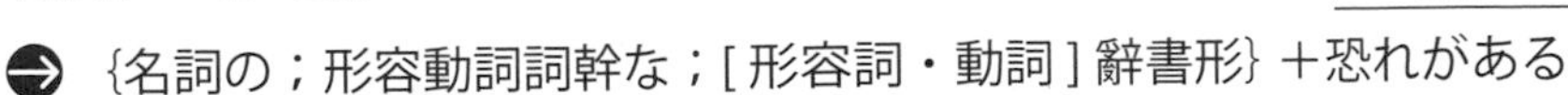

{名詞の；形容動詞詞幹な；[形容詞・動詞]辭書形} ＋恐れがある

意思❶【推測】表示擔心有發生某種消極事件的可能性，常用在新聞報導或天氣預報中，後項大多是不希望出現的內容。中文意思是：「恐怕會…、有…危險」。如例：

1 この地震による津波の恐れはありません。
這場地震並無引發海嘯之虞。

2 東北地方は、今夜から大雪になる恐れがあります。
東北地區從今晚起恐將降下大雪。

◉ **比較：**かもしれない〔也許…〕

「おそれがある」表示說話人擔心有可能會發生不好的事情，常用在新聞或天氣預報等較為正式場合；「かもしれない」表示說話人不確切的推測。推測內容的正確性雖然不高、極低，但是有可能發生。是可能性最低的一種推測。肯定跟否定都可以用。

補充 ▸▸▸〘不利〙通常此文法只限於用在不利的事件，相當於「心配がある」。如例：

3 このおもちゃは小さな子供が怪我をする恐れがある。
這款玩具有可能造成兒童受傷。

4 この島には絶滅の恐れがある珍しい動物がいます。
這座島上有瀕臨絕種的稀有動物。

03 STEP 2 文法學習

006

Track-027

類義表現
っこない
絕不…

ないことも(は)ない

1. 應該不會不…；2. 並不是不…、不是不…

➡ {動詞否定形} ＋ないことも（は）ない

意思❶ **【推測】** 後接表示確認的語氣時，為「應該不會不…」之意。如例：

1 試験(しけん)までまだ3か月(げつ)もありますよ。あなたならできないことはないでしょう。
距離考試還有整整三個月呢。憑你的實力，總不至於考不上吧。

意思❷ **【消極肯定】** 使用雙重否定，表示雖然不是全面肯定，但也有那樣的可能性，是種有所保留的消極肯定說法，相當於「することはする」。中文意思是：「並不是不…、不是不…」。如例：

2 この本(ほん)がそんなに欲(ほ)しいなら、あげないこともないよ。
假如真的那麼想要這本書，也不是不能給你喔。

3 3万円(まんえん)くらい払(はら)えないことはないけど、払(はら)いたくないなあ。
我不是付不起區區三萬圓，而是不願意付啊。

¥30000

4 誰(だれ)にも言(い)わないって約束(やくそく)するなら、教(おし)えてあげないこともないけど。
若能答應我絕不告訴任何人，倒也不是不能說給你聽。

◉ **比較：** っこない〔絕不…〕

「ないことも（は）ない」利用雙重否定來表達有採取某種行為的可能性（是程度極低的可能性）；「っこない」是說話人的判斷。表示強烈否定某事發生的可能性。大多使用可能的表現方式。

007

Track-028

類義表現
って
聽說…

●っけ

是不是…來著、是不是…呢

➡ {名詞だ（った）；形容動詞詞幹だ（った）；[動詞・形容詞]た形}＋っけ

意思❶【確認】用在想確認自己記不清，或已經忘掉的事物時。「っけ」是終助詞，接在句尾。也可以用在一個人自言自語，自我確認的時候。當對象為長輩或是身分地位比自己高時，不會使用這個句型。中文意思是：「是不是…來著、是不是…呢」。如例：

1 あの人（ひと）、誰（だれ）だっけ。
讓我想想那個人是誰來著…。

2 君（きみ）、こんなに絵（え）が上手（じょうず）だったっけ。

原來你這麼會畫畫哦！

3 あれ、これと同（おな）じ服（ふく）、持（も）ってなかったっけ。

咦？我是不是有一件一樣的衣服啊？

4 この公園（こうえん）って、こんなに広（ひろ）かったっけ。
這座公園，以前就這麼大嗎？

◉ **比較：**って〔聽說…〕

「っけ」用在說話者印象模糊、記憶不清時進行確認，或是自言自語時；「って」表示消息的引用。

03 STEP 2 文法學習

008

● わけが(は)ない

不會…、不可能…

➡ {形容動詞詞幹な；[形容詞・動詞]普通形}＋わけが(は)ない

意思❶ **【強烈主張】** 表示從道理上而言，強烈地主張不可能或沒有理由成立，用於全面否定某種可能性。相當於「はずがない」。中文意思是：「不會…、不可能…」。如例：

1 私(わたし)がクリスマスの夜(よる)に暇(ひま)なわけがないでしょう。
耶誕夜我怎麼可能有空呢？

2 お兄(にい)ちゃんの作(つく)る料理(りょうり)がおいしいわけがないよ。 | 哥哥做的菜怎會好吃嘛！

3 こんな高(たか)い車(くるま)、私(わたし)に買(か)えるわけはない。 | 這麼昂貴的車，我不可能買得起。

◉ **比較：** もの、もん〔因為…嘛〕

「わけが（は）ない」是說話人主觀、強烈的否定。說話人根據充分、確定的理由，得出後項沒有某種可能性的結論；「もの、もん」表示強烈的主張。用在說話人，說明個人理由，針對自己的行為進行辯解。

補充 ▸▸▸ 〘**口語**〙 口語常會說成「わけない」。如例：

4 これだけ練習(れんしゅう)したのだから、失敗(しっぱい)するわけない。 | 畢竟已經練習這麼久了，絕不可能失敗。

009

Track-030

類義表現
ないこともない
並不是不…

● わけでは(も)ない

並不是…、並非…

➡ {形容動詞詞幹な；[形容詞・動詞] 普通形} ＋わけでは（も）ない

意思❶ **【部分否定】** 表示不能簡單地對現在的狀況下某種結論，也有其它情況。常表示部分否定或委婉的否定。中文意思是：「並不是…、並非…」。如例：

1 虫が全部ダメなわけではないんです。好きな虫もいますよ。
我並不是害怕所有的蟲，有些蟲我還蠻喜歡的喔！

2 先生はいつも厳しいわけではない。頑張れば褒めてくれる。
老師並不是一直那麼嚴厲，只要努力，他也會給予嘉獎。

3 これは誰にでもできる仕事だが、誰でもいいわけでもない。
這雖是任何人都會做的工作，但不是每一個人都能做得好。

4 あなたの言うこともわからないわけではないけど、今回は我慢してほしい。
我不是不懂你的意思，但是希望你這次先忍下來。

◉ **比較：** ないこともない〔並不是不…〕

「わけでは（も）ない」表示依照狀況看來不能百分之百地導出前項的結果，有其他可能性或是例外，是一種委婉、部分的否定用法；「ないこともない」利用雙重否定來表達有採取某種行為、發生某種事態的程度低的可能性。

010

●んじゃない、んじゃないかとおもう

不…嗎、莫非是…

STEP 2 文法學習

➡ {名詞な；形容動詞詞幹な；[形容詞・動詞]普通形} ＋んじゃない、んじゃないかと思う

意思❶ 【主張】是「のではないだろうか」的口語形。表示意見跟主張。中文意思是：「不…嗎、莫非是…」。如例：

1 本当にダイヤなの。プラスチックなんじゃない。
是真鑽嗎？我看是壓克力鑽吧？

2 大丈夫。顔が真っ青だけど気分悪いんじゃない。
沒事吧？看你臉色發白，是不是身體不舒服？

3 あの子は自分のことばかり。ちょっとわがままなんじゃないかと思う。
那女孩只顧自己，我覺得她好像有點任性。

4 今からやっても、もう間に合わないんじゃないかと思う。
就算現在開始動手做，我猜大概也來不及吧。

◉ **比較：**にちがいない〔肯定…〕

「んじゃない、んじゃないかとおもう」表示說話者個人的想法、意見；「にちがいない」表示說話者憑藉著某種依據，十分確信，做出肯定的判斷，語氣強烈。

文法知多少？

☞ 請完成以下題目，從選項中，選出正確答案，並完成句子。

▼ 答案詳見右下角

1 台風(たいふう)のため、午後(ごご)から高潮(たかしお)（　　　）。

1．のおそれがあります　　2．ないこともない

2 理由(りゆう)があるなら、外出(がいしゅつ)を許可(きょか)（　　　）。

1．しないこともない　　2．することはない

3 彼女(かのじょ)は、わざと意地悪(いじわる)をしている（　　　）。

1．よりしかたがない　　2．に決(き)まっている

4 このダイヤモンドは高(たか)い（　　　）。

1．ほかない　　2．に違(ちが)いない

5 もしかして、知(し)らなかったのは私(わたし)だけ（　　　）。

1．ではないだろうか　　2．ないこともない

6 高橋(たかはし)さんは必(かなら)ず来(く)ると言(い)っていたから、来(く)る（　　　）。

1．はずだ　　2．わけだ

7 (靴(くつ)を買(か)う前(まえ)に試(ため)しに履(は)いてみて) ちょっと大(おお)きすぎる（　　　）。

1．みたいだ　　2．らしい

8 王(オウ)さんがせきをしている。風邪(かぜ)を引(ひ)いた（　　　）。

1．らしい　　2．はずだ

答案：(1) 1　(2) 1　(3) 2　(4) 2
(5) 1　(6) 1　(7) 1　(8) 1

問題1　次の文章を読んで、文章全体の内容を考えて、［ 1 ］から［ 5 ］の中に入る最もよいものを、1・2・3・4から一つえらびなさい。

下の文章は、日本に来た外国人が書いた作文である。

私が1回目に日本に来たのは15年ほど前である。その当時の日本人は周りの人にも［ 1 ］接し、礼儀正しく親切で、私の国の人々に比べてまじめだと感じた。［ 2 ］、今回の印象はかなり違う。いちばん驚いたのは、電車の中で、人々が携帯電話に夢中になっていることである。特に若い人たちは、混んだ電車の中でもいち早く座席に座り、座るとすぐに携帯電話を取り出してメールをしたりしている。周りの人を見ることもなく、みな同じような顔をして、同じように携帯の画面を見ている。［ 3 ］日本人たちから、私は、他の人々を寄せ付けない冷たいものを感じた。

来日1回目のときの印象は、違っていた。満員電車に乗り合わせた人たちは、お互いに何の関係もないが、そこに、見えないつながりのようなものが感じられた。座っている自分の前にお年寄りが立っていると、席を譲る人が多かったし、混み合った電車の中でも、「毎日大変ですね…」といった共感※のようなものがあるように思った。

これは、日本社会が変わったからだろうか、［ 4 ］、私の見方が変わったのだろうか。

どこの国にもさまざまな問題があるように、日本にもいろいろな社会問題があり、それに伴って社会や人々の様子も少しずつ変化するのは当然である。日本も15年前とは変わったが、それにしてもやはり、日本人は現在のところ、他の国に比べれば礼儀正しく、また、社会(しゃかい)の秩序(ちつじょ)もしっかり守られている。そのことは、とても［ 5 ］。これらの日本人らしさは、変わらないでほしいと思う。

※共感…自分もほかの人も同じように感じること。

1

1　つめたく　　2　さっぱり
3　温かく　　4　きびしく

2

1　また　　2　そして
3　しかし　　4　それから

3

1　こういう　　2　そんな
3　あんな　　4　どんな

4

1　それとも　　2　だから
3　なぜ　　4　つまり

5

1　いいことだろうか　　2　いいことにはならない
3　いいことだと思われる　　4　いいことだと思えない

▼ 翻譯與詳解請見 P.226

Lesson 04

樣態、傾向

狀態、傾向

▼ STEP 1_ 文法速記心智圖

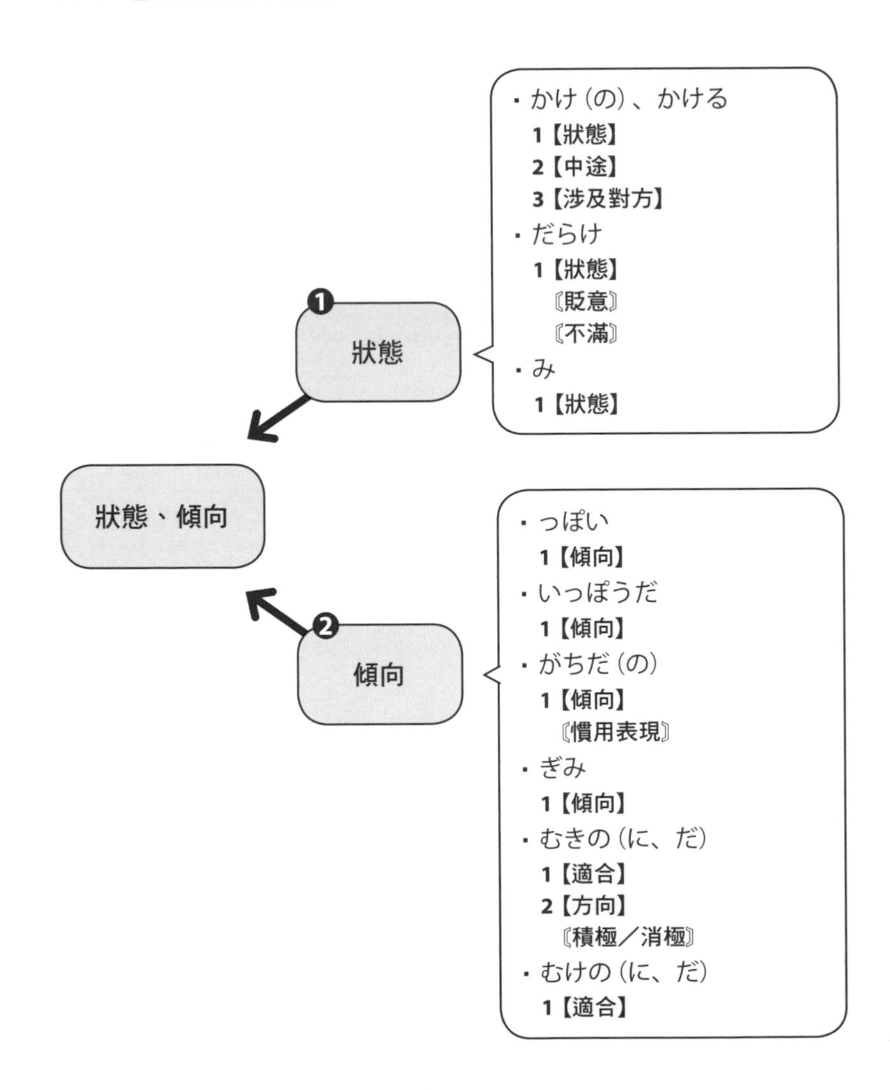

STEP 2 文法學習

001

● かけ（の）、かける

1. 快…了；2. 做一半、剛…、開始…；3. 對…

➡ {動詞ます形} ＋かけ（の）、かける

意思❶【狀態】 前接「死ぬ（死亡）、入る（進入）、止まる（停止）、立つ（站起來）」等瞬間動詞時，表示面臨某事的當前狀態。中文意思是：「快…了」。如例：

1 祖父は兵隊に行っていたとき死にかけたそうです。｜聽說爺爺去當兵時差點死了。

2 会場に入りかけたとき、中から爆発音が聞こえた。｜正準備進入會場時，裡面竟傳出了爆炸聲。

意思❷【中途】 表示動作、行為已經開始，正在進行途中，但還沒有結束，相當於「している途中」。中文意思是：「做一半、剛…、開始…」。如例：

3 昨夜は論文を読みかけて、そのまま眠ってしまった。
昨晚讀著論文，就這樣睡著了。

4 テーブルの上には、冷たくなったコーヒーと食べかけのパンがあった。｜那時桌上擺著變涼了的咖啡和咬了一半的麵包。

◉ **比較：** だす〔…起來〕

「かける」表示做某個動作做到一半；「だす」表示短時間內某動作、狀態，突然開始，或出現某事。

意思❸【涉及對方】 用「話しかける（攀談）、呼びかける（招呼）、笑いかける（面帶微笑）」等，表示向某人做某行為。中文意思是：「對…」。如例：

5 一人でいる私に、彼女が優しく話しかけてくれたんです。 | 看見孤伶伶的我，她親切地過來攀談。

002

Track-033

類義表現
ばかり
淨…

● だらけ

全是…、滿是…、到處是…

➡ {名詞} ＋だらけ

意思❶ **【狀態】** 表示數量過多，到處都是的樣子，不同於「まみれ」，「だらけ」前接的名詞種類較多，特別像是「泥だらけ（滿身泥巴）、傷だらけ（渾身傷）、血だらけ（渾身血）」等，相當於「がいっぱい」。中文意思是：「全是…、滿是…、到處是…」。如例：

1 その猫は傷だらけだった。 | 那隻貓當時渾身是傷。

2 男の子は泥だらけの顔で、にっこりと笑った。
男孩頂著一張沾滿泥巴的臉蛋，咧嘴笑了。

◉ 比較：ばかり〔淨…〕

「だらけ」表示數量很多、雜亂無章到處都是，多半用在負面的事物上；「ばかり」表示不斷重複同一樣的事，或一直都是同樣的狀態。

補充 ▸▸▸ **〔貶意〕** 常伴有「不好」、「骯髒」等貶意，是說話人給予負面的評價。如例：

3 この文章は間違いだらけだ。 | 這篇文章錯誤百出！

補充 ▸▸▸ **〔不滿〕** 前接的名詞也不一定有負面意涵，但通常仍表示對說話人而言有諸多不滿。如例：

4 僕の部屋は女の子たちからのプレゼントだらけで、寝る場所もないよ。 | 我的房間塞滿了女孩送的禮物，連睡覺的地方都沒有哦！

003

● み

帶有…、…感

➔ {[形容詞・形容動詞] 詞幹} ＋み

意思❶ **【狀態】**「み」是接尾詞，前接形容詞或形容動詞詞幹，表示該形容詞的這種狀態、性質，或在某種程度上感覺到這種狀態、性質。是形容詞跟形容動詞轉為名詞的用法。中文意思是：「帶有…、…感」。如例：

1 休みの日は部屋でアニメを見るのが私の楽しみです。
假日窩在房間裡看動漫是我的歡樂時光。

2 おじいちゃん、腰の痛みにはこの薬が効くよ。
老爺爺，這種藥對腰痛很有效喔！

3 戦争を知っている人の言葉には重みがある。
戰火餘生者的話語乃是寶貴的見證。

4 本当にやる気があるのか。君は真剣みが足りないな。
真的有心要做嗎？總覺得你不夠認真啊。

◉ **比較：**さ〔表示程度或狀態〕

「み」和「さ」都可以接在形容詞、形容動詞語幹後面，將形容詞或形容動詞給名詞化。兩者的差別在於「み」表示帶有這種狀態，和感覺、情感有關，偏向主觀。「さ」是偏向客觀的，表示帶有這種性質，或表示程度，和事物本身的屬性有關。「重み」比「重さ」還更有說話者對於「重い」這種感覺而感嘆的語氣。

004

● っぽい

看起來好像…、感覺像…

➔ {名詞；動詞ます形} ＋っぽい

STEP 2 文法學習

意思❶【傾向】接在名詞跟動詞連用形後面作形容詞，表示有這種感覺或有這種傾向。與語氣具肯定評價的「らしい」相比，「っぽい」較常帶有否定評價的意味。中文意思是：「看起來好像…、感覺像…」。如例：

1 あの白(しろ)っぽい建物(たてもの)が大使館(たいしかん)です。
那棟淺色的建築是大使館。

2 まだ中学生(ちゅうがくせい)なの。ずいぶん大人(おとな)っぽいね。
還是中學生哦？看起來挺成熟的嘛。

3 息子(むすこ)は昔(むかし)から飽(あ)きっぽくて、何(なに)をやっても続(つづ)かない。
兒子從以前就沒毅力，不管做什麼都無法持之以恒。

4 年(とし)のせいか、このごろ母(はは)は忘(わす)れっぽくて困(こま)る。
也許是上了年紀，這陣子母親忘性很重，真糟糕。

◉ **比較：**むけ〔面向…〕

「むきの（に、だ）」表示後項對前項的人事物來説是適合的；「むけ」表示某一事物的性質，適合特定的某對象或族群。

005

●いっぽうだ

一直…、不斷地…、越來越…

Track-036

類義表現
ば～ほど
越來越…

➡ {動詞辭書形} ＋一方だ

意思❶【傾向】表示某狀況一直朝著一個方向不斷發展，沒有停止，後接表示變化的動詞。中文意思是：「一直…、不斷地…、越來越…」。如例：

1 この女優(じょゆう)はきれいだし、演技(えんぎ)もうまいし、人気(にんき)は上(あ)がる一方(いっぽう)だね。
這位女演員不僅人長得美，演技也精湛，走紅程度堪稱直線上升呢。

2 夫の病状は悪くなる一方だ。
我先生的病情日趨惡化。

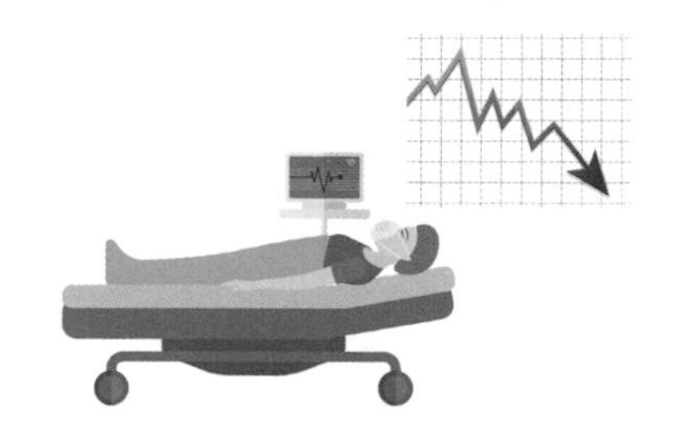

3 台風による被害は広がる一方で、心配だ。
颱風造成的災情愈來愈嚴重，真令人憂心。

4 不法滞在する外国人労働者はこの 10 年間増える一方だ。
非法居留的外籍勞工人數這十年來逐漸增加。

◉ **比較：**ば～ほど〔越來越…〕

「いっぽうだ」前接表示變化的動詞，表示某狀態、傾向一直朝著一個方向不斷進展，沒有停止。可以用在不利的事態，也可以用在好的事態；「ば～ほど」表示隨著前項程度的增強，後項的程度也會跟著增強。有某種傾向逐漸增強之意。

006

● がちだ（の）

經常，總是；容易…、往往會…、比較多

➡ ｛名詞；動詞ます形｝＋がちだ（の）

意思❶【傾向】表示即使是無意的，也不由自主地出現某種傾向，或是常會這樣做，一般多用在消極、負面評價的動作，相當於「の傾向がある」。中文意思是：「（前接名詞）經常，總是；（前接動詞ます形）容易…、往往會…、比較多」。如例：

1 娘は小さいころから病気がちでした。
女兒從小就體弱多病。

2 今月に入ってから、曇りがちの天気が続いている。
從這個月起，天空一直是陰陰灰灰的。

3 外食が多いので、どうしても野菜が不足しがちになる。

由於經常外食，容易導致蔬菜攝取量不足。

◉ **比較：ぎみ**〔有點…〕

「がちだ」表示經常出現某種負面傾向，強調發生多次；「ぎみ」則是用來表示說話人在身心上，感覺稍微有這樣的傾向，強調稍微有這樣的感覺。

補充 ▸▸▸〘**慣用表現**〙常用於「遠慮がち（客氣）」等慣用表現，如例：

4 お婆さんは、若者にお礼を言うと、遠慮がちに席に座った。 | 老婆婆向年輕人道謝後，不太好意思地坐了下來。

007

ぎみ

有點…、稍微…、…趨勢

➡ ｛名詞；動詞ます形｝＋気味

意思❶【**傾向**】表示身心、情況等有這種樣子，有這種傾向，用在主觀的判斷。一般指程度雖輕，但有點…的傾向。只強調現在的狀況。多用在消極或不好的場合相當於「の傾向がある」。中文意思是：「有點…、稍微…、…趨勢」。如例：

1 昨夜から風邪ぎみで、頭が痛い。

昨晚開始出現感冒徵兆，頭好痛。

2 この頃、残業続きで疲れぎみです。

這陣子連續加班好幾天，有點累。

3 寝不足ぎみのせいか、今週は失敗ばかりだ。

可能是因為睡眠不夠，這星期失誤連連。

4 競技場の建設工事は遅れぎみだそうだ。

建造比賽場館的工程進度似乎有點延宕。

◉ **比較：** <u>っぽい</u>〔看起來好像…〕

「ぎみ」強調稍微有這樣的感覺；「っぽい」表示這種感覺或這種傾向很強烈。

008

むきの(に、だ)

1. 合於…、適合…；2. 朝…

➔ {名詞} ＋向きの（に、だ）

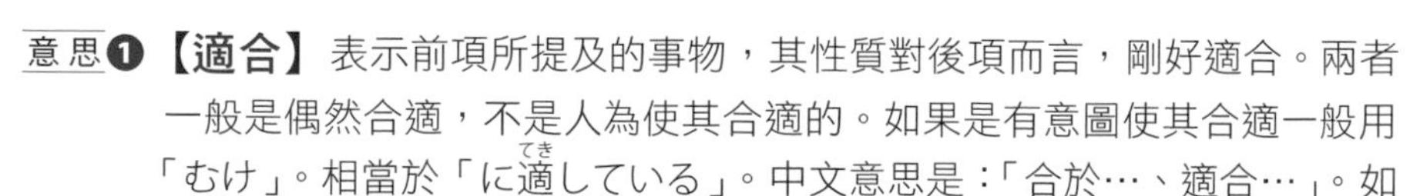

意思❶ **【適合】** 表示前項所提及的事物，其性質對後項而言，剛好適合。兩者一般是偶然合適，不是人為使其合適的。如果是有意圖使其合適一般用「むけ」。相當於「に適している」。中文意思是：「合於…、適合…」。如例：

1「初心者向きのパソコンはありますか。」「こちらでしたら操作が簡単ですよ。」

「請問有適合初學者使用的電腦嗎？」「這款機型操作起來很簡單喔！」

04 STEP 2 文法學習

2 この店の料理はどれも柔らかいから、お年寄り向きですよ。
這家餐廳的每一道菜口感都十分柔軟，很適合銀髮族喔！

◉ **比較：**むけの〔適合於…〕

「むきの（に、だ）」表示後項對前項的人事物來說是適合的；「むけの」表示限定對象或族群。

意思❷【方向】接在方向及前後、左右等方位名詞之後，表示正面朝著那一方向。中文意思是：「朝…」。如例：

3 この台の上に横向きに寝てください。
請在這座診療台上側躺。

補充 ▸▸▸〔**積極／消極**〕「前向き／後ろ向き」原為表示方向的用法，但也常用於表示「積極／消極」、「朝符合理想的方向／朝理想反方向」之意。如例：

4 彼女は、負けても負けても、いつも前向きだ。
她不管失敗了多少次，仍然奮勇向前。

009

Track-040

むけの（に、だ）

適合於…

類義表現
のに
用於…

➡ {名詞} ＋向けの（に、だ）

意思❶【適合】表示以前項為特定對象目標，而有意圖地做後項的事物，也就是人為使之適合於某一個方面的意思。相當於「を対象にして」。中文意思是：「適合於…」。如例：

1 主に子供向けの本を書いています。
主要撰寫適合兒童閱讀的書籍。

2 こちらは輸出向けに生産された左ハンドルの車です。

這一款是專為外銷訂單製造的左駕車。

3 こちらは、会員向けに販売した限定品です。

這是會員獨享的限購品。

4 このＴシャツは男性向けだが、女性客によく売れている。

這件Ｔ恤雖是男士款，但也有很多女性顧客購買。

◉ **比較：**<u>のに</u>〔用於…〕

「むけの（に、だ）」表示限定對象或族群；「のに」表示為了達到目的、用途、有效性，所必須的條件。後項常接「使う、役立つ、かかる、利用する、必要だ」等詞。

MEMO

文法知多少？

☞ 請完成以下題目，從選項中，選出正確答案，並完成句子。

▼ 答案詳見右下角

1 それは（　　　）マフラーです。

1．編(あ)み出(だ)す　　2．編(あ)みかけの

2 私(わたし)の母(はは)はいつも病気(びょうき)（　　　）です。

1．がち　　2．ぎみ

3 どうも学生(がくせい)の学力(がくりょく)が下(さ)がり（　　　）です。

1．ぎみ　　2．っぽい

4 子(こ)どもは泥(どろ)（　　　）になるまで遊(あそ)んでいた。

1．だらけ　　2．ばかり

5 （　　　）と太(ふと)りますよ。

1．寝(ね)てばかりいる　　2．寝(ね)る一方(いっぽう)だ

6 あの人(ひと)は忘(わす)れ（　　　）困(こま)る。

1．らしくて　　2．っぽくて

7 この仕事(しごと)は明(あか)るくて社交的(しゃこうてき)な人(ひと)（　　　）です。

1．向(む)き　　2．向(む)け

8 初心者(しょしんしゃ)（　　　）パソコンは、たちまち売(う)れてしまった。

1．向(む)けの　　2．っぽい

答案：(1) 2　(2) 1　(3) 1　(4) 1
(5) 1　(6) 2　(7) 1　(8) 1

問題１　次の文章を読んで、文章全体の内容を考えて、［ 1 ］から［ 5 ］の中に入る最もよいものを、1・2・3・4から一つえらびなさい。

下の文章は、ある高校生が「野菜工場」を見学して書いた作文である。

先日、「野菜工場」を見学しました。［ 1 ］工場では、室内でレタスなどの野菜を作っています。工場内はとても清潔（せいけつ）でした。作物は、土を使わず、肥料（ひりょう）※1を溶かした水で育てます。日照量（にっしょうりょう）※2や、肥料（ひりょう）・CO2の量なども、コンピューターで決めるそうです。

工場のかたの説明によると、「野菜工場」の大きな課題（かだい）は、お金がかかることだそうです。しかし、一年中天候（てんこう）に影響されずに生産できることや、農業労働力の不足など日本の農業が抱えている深刻な問題が［ 2 ］と思われることから、近い将来、大きなビジネスになると期待（きたい）されているということでした。

私は、工場内のきれいなレタスを見ながら、［ 3 ］、家の小さな畑のことを思い浮かべました。両親が庭の隅に作っている畑です。そこでは、土に汚れた小さな野菜たちが、太陽の光と風を受けて、とても気持ちよさそうにしています。両親は、野菜についた虫を取ったり、肥料をやったりして、愛情をこめて育てています。私もその野菜を食べると、日光や風の味がするような気がします。

［ 4 ］、「野菜工場」の野菜には、土や日光、風や水などの自然の味や、育てた人の愛情が感じられるでしょうか。これからさらに技術が進歩すれば、野菜は［ 5 ］という時代が来るのかもしれません。しかし、私は、やはり、自然の味と生産者の愛情が感じられる野菜を、これからもずっと食べたいと思いました。

※1 肥料…植物や土に栄養を与えるもの。
※2 日照量…太陽が出すエネルギーの量。

1

1　あの　　2　あれらの

3　この　　4　これらの

2

1　解決される　　2　増える

3　変わる　　4　なくす

3

1　さっと　　2　きっと

3　かっと　　4　ふと

4

1　それから　　2　また

3　それに　　4　いっぽう

5

1　畑で作るもの　　2　工場で作るもの

3　人が作るもの　　4　自然が作るもの

▼ 翻譯與詳解請見 P.228

程度

程度

▼ STEP 1_ 文法速記心智圖

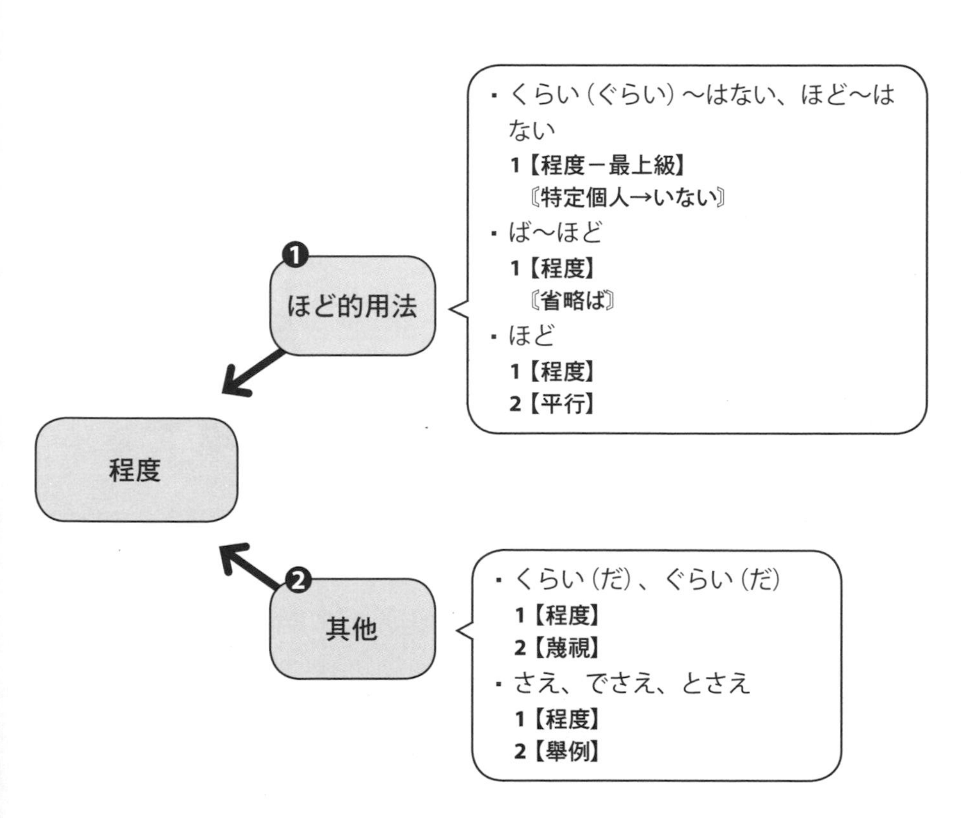

STEP 2 文法學習

001

くらい（ぐらい）～はない、ほど～はない

沒什麼是…、沒有…像…一樣、沒有…比…的了

➔ {名詞} ＋くらい（ぐらい）＋ {名詞} ＋はない、{名詞} ＋ほど＋ {名詞} ＋はない

意思❶ **【程度－最上級】** 表示前項程度極高，別的東西都比不上，是「最…」的事物。中文意思是：「沒什麼是…、沒有…像…一樣、沒有…比…的了」。如例：

1 冷(つめ)たくなったラーメンくらいまずいものはない。｜再沒有比放涼了的拉麵更難吃的東西了！

2 彼女(かのじょ)と過(す)ごす休日(きゅうじつ)ほど幸(しあわ)せな時間(じかん)はない。
再沒有比和女友共度的假日更幸福的時光了。

補充 ▸▸▸ **〘特定個人→いない〙** 當前項主語是特定的個人時，後項不會使用「ない」，而是用「いない」。如例：

3 陳(チン)さんほど真面目(まじめ)に勉強(べんきょう)する学生(がくせい)はいません。｜再也找不到比陳同學更認真學習的學生了。

4 うちの課長(かちょう)くらいケチな人(ひと)はいないよ。｜世上不會有比我們科長更小氣的人了！

◉ **比較：** より～ほうが〔…比…〕

「くらい（ぐらい）～はない、ほど～はない」表示程度比不上「ほど」前面的事物；「より～ほうが」表示兩者經過比較，選擇後項。

002

●ば～ほど

1. 越…越…；2. 如果…更…

➡ {[形容詞・形容動詞・動詞] 假定形} ＋ば＋ {同形容動詞詞幹な；[同形容詞・動詞] 辭書形} ＋ほど

意思❶ **【程度】** 同一單詞重複使用，表示隨著前項事物的變化，後項也隨之相應地發生程度上的變化。中文意思是：「越…越…」。如例：

1 「予算はどのくらいですか。」「安ければ安いほどいいよ。」
「請問預算大約多少呢？」「越便宜越好喔。」

2 考えれば考えるほど分からなくなる。
越想越不懂。

3 この絵は、拝見すればするほど素晴らしいですね。
這幅畫越欣賞越覺得了不起呀！

◉ **比較：** につれて〔隨著…〕

「ば～ほど」表示前項一改變，後項程度也會跟著改變；「につれて」表示後項隨著前項一起發生變化，這個變化是自然的、長期的、持續的。

補充 ▸▸▸ **〔省略ば〕** 接形容動詞時，用「形容動詞＋なら（ば）～ほど」，其中「ば」可省略。中文意思是：「如果…更…」。如例：

4 パスワードは複雑なら複雑なほどいいです。
密碼越複雜越安全。

003

●ほど

1.…得、…得令人；2. 越…越…

05 STEP 2 文法學習

➡ {名詞；形容動詞詞幹な；[形容詞・動詞] 辭書形} ＋ほど

意思❶ **【程度】** 用在比喻或舉出具體的例子，來表示動作或狀態處於某種程度，一般用在具體表達程度的時候。中文意思是：「…得、…得令人」。如例：

1 今日(きょう)は死(し)ぬほど疲(つか)れた。 | 今天累得快死翹翹了。

2 お腹(なか)が痛(いた)くなるほど笑(わら)った。 | 笑得我肚子都疼了。

意思❷ **【平行】** 表示後項隨著前項的變化，而產生變化。中文意思是：「越…越…」。如例：

3 ワインは時間(じかん)が経(た)つほどおいしくなるそうだ。
聽說紅酒放得越久越香醇。

4 この森(もり)は奥(おく)へ行(い)くほど暗(くら)くなって危険(きけん)だ。 | 這座森林越往裡面走越昏暗，很危險！

◉ **比較：** にっれて〔越…越…〕

「ほど」表示後項隨著前項程度的提高而提高；「につれて」表示平行。前後接表示變化的詞，說明隨著前項程度的變化，以這個為理由，後項的程度也隨之發生相應的變化。後項不用說話人的意志或指使他人做某事的句子。

004

● くらい(だ)、ぐらい(だ)

1. 幾乎…、簡直…、甚至…；2. 這麼一點點

➡ {名詞；形容動詞詞幹な；[形容詞・動詞] 普通形} ＋くらい(だ)、ぐらい(だ)

意思❶ **【程度】** 用在為了進一步說明前句的動作或狀態的極端程度，舉出具體事例來，相當於「ほど」。中文意思是：「幾乎…、簡直…、甚至…」。如例：

1 合格と聞いて、涙が出るくらい嬉しかった。
一聽到考上的消息，高興得幾乎淚崩！

2 彼の家は、お城かと思うぐらい広かった。
他家大得幾乎讓人以為是城堡。

3 もう時間に間に合わないと分かったときは、泣きたいくらいでした。
當發現已經趕不及時，差點哭出來了。

◉ **比較：ほど**〔令人越…越…〕

「くらい（だ）、ぐらい（だ）」表示最低的程度。用在為了進一步説明前句的動作或狀態的程度，舉出具體事例來；「ほど」表示最高程度。表示動作或狀態處於某種程度。

意思❷【蔑視】説話者舉出微不足道的事例，表示要達成此事易如反掌。中文意思是：「這麼一點點」。如例：

4 自分の部屋ぐらい、自分で掃除しなさい。
自己的房間好歹自己打掃！

005

● さえ、でさえ、とさえ

1. 就連…也…；2. 連…、甚至…

➡ {名詞＋（助詞）}＋さえ、でさえ、とさえ；{疑問詞…}＋かさえ；{動詞意向形}＋とさえ

意思❶【程度】表示比目前狀況更加嚴重的程度。中文意思是：「就連…也…」。如例：

1 料理をしないので、うちには肉も野菜も、米さえもない。
由於不開火，所以家裡別説是肉和蔬菜了，甚至連米都沒有。

05 STEP 2 文法學習

2 1年前(ねんまえ)は、彼女(かのじょ)は漢字(かんじ)だけでなく、「あいうえお」さえ書(か)けなかった。
她一年前不僅是漢字，就連「あいうえお」都不會寫。

◉ **比較：**まで〔連…都〕

「さえ、でさえ、とさえ」表示比目前狀況更加嚴重的程度；「まで」表示程度。表示程度逐漸升高，而說話人對這種程度感到驚訝、錯愕。

意思❷ **【舉例】**表示舉出一個程度低的、極端的例子都不能了，其他更不必提，含有吃驚的心情，後項多為否定的內容。相當於「すら、でも、も」。中文意思是：「連…、甚至…」。如例：

3 そんなことは小学生(しょうがくせい)でさえ知(し)っている。
那種事連小學生都曉得。

4 この本(ほん)は私(わたし)には難(むずか)し過(す)ぎる。何(なん)の話(はなし)かさえ分(わ)からない。
這本書對我來說太難了，就連內容在談些什麼都看不懂。

MEMO

文法知多少？

☞ 請完成以下題目，從選項中，選出正確答案，並完成句子。

▼ 答案詳見右下角

1 それ（　　　）、できるよ。

1．ぐらい　　　2．ほど

2 宝石（ほうせき）は、高価（こうか）であればある（　　　）、買（か）いたくなる。

1．ほど　　　2．につれて

3 お腹（なか）が死（し）ぬ（　　　）痛（いた）い。

1．わりに　　　2．ほど

4 大（おお）きい船（ふね）は、小（ちい）さい船（ふね）（　　　）揺（ゆ）れ（　　　）。

1．ほど…ない　　　2．より…ほうだ

5 こんな大雪（おおゆき）の中（なか）、わざわざ遊（あそ）びに出（で）かける（　　　）。

1．ことはない　　　2．ほどはない

6 A「また財布（さいふ）をなくしたんですか。」

B「はい。今年（ことし）だけでもう５回目（かいめ）です。私（わたし）ほどよくなくす人（ひと）は（　　　）。」

1．いたでしょう　　　2．いないでしょう

答案：(1) 1　(2) 1　(3) 2　(4) 1　(5) 1　(6) 2

問題１　つぎの文の（　　）に入れるのに最もよいものを、１・２・３・４から一つえらびなさい。

1　弟「お父さんは最近すごく忙しそうで、いらいらしてるよ。」

兄「そうか、じゃ、温泉に行こうなんて、（　　　）。」

1　言わないほうがよさそうだね　　2　言わないほうがいいそうだね

3　言わなかったかもしれないね　　4　言ったほうがいいね

2　明日から試験だからって、ご飯の片付け（　　　）できるでしょ。

1　まで　　2　ぐらい

3　でも　　4　しか

問題２　つぎの文の＿★＿に入る最もよいものを、１・２・３・４から一つえらびなさい。

3　自分で文章を書いてみて初めて、正しい＿＿　＿★＿　＿＿　＿＿わかりました。

1　どれほど　　2　難しいかが　　3　書くのが　　4　文章を

4　妹は＿＿　＿＿　＿★＿　＿＿　母にそっくりだ。

1　ば　　2　ほど　　3　見る　　4　見れ

5　彼＿★＿　＿＿　＿＿　＿＿と思います。

1　立派な　　2　ほど　　3　いない　　4　人は

6　あなたのことを＿＿　＿★＿　＿＿　＿＿はいないと思います。

1　愛している　2　人　　3　ほど　　4　僕

▼ 翻譯與詳解請見 P.230

状況の一致と変化

狀況的一致及變化

▼ STEP 1_ 文法速記心智圖

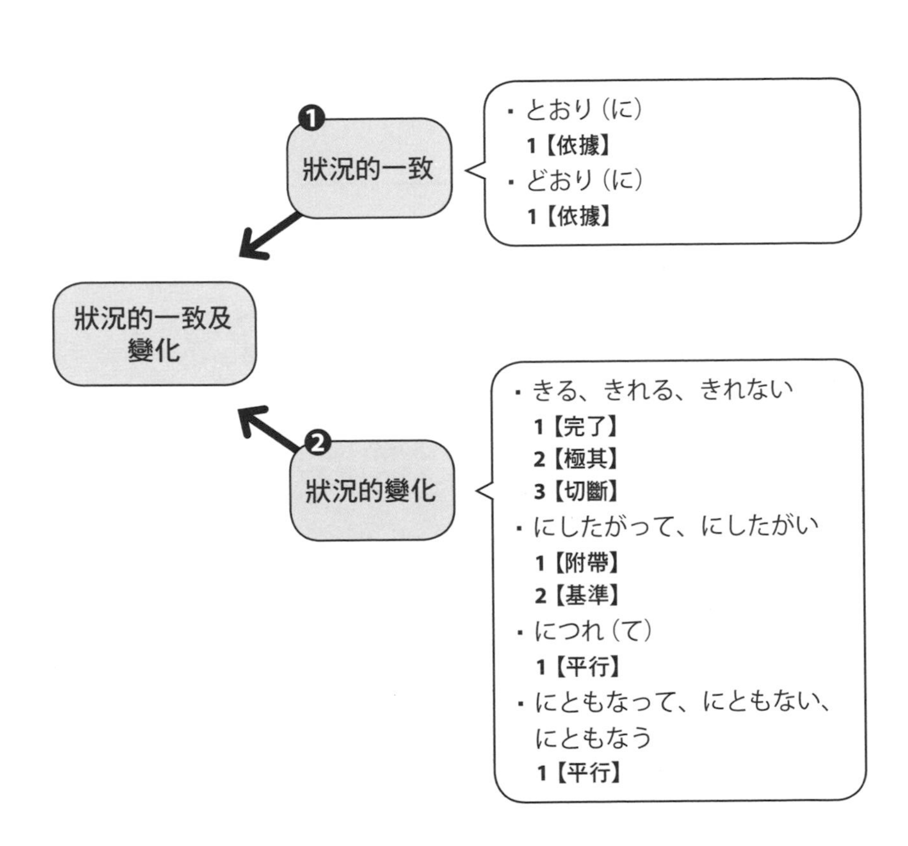

06 STEP 2 文法學習

001

Track-046

類義表現

によって（は）

根據…

とおり（に）

按照…、按照…那樣

➡ ｛名詞の；動詞辭書形；動詞た形｝＋とおり（に）

意思❶【依據】表示按照前項的方式或要求，進行後項的行為、動作。中文意思是：「按照…、按照…那樣」。如例：

1 この本（ほん）のとおりに作（つく）ったのに、全然（ぜんぜん）おいしくない。

我按照這本書上寫的步驟做出來了，結果一點也不好吃。

2 じゃ、今（いま）教（おし）えたとおりにやってみてください。

那麼，請依照我剛才教你的方法試試看。

3 奥（おく）さんの言（い）うとおりにやっておけば、間違（まちが）いないよ。

凡事遵照太座的命令去做，絕不會有錯！

4 どんなことも、自分（じぶん）で考（かんが）えているとおりにはいかないものだ。

無論什麼事，都沒辦法順心如意。

◉ **比較：**によって（は）〔根據…〕

「とおり（に）」表示依照前項學到的、看到的、聽到的或讀到的事物，內容原封不動地用動作或語言、文字表現出來；「によって（は）」表示依據。是依據某個基準的根據。也表示依據的方法、方式、手段。

002

● どおり（に）

按照、正如…那樣、像…那樣

Track-047

類義表現
まま（で）
保持原樣

➔ {名詞} + どおり（に）

意思❶【依據】「どおり」是接尾詞。表示按照前項的方式或要求，進行後項的行為、動作。中文意思是：「按照、正如…那樣、像…那樣」。如例：

1 お金（かね）は、約束（やくそく）どおりに払（はら）います。
按照之前談定的，來支付費用。

2 みんなの予想（よそう）どおり、犯人（はんにん）は黒（くろ）い服（ふく）の男（おとこ）だった。
如同大家猜測的，兇手就是那個穿黑衣服的男人。

3 ここで負（ま）けたのも私（わたし）の計画通（けいかくどお）りですよ。
在這時候輸了，也屬於我計畫中的一部分喔！

4 これからは自分（じぶん）の思（おも）う通（とお）りにやってごらん。
以後儘管依照你自己的想法去做做看。

◉ **比較：まま（で）**〔保持原樣〕

「どおり（に）」表示遵循前項的指令或方法，來進行後項的動作；「まま（で）」表示保持前項的狀態的原始樣子。也表示前項原封不動的情況下，進行了後項的動作。

STEP 2 文法學習

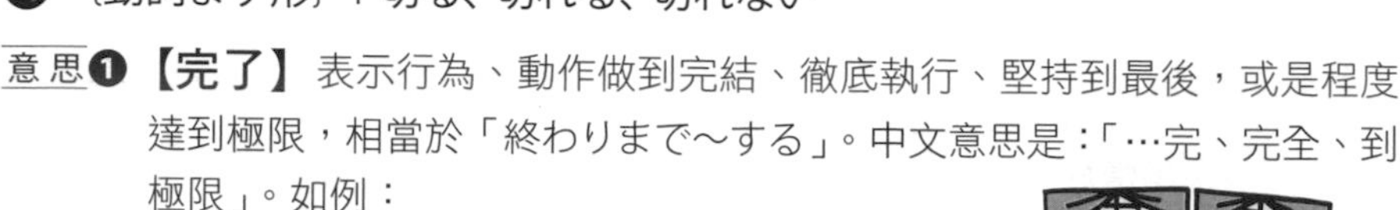

003

●きる、きれる、きれない

1.…完、完全、到極限；2. 充分…、堅決…；3. 中斷…

Track-048

類義表現
かける
剛…

➔ {動詞ます形} ＋切る、切れる、切れない

意思❶【完了】表示行為、動作做到完結、徹底執行、堅持到最後，或是程度達到極限，相當於「終わりまで〜する」。中文意思是：「…完、完全、到極限」。如例：

1 レストランを借(か)り切(き)って、パーティーを開(ひら)いた。
包下整間餐廳，舉行了派對。

2 6月(がつ)のコンサートのチケットはもう売(う)り切(き)れました。 | 六月份的演唱會門票已經全數售罄了。

3 こんなにたくさんの料理(りょうり)は、とても食(た)べ切(き)れないよ。 | 這麼滿滿一大桌好菜，實在吃不完啦！

◉ 比較：かける〔剛…〕

「きる、きれる、きれない」表示徹底完成一個動作；「かける」表示做某個動作做到一半。

意思❷【極其】表示擁有充分實現某行為或動作的自信，相當於「十分に〜する」。中文意思是：「充分…、堅決…」。如例：

4 引退(いんたい)を決(き)めた吉田選手(よしだせんしゅ)は「やり切(き)りました。」と笑顔(えがお)を見(み)せた。 | 決定退休的吉田運動員露出笑容説了句「功成身退」。

意思❸【切斷】原本有切斷的意思，後來衍生為使結束，甚至使斷念的意思。中文意思是：「中斷…」。如例：

5 彼(かれ)との関係(かんけい)を完全(かんぜん)に断(た)ち切(き)る。 | 完全斷絕與他的關係。

004

●にしたがって、にしたがい

1. 伴隨…、隨著…；2. 按照…

➜ {動詞辭書形} ＋にしたがって、にしたがい

意思❶ **【附帶】** 表示隨著前項的動作或作用的變化，後項也跟著發生相應的變化。「にしたがって」前後都使用表示變化的說法。有強調因果關係的特徵。相當於「につれて、にともなって、に応じて、とともに」等。中文意思是：「伴隨…、隨著…」。如例：

1 頂上に近づくにしたがって、気温が下がっていった。
越接近山頂，氣溫亦逐漸下降了。

2 子猫は、成長するにしたがって、いたずらがひどくなった。
小貓咪隨著日漸長大，也變得非常調皮了。

3 時間が経つに従い、被害は広がった。
隨著時間過去，受害範圍亦趨擴大。

4 工場の機械化が進むに従い、労働環境は改善された。
隨著機械化的進步，工廠的勞動環境也得到了改善。

意思❷ **【基準】** 也表示按照某規則、指示或命令去做的意思。中文意思是：「按照…」。如例：

5 例にしたがって、書いてください。
請按照範例書寫。

◉ **比較：** とともに〔隨著…〕

「にしたがって」表示後項隨著前項，相應地發生變化。也表示動作的基準、規範；「とともに」表示前項跟後項同時發生。也表示隨著前項的變化，後項也隨著發生變化。

06 STEP 2 文法學習

005

● につれ(て)

伴隨…、隨著…、越…越…

➡ {名詞；動詞辭書形} ＋につれ(て)

意思❶【平行】表示隨著前項的進展，同時後項也隨之發生相應的進展，「につれ(て)」前後都使用表示變化的說法。相當於「にしたがって」。中文意思是：「伴隨…、隨著…、越…越…」。如例：

1 町(まち)の発展(はってん)につれて、様々(さまざま)な問題(もんだい)が生(しょう)じてきた。
隨著城鎮的發展，衍生出了各式各樣的問題。

2 暗(くら)くなるにつれて、店(みせ)にはたくさんの人(ひと)が集(あつ)まって来(き)た。
隨著天色漸漸變暗，許多人陸續來到了餐館裡。

3 日(ひ)が経(た)つにつれて、彼(かれ)の意見(いけん)に賛成(さんせい)する人(ひと)が増(ふ)えていった。
隨著日子過去，贊同他意見的人也增加了。

4 娘(むすめ)は成長(せいちょう)するにつれて、妻(つま)にそっくりになっていった。
隨著女兒一天天長大，越來越像妻子了。

◉ 比較：にしたがって〔伴隨…〕

「につれ(て)」表示後項隨著前項一起發生變化，這個變化是自然的、長期的、持續的；「にしたがって」表示後項隨著前項，相應地發生變化。也表示按照指示、規則、人的命令等去做的意思。

006

にともなって、にともない、にともなう

伴隨著…、隨著…

➡ {名詞；動詞普通形} ＋に伴って、に伴い、に伴う

意思❶【平行】表示隨著前項事物的變化而進展，相當於「とともに、につれて」。中文意思是：「伴隨著…、隨著…」。如例：

1 温暖化に伴い、米の産地にも変化が起きている。
隨著地球暖化，稻米的產地也開始發生變化。

2 経済の回復に伴う株価の動きについてお話しします。
現在來談一談經濟復甦帶來的股價波動。

3 インターネットの普及に伴って、誰でも簡単に情報を得られるようになった。
隨著網路的普及，任何人都能輕鬆獲得資訊了。

4 子供の数が減るのに伴って、地域の小学校の数も減っている。
隨著兒童人數的減少，地區小學的校數也逐漸減少。

◉ **比較：**につれて〔伴隨…〕

「にともなって」表示隨著前項的進行，後項也有所進展或產生變化；「につれて」表示後項隨著前項一起發生變化。

文法知多少？

☞ 請完成以下題目，從選項中，選出正確答案，並完成句子。

▼ 答案詳見右下角

1 言(い)われた（　　　）、規則(きそく)を守(まも)ってください。

　1．とおりに　　　　2．まま

2 荷物(にもつ)を、指示(しじ)（　　　）運搬(うんぱん)した。

　1．をもとに　　　　2．どおりに

3 父(ちち)の転勤(てんきん)（　　　）、転校(てんこう)することになった。

　1．に伴(ともな)って　　　　2．にしたがって

4 指示(しじ)（　　　）行動(こうどう)する。

　1．につれて　　　　2．にしたがって

5 世(よ)の中(なか)の動(うご)き（　　　）、考(かんが)え方(かた)を変(か)えなければならない。

　1．に伴(ともな)って　　　　2．につれて

6 夏生(なつう)まれの母(はは)は、暑(あつ)くなるに（　　　）元気(げんき)になる。

　1．ついて　　　　2．したがって

答案：(1) 1　(2) 2　(3) 1　(4) 2
(5) 1　(6) 2

問題 1　次の文章を読んで、文章全体の内容を考えて、［1］から［5］の中に入る最もよいものを、1・2・3・4から一つえらびなさい。

下の文章は、留学生が日本の習慣について書いた作文である。

私は、2年前に日本に来ました。前から日本文化に強い関心を持っていましたので、［1］知識を身につけたいと思って、頑張っています。

来たばかりのころは、日本の生活の習慣がわからなかったため、困ったり迷ったりしました。例えば、ゴミの捨て方です。日本では、住んでいる町のルールに［2］、燃えるゴミと燃えないごみを、必ず分けて捨てなくてはいけません。最初は、なぜそんな面倒なことをしなければならないのか、と思って、いやになることが多かったのですが、そのうち、なるほど、と、思うようになりました。日本は狭い国ですから、ゴミは特に大きな問題です。ゴミを分けて捨て、できるものはリサイクルすることがどうしても必要なのです。しかし、留学生の中には、そんなこと［3］全然気にしないで、どんなゴミも一緒に捨ててしまって、近所の人に迷惑をかける人もいます。実は、こういう小さい問題が、外国人に対する大きな誤解や問題を生んでしまうのです。日常生活の中で少しでも気をつければ、みんな、きっと気持ちよく生活ができる［4］です。

「留学」というのは、知識を学ぶだけでなく、毎日の生活の中でその国の文化や習慣を身につけることが大切です。日本の社会にとけこんで、日本人と心からの交流できるかどうかは、私たち留学生の一人一人の意識や生活の仕方につながっています。本当の交流が実現できれば、留学も［5］ことができるのではないでしょうか。

1

1 ずっと　　2 また
3 さらに　　4 もう一度

2

1 したがって　　2 加えて
3 対して　　4 ついて

3

1 だけ　　2 しか
3 きり　　4 など

4

1 わけ　　2 はず
3 から　　4 こと

5

1 実現できる　　2 成功する
3 考えられる　　4 成功させる

▼ 翻譯與詳解請見 P.231

立場、状況、関連

立場、狀況、關連

▼ **STEP 1_ 文法速記心智圖**

❶ 立場 → 立場、狀況、關聯

・からいうと、からいえば、からいって
  1【判斷立場】
  〖類義〗
・として（は）
  1【立場】
・にとって（は、も、の）
  1【立場】

❷ 狀況 → 立場、狀況、關聯

・っぱなしで（だ、の）
  1【持續】
  2【放任】
  〖っ放しの N〗

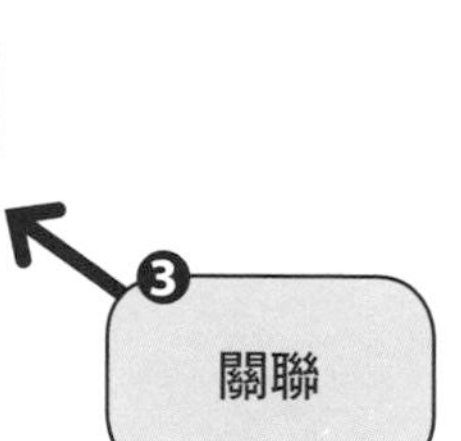

❸ 關聯 → 立場、狀況、關聯

・において、においては、においても、における
  1【關連場合】
・たび（に）
  1【關連】
  〖變化〗
・にかんして（は）、にかんしても、にかんする
  1【關連】
・から～にかけて
  1【範圍】
・にわたって、にわたる、にわたり、にわたった
  1【範圍】

STEP 2 文法學習

001

● からいうと、からいえば、からいって

從…來說、從…來看、就…而言

➔ {名詞} ＋からいうと、からいえば、からいって

意思❶ **【判斷立場】** 表示判斷的依據及角度，指站在某一立場上來進行判斷。後項含有推量、判斷、提意見的語感。跟「からみると」不同的是「からいうと」不能直接接人物或組織名詞。中文意思是：「從…來說、從…來看、就…而言」。如例：

1 患者(かんじゃ)の立場(たちば)からいうと、薬(くすり)はなるべく飲(の)みたくない。
基於病患的立場，希望盡量不要吃藥。

2 優勝(ゆうしょう)したベン選手(せんしゅ)は、年齢(ねんれい)からいえばもう引退(いんたい)していてもおかしくないのだ。
此次獲勝的本恩選手，以年齡而言，即使從體壇退休也不足為奇了。

3 機能(きのう)からいえば、こちらの洗濯機(せんたくき)のほうがずっといいですよ。
就機能看來，這台洗衣機遠比其他機型來得好喔！

4 私(わたし)の経験(けいけん)からいって、この裁判(さいばん)で勝(か)つのは難(むずか)しいだろう。
從我的經驗來看，要想打贏這場官司恐怕很難了。

補充 ▸▸▸ **〖類義〗** 相當於「から考えると」。

◉ 比較：からして〔單從…來看〕

「からいうと」表示判斷的立場。站在前項的立場、角度來判斷的話，情況會如何。前面不能直接接人物；「からして」表示從一個因素（具體如實的特徵）去判斷整體。前面可以直接接人物。

002

● として(は)

以…身分、作為…；如果是…的話、對…來說

Track-053

類義表現
とすれば
如果…

➔ {名詞} ＋として（は）

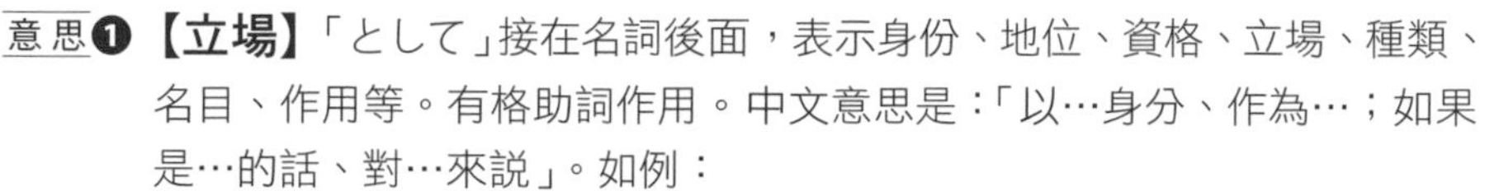

意思❶ **【立場】**「として」接在名詞後面，表示身份、地位、資格、立場、種類、名目、作用等。有格助詞作用。中文意思是：「以…身分、作為…；如果是…的話、對…來說」。如例：

1 私は、研究生としてこの大学で勉強しています。
我目前以研究生的身分在這所大學裡讀書。

2 担当者として新商品の紹介をさせて頂きます。
請容我這個專案負責人為您介紹新商品。

3 彼は、お客としてはいいが、恋人としては考えられない。
以顧客來說，他人不錯，但並不是我的男友人選。

4 この町は観光地としては人気だが、住みたい街ではない。
以觀光勝地而言，這座小鎮廣受大眾喜愛，但並不適合居住。

◉ **比較：** <u>とすれば</u>〔如果…〕

「として（は）」表示判斷的立場、角度。是以某種身分、資格、地位來看，得出某個結果；「とすれば」表示前項如果成立，説話人就依照前項這個條件來進行判斷。

STEP 2 文法學習

003

Track-054

類義表現

においては

在…

にとって（は、も、の）

對於…來說

➔ ｛名詞｝＋にとって（は、も、の）

意思❶【立場】表示站在前面接的那個詞的立場，來進行後面的判斷或評價，表示站在前接詞（人或組織）的立場或觀點上考慮的話，會有什麼樣的感受之意。相當於「の立場から見て」。中文意思是：「對於…來說」。如例：

1 彼女(かのじょ)にとって、この写真(しゃしん)は大切(たいせつ)な思(おも)い出(で)なのです。

對她來說，這張照片是重要的回憶。

2 子供(こども)にとっては、学校(がっこう)が世界(せかい)の全(すべ)てだ。

對兒童來說，學校就等於全世界。

3 あなたの成功(せいこう)は私(わたし)にとっても本当(ほんとう)に嬉(うれ)しいことです。

你的成功也讓我同感欣喜。

4 コンピューターは現代人(げんだいじん)にとっての宝(たから)の箱(はこ)だ。

電腦相當於現代人的百寶箱。

◉ **比較：**においては〔在…〕

「にとっては」前面通常會接人或是團體、單位，表示站在前項人物等的立場來看某事物；「においては」是書面用語，相當於「で」。表示事物（主要是抽象的事物或特別活動）發生的狀況、場面、地點、時間、領域等。

004

● っぱなしで(だ、の)

1. 一直…、總是…；2.…著

➡ {動詞ます形} ＋っ放しで（だ、の）

意思❶【持續】表示相同的事情或狀態，一直持續著。中文意思是：「一直…、總是…」。如例：

1 今の仕事は朝から晩まで立ちっ放しで辛い。

目前的工作得從早到晚站一整天，好難受。

意思❷【放任】「はなし」是「はなす」的名詞形。表示該做的事沒做，放任不管、置之不理。大多含有負面的評價。中文意思是：「…著」。如例：

2 昨夜はテレビを点けっ放しで寝てしまった。

昨天晚上開著電視，就這樣睡著了。

3 また出しっ放しだよ。使ったら、元のところへ戻しておいてね。

又沒有物歸原處了！以後記得用完之後要放回原位喔。

◉ **比較：まま**〔任憑…〕

「っぱなしで（だ、の）」接意志動詞，表示做了某事之後，就沒有再做應該做的事，而就那樣放任不管。大多含有負面的評價；「まま」表示處在被動的立場，沒有自己的主觀意志，任憑別人擺佈的樣子。後項大多含有消極的意思。或表示某狀態沒有變化，一直持續的樣子。

補充 ▸▸▸〘っ放しの N〙使用「っ放しの」時，後面要接名詞。如例：

4 今日は社長に呼ばれて、叱られっ放しの１時間だった。

今天被總經理叫過去，整整痛罵了一個鐘頭。

STEP 2 文法學習

005

Track-056

類義表現
にかんして
關於…

においで、においては、においても、における

在…、在…時候、在…方面

➡ {名詞} +において、においては、においても、における

意思❶ **【關連場合】** 表示動作或作用的時間、地點、範圍、狀況等。也用在表示跟某一方面、領域有關的場合（主要為特別的活動或抽象的事物）。是書面語。口語一般用「で」表示。中文意思是：「在…、在…時候、在…方面」。如例：

1 二月一日において新商品の発表を行います。
將於二月一日舉辦新產品的發表會。

2 公開授業は、第一講堂において行われる。
公開授課，將於第一講堂舉行。

3 会議における各人の発言は全て記録してあります。
所有與會人員的發言都加以記錄下來。

4 比喩表現においてはこの文書が優れている。
在比喻表現方面，這篇文章實屬優異。

5 それはコストにおいても有利になることは間違いありません。
那在成本上也絕對是很有優勢的。

◉ **比較：** にかんして〔關於…〕

「において、においては、においても、における」表示動作或作用的時間、地點、範圍、狀況等。是書面語；「にかんして」表示針對和前項相關的事物，進行討論、思考、敘述、研究、發問、調查等動作。

006

Track-057

類義表現
につき
因…

● たび（に）

每次…、每當…就…

➡ {名詞の；動詞辭書形} ＋たび（に）

意思❶ **【關連】** 表示前項的動作、行為都伴隨後項。也用在一做某事，總會喚起以前的記憶。相當於「するときはいつも～」。中文意思是：「每次…、每當…就…」。如例：

1 部長は出張のたびに、珍しいお土産を買ってきてくれる。
經理每次出差，總會買回稀奇的伴手禮給我們。

2 この傷、お風呂に入るたびに痛いんです。
這個傷口，每次洗澡時都很痛。

3 この写真を見るたびに、楽しかった子供のころを思い出す。
每次看到這張照片，就會回想起歡樂的孩提時光。

◉ **比較：**につき〔因…〕

「たび（に）」表示在做前項動作時都會發生後項的事情；「につき」說明事情的理由，是書面正式用語。

補充 ››› **〘變化〙** 表示每當進行前項動作，後項事態也朝某個方向逐漸變化。如例：

4 この女優は見るたびにきれいになるなあ。
每回看到這位女演員總覺得她又變漂亮了呢。

007

Track-058

類義表現
にたいして
對於…

● にかんして（は）、にかんしても、にかんする

關於…、關於…的…

STEP 2 文法學習

➡ {名詞} ＋に関して（は）、に関しても、に関する

意思❶ 【關連】表示就前項有關的問題，做出「解決問題」性質的後項行為。也就是聽、說、寫、思考、調查等行為所涉及的對象。有關後項多用「言う（說）、考える（思考）、研究する（研究）、討論する（討論）」等動詞。多用於書面。中文意思是：「關於…、關於…的…」。如例：

1 10年前(ねんまえ)の事件(じけん)に関(かん)して、警察(けいさつ)から報告(ほうこく)があった。
關於十年前的那起案件，警方已經做過報告了。

2 説明会(せつめいかい)の日程(にってい)に関(かん)しては、決(き)まり次第連絡(しだいれんらく)します。
關於說明會的日程安排，將於確定之後再行聯繫。

3 君(きみ)は動物(どうぶつ)だけじゃなく、植物(しょくぶつ)に関(かん)しても詳(くわ)しいんだね。
你不僅熟悉動物知識，對於植物也同樣知之甚詳呢。

4 この番組(ばんぐみ)に関(かん)するご意見(いけん)、ご感想(かんそう)は番組(ばんぐみ)ホームページまで。
如對本節目有任何建議或感想，來信請寄節目官網。

◉ **比較：**にたいして〔對於…〕

「にかんして」表示跟前項相關的信息。表示討論、思考、敘述、研究、發問、聽聞、撰寫、調查等動作，所涉及的對象；「にたいして」表示行為、感情所針對的對象，前接人、話題等，表示對某對象的直接發生作用、影響。

008

Track-059

類義表現
から～まで
從…到…

から～にかけて

從…到…

➡ {名詞} ＋から＋ {名詞} ＋にかけて

意思❶ 【範圍】表示大略地指出兩個地點、時間之間，一直連續發生某事或某狀態的意思。中文意思是：「從…到…」。如例：

1 関東地方から東北地方にかけて、大雨の予報が出ています。
對關東地區到東北地區發佈大雨特報。

2 この村では春から初夏にかけて、林檎の花が見事です。
從春天到夏初，這個村子處處開滿蘋果花。

3 東京から横浜にかけて 25km（キロメートル）の渋滞です。
從東京到橫濱塞車綿延二十五公里。

4 この髪型は、大正時代から昭和初期にかけて流行したスタイルです。
這種髮型是自大正時代至昭和初期流行一時的款式。

◉ **比較：**から～まで〔從…到…〕

「から～にかけて」涵蓋的區域較廣，只是籠統地表示跨越兩個領域的時間或空間。「から～まで」則是明確地指出範圍、動作的起點和終點。

009

● にわたって、にわたる、にわたり、にわたった

經歷…、各個…、一直…、持續…

➔ {名詞} +にわたって、にわたる、にわたり、にわたった

意思❶ **【範圍】** 前接時間、次數及場所的範圍等詞。表示動作、行為所涉及到的時間或空間，沒有停留在小範圍，而是擴展得很大很大。中文意思是：「經歷…、各個…、一直…、持續…」。如例：

1 高速道路は現在 25km（キロメートル）にわたって渋滞しています。
高速公路目前塞車，回堵的車流長達二十五公里。

STEP 2 文法學習

2 私たちは８年にわたる交際を経て結婚した。

我們經過八年的交往之後結婚了。

3 関東地方から東北地方にわたり、強い雨が降っています。

從關東地區到東北地區持續降下豪雨。

4 30 年にわたった研究の結果をこの論文にまとめた。

歷經三十年的研究結果彙整在這篇論文裡了。

◉ 比較：をつうじて〔透過…〕

「にわたって、にわたる、にわたり、にわたった」表示大規模的時間、空間範圍；「をつうじて」表示經由前項來達到情報的傳遞。如果前面接的是和時間有關的語詞，則表示在這段期間內一直持續後項的狀態，後面應該接的是動詞句或是形容詞句。

文法知多少？

☞ 請完成以下題目，從選項中，選出正確答案，並完成句子。

▼ 答案詳見右下角

1 私の経験（　　　）、そういうときは早く謝ってしまった方がいいよ。

1．として　　　　2．からいうと

2 信じると決めた（　　　）、最後まで味方しよう。

1．とする　　　　2．からには

3 責任者（　　　）、状況を説明してください。

1．として　　　　2．とすれば

4 聴解試験はこの教室（　　　）行われます。

1．において　　　　2．に関して

5 フランスの絵画（　　　）、研究しようと思います。

1．に関して　　　　2．に対して

6 兄は由紀（　　　）、いつも優しかった。

1．について　　　　2．に対して

7 たった千円でも、子ども（　　　）大金です。

1．にとっては　　　　2．においては

答案：(1) 2　(2) 2　(3) 1　(4) 1
(5) 1　(6) 2　(7) 1

問題１　次の文章を読んで、文章全体の内容を考えて、［ 1 ］から［ 5 ］の中に入る最もよいものを、1・2・3・4から一つえらびなさい。

下の文章は、留学生のチンさんが、帰国後に日本のホストファミリーの高木さんに出した手紙である。

高木家のみなさま、お元気ですか。

ホームステイの時は、大変お世話になりました。みなさんに温かく［ 1 ］、まるで親せきの家に遊びに行った［ 2 ］気持ちで過ごすことができました。のぞみさんやしゅんくんと富士山に登ったことも楽しかったし、うどんを作ったり、お茶をいれたり、いろいろな手伝いを［ 3 ］ことも、とてもよい思い出です。

実は、日本に行く前は、ホームステイをすることは考えていませんでした。もしホームステイをしないで、ホテルに［ 4 ］泊まらなかったら、高木家のみなさんと知り合うこともできなかったし、日本人の考え方についても何もわからないまま帰国するところでした。お宅にホームステイをさせていただいて、本当によかったと思っています。

来年は、交換留学生として日本に行きます。その時は必ずまたお宅にうかがって、私の国の料理を［ 5 ］ほしいと思っています。

もうすぐお正月ですね。みなさん、健康に注意して、よいお年をお迎えください。

チン・メイリン

1

1 迎えられたので　　2 迎えさせたので
3 迎えたので　　4 迎えさせられて

2

1 みたい　　2 そうな
3 ような　　4 らしい

3

1 させていただいた　　2 していただいた
3 させてあげた　　4 してもらった

4

1 だけ　　2 しか
3 ばかり　　4 ただ

5

1 いただいて　　2 召し上がらせて
3 召し上がって　　4 作られて

▼ 翻譯與詳解請見 P.233

Lesson 08

素材、判断材料、手段、媒介、代替

素材、判斷材料、手段、媒介、代替

▼ STEP 1_ 文法速記心智圖

素材、判斷材料、手段、媒介、代替

- をつうじて、をとおして
  - **1【經由】**
  - **2【範圍】**
- かわりに
  - **1【代替】**
    - 〖N がわり〗
  - **2【對比】**
  - **3【交換】**
- にかわって、にかわり
  - **1【代理】**
  - **2【對比】**

- にもとづいて、にもとづき、にもとづく、にもとづいた
  - **1【依據】**
- によると、によれば
  - **1【信息來源】**
- をちゅうしんに（して）、をちゅうしんとして
  - **1【基準】**
- をもとに（して）
  - **1【根據】**

STEP 2 文法學習

001

Track-061

類義表現
にわたって
全部…

をつうじて、をとおして

1. 透過…、通過…；2. 在整個期間…、在整個範圍…

➔ {名詞} ＋を通じて、を通して

意思❶【經由】表示利用某種媒介（如人物、交易、物品等），來達到某目的（如物品、利益、事項等）。相當於「によって」。中文意思是：「透過…、通過…」。如例：

1 今（いま）はインターネットを通（つう）じて、世界中（せかいじゅう）の情報（じょうほう）を得（え）ることができる。
現在只要透過網路，就能獲取全世界的資訊。

2 彼（かれ）が亡（な）くなったことは、友達（ともだち）を通（とお）して聞（き）きました。
我是從朋友那裡聽到了他的死訊。

意思❷【範圍】後接表示期間、範圍的詞，表示在整個期間或整個範圍內，相當於「のうち（いつでも／どこでも）」。中文意思是：「在整個期間…、在整個範圍…」。如例：

3 私（わたし）の国（くに）は一年（いちねん）を通（とお）して暖（あたた）かいです。
我的故鄉一年到頭都很暖和。

4 彼（かれ）は 40 年間（ねんかん）の研究生活（けんきゅうせいかつ）を通（とお）して、多（おお）くの論文（ろんぶん）を残（のこ）した。
他在四十年的研究生涯中留下了多篇論文。

◉ **比較：にわたって**〔全部…〕

「をつうじて」前接名詞，表示整個範圍內。也表示媒介、手段等。前接時間詞，表示整個期間，或整個時間範圍內；「にわたって」前面也接名詞，也表示整個範圍。但強調時間長、範圍廣。前面也可以接時間、地點有關語詞。

STEP 2 文法學習

002

● かわりに

1. 代替…；2. 雖說…但是…；3. 作為交換

意思❶ **【代替】**｛名詞の；動詞普通形｝＋かわりに。表示原為前項，但因某種原因由後項另外的人、物或動作等代替。前後兩項通常是具有同等價值、功能或作用的事物。大多用在暫時性更換的情況。相當於「の代理／代替として」。中文意思是：「代替…」。如例：

1 いたずらをした弟のかわりにその兄が謝りに来た。
那個惡作劇的小孩的哥哥，代替弟弟來道歉了。

補充 ››› **〖N がわり〗** 也可用「名詞＋がわり」的形式，是「かわり」的接尾詞化。如例：

2 引っ越しの挨拶がわりに、ご近所にお菓子を配った。
分送了餅乾給左鄰右舍，做為搬家的見面禮。

意思❷ **【對比】**｛動詞普通形｝＋かわりに。表示一件事同時具有兩個相互對立的側面，一般重點在後項，相當於「一方で」。中文意思是：「雖說…但是…」。如例：

3 現代人は便利な生活を得たかわりに、豊かな自然を失った。
現代人獲得便利生活的代價是失去了豐富的大自然。

◉ 比較：はんめん〔一方面…〕

「かわりに」表示同一事物有好的一面，也有壞的一面，或者相反；「はんめん」表示對比。表示同一事物兩個相反的性質、傾向。

意思❸【交換】表示前項為後項的交換條件，也會用「かわりに～」的形式出現，相當於「とひきかえに」。中文意思是：「作為交換」。如例：

4 お昼(ひる)をごちそうするから、かわりにレポートを書(か)いてくれない。	午餐我請客，你可以替我寫報告嗎？

003

Track-063

にかわって、にかわり

1. 替…、代替…、代表…；2. 取代…

類義表現
いっぽう
而（另一面）

➡ {名詞} ＋にかわって、にかわり

意思❶【代理】前接名詞為「人」的時候，表示應該由某人做的事，改由其他的人來做。是前後兩項的替代關係。相當於「の代理で」。中文意思是：「替…、代替…、代表…」。如例：

1 入院中(にゅういんちゅう)の父(ちち)にかわって、母(はは)が挨拶(あいさつ)をした。	家母代替正在住院的家父前去問候了。
2 ここからは課長(かちょう)にかわりまして、担当(たんとう)の私(わたくし)がご説明致(せつめいいた)します。	聽完科長的說明後，接下來由專案負責人的我為各位做進一步的報告。
3 近頃(ちかごろ)は、正社員(せいしゃいん)にかわってパート社員(しゃいん)が店長(てんちょう)になることもある。	近來也有由兼職員工而非正職員工擔任店長的例子。

意思❷【對比】前接名詞為「物」的時候，表示以前的東西，被新的東西所取代。相當於「かつての～ではなく」。中文意思是：「取代…」。如例：

4 若者(わかもの)の間(あいだ)では、スキーにかわってスノーボードが人気(にんき)だ。

單板滑雪已經取代雙板滑雪的地位，在年輕人之間蔚為流行。

STEP 2 文法學習

◉ 比較：いっぽう〔而(另一面)〕

「にかわって」前接名詞「物」時，表示以前的東西，被新的東西所取代；「いっぽう」表示對比。表示某事件有兩個對照的側面。也可以表示兩者對比的情況。

004

にもとづいて、にもとづき、にもとづく、にもとづいた

根據…、按照…、基於…

➡ {名詞} ＋に基づいて、に基づき、に基づく、に基づいた

意思❶【依據】表示以某事物為根據或基礎。相當於「をもとにして」。中文意思是：「根據…、按照…、基於…」。如例：

1 この映画は実際にあった事件に基づいて作られた。
這部電影是根據真實事件拍攝而成的。

2 本校は、キリスト教精神に基づき、教育を行っている。
本校秉持基督教的精神施行教育。

3 お客様のご希望に基づくメニューを考えています。
目前正依據顧客的建議規劃新菜單。

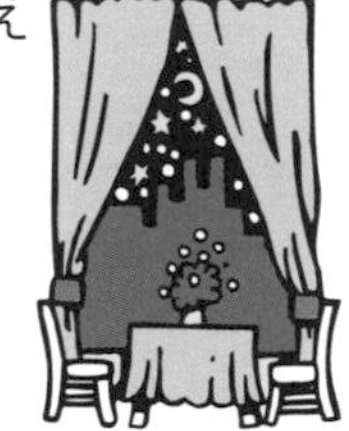

4 これは、私の長年の経験に基づいた判断です。
這是根據我多年來的經驗所做出的判斷。

◉ 比較：にしたがって〔隨著…〕

「にもとづいて」表示以前項為依據或基礎，進行後項的動作；「にしたがって」表示按照前接的指示、規則、人的命令等去做的意思。

005

●によると、によれば

據…、據…說、根據…報導…

➔ {名詞} +によると、によれば

意思❶【信息來源】表示消息、信息的來源，或推測的依據。後面經常跟著表示傳聞的「そうだ、ということだ」之類詞。中文意思是：「據…、據…說、根據…報導…」。如例：

1 天気予報によると、明日は晴れるそうです。
根據氣象預報，明天應該是晴天。

2 ニュースによると、全国でインフルエンザが流行し始めたらしい。
根據新聞報導，全國各地似乎開始出現流感大流行。

3 会社のホームページによれば、3月に新商品が発売されるそうだ。
根據公司官網上的公告，新商品即將於三月發售。

4 警察の発表によれば、行方不明だった子供が見つかったとのことだ。
根據警方表示，失蹤兒童已經找到了。

◉ **比較：にもとづいて**〔因…造成的…〕

「によると」表示消息的來源，句末大多使用表示傳聞的說法，常和「そうだ、ということだ」呼應使用；「にもとづいて」表示以前項為依據或基礎，進行後項的動作。

006

●をちゅうしんに(して)、をちゅうしんとして

類義表現
をもとに(して)
以…為基礎

以…為重點、以…為中心、圍繞著…

➔ {名詞} +を中心に(して)、を中心として

08 STEP 2 文法學習

意思❶【基準】表示前項是後項行為、狀態的中心。中文意思是：「以…為重點、以…為中心、圍繞著…」。如例：

1 研究室(けんきゅうしつ)では川村教授(かわむらきょうじゅ)を中心(ちゅうしん)に実験(じっけん)が進(すす)められた。｜研究團隊是在川村教授的領導之下進行了實驗。

2 地球(ちきゅう)は太陽(たいよう)を中心(ちゅうしん)としてまわっている。
地球是繞著太陽旋轉的。

3 このチームはキャプテンの吉田(よしだ)を中心(ちゅうしん)によくまとまっている。｜這支團隊在吉田隊長的帶領下齊心協力。

4 台風(たいふう)の被害(ひがい)は大阪(おおさか)を中心(ちゅうしん)として関西地方全域(かんさいちほうぜんいき)に広(ひろ)がっている。｜颱風造成的災情以大阪的受創情況最為嚴重，並且遍及整個關西地區。

◉ **比較**：をもとに（して）〔以…為基礎〕

「をちゅうしんに（して）、をちゅうしんとして」表示前項是某事物、狀態、現象、行為範圍的中心點；「をもとに（して）」表示以前項為參考、材料、基礎等，來進行後項的行為。

007

● をもとに（して）

以…為根據、以…為參考、在…基礎上

➡ ｛名詞｝＋をもとに（して）

意思❶【根據】表示將某事物做為啟示、根據、材料、基礎等。後項的行為、動作是根據或參考前項來進行的。相當於「に基づいて、を根拠にして」。中文意思是：「以…為根據、以…為參考、在…基礎上」。如例：

1 クラスのみんなの意見(いけん)をもとに、卒業旅行(そつぎょうりょこう)の行(い)き先(さき)を決(き)めた。｜彙整全班同學的意見後，決定了畢業旅行的目的地。

2 去年の報告書をもとにして、提出書類を作った。

根據去年的報告書，製作了申請文件。

3「三国志演義」は史書「三国志」をもとに書かれた歴史小説だ。

《三國演義》是根據史書《三國志》所寫成的歷史小說。

4 この映画は実際にあった事件をもとにして作られた。

這部電影是根據真實事件拍攝而成的。

◉ **比較：**<u>にもとづいて</u>〔根據…〕

「をもとにして」前接名詞。表示以前項為參考、材料、基礎等，來進行後項的改編或變形；「にもとづいて」前面接抽象名詞。表示以前項為依據或基礎，在不偏離前項的基準下，進行後項的動作。

MEMO

文法知多少？

☞ 請完成以下題目，從選項中，選出正確答案，並完成句子。

▼ 答案詳見右下角

1 写真(しゃしん)（　　　）、年齢(ねんれい)を推定(すいてい)しました。

1．にしたがって　　2．に基(もと)づいて

2 『金瓶梅(きんぺいばい)』は、『水滸伝(すいこでん)』（　　　）書(か)かれた小説(しょうせつ)である。

1．をもとにして　　2．に基(もと)づいて

3 点(てん)A（　　　）、円(えん)を描(か)いてください。

1．を中心(ちゅうしん)に　　2．をもとに

4 台湾(タイワン)は1年(ねん)（　　　）雨(あめ)が多(おお)い。

1．を通(とお)して　　2．どおりに

5 社長(しゃちょう)の（　　　）、奥様(おくさま)がいらっしゃいました。

1．ついでに　　2．かわりに

6 人間(にんげん)（　　　）ロボットがお客様(きゃくさま)を迎(むか)える。

1．にかわって　　2．について

答案：(1) 2　(2) 1　(3) 1　(4) 1
(5) 2　(6) 1

問題1　つぎの文の（　　）に入れるのに最もよいものを、1・2・3・4から一つえらびなさい。

1　このパンは、小麦粉と牛乳（　　）できています。

1　が　　2　を　　3　に　　4　で

2　調査の結果を（　　）、新しい計画が立てられた。

1　もとに　　2　もとで　　3　さけて　　4　もって

3　始めは泳げなかったのですが、練習するに（　　）上手になりました。

1　して　　2　したがって　　3　なって　　4　よれば

4　A「明日の山登りには、お弁当と飲み物を持って行けばいいですね。」

B「そうですね。ただ、明日は雨が降る（　　）ので、傘は持っていったほうがいいですね。」

1　予定な　　2　ことになっている

3　おそれがある　　4　つもりな

問題2　つぎの文の＿★＿に入る最もよいものを、1・2・3・4から一つえらびなさい。

5　今日は母が病気でしたので、母の＿＿＿　＿★＿　＿＿＿　＿＿＿作りました。

1　姉が　　2　おいしい　　3　かわりに　　4　夕御飯を

6　母に＿＿＿　＿＿＿　＿★＿　＿＿＿、昔、この辺りは川だったそうです。

1　ところ　　2　聞く　　3　に　　4　よると

▼ 翻譯與詳解請見 P.235

希望、願望、意志、決定、感情表現

希望、願望、意志、決定、感情表現

Lesson 09

▼ STEP 1_ 文法速記心智圖

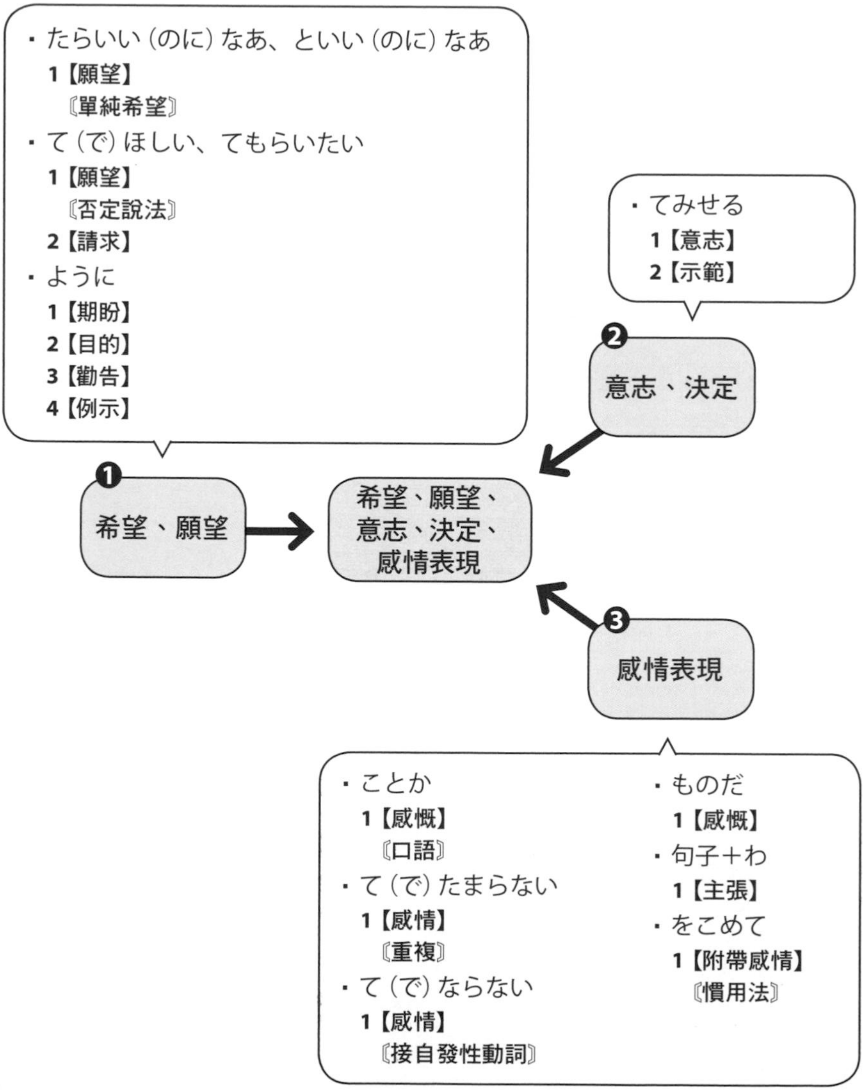

001

Track-068

類義表現
ばへよかった
如果…的話就好了

たらいい(のに)なあ、といい(のに)なあ

…就好了

➡ {名詞；形容動詞詞幹}＋だといい（のに）なあ；{名詞；形容動詞詞幹}＋だったらいい（のに）なあ；{[動詞・形容詞]普通形現在形}＋といい（のに）なあ；{動詞た形}＋たらいい（のに）なあ；{形容詞た形}＋かったらいい（のに）なあ

意思❶【願望】表示非常希望能夠成為那樣，前項是難以實現或是與事實相反的情況。含有說話者遺憾、不滿、感嘆的心情。中文意思是：「…就好了」。如例：

1 駅前(えきまえ)がもっと賑(にぎ)やかだといいのになあ。
假如車站前面那一帶能比現在更繁華就好了。

2 この窓(まど)がもう少(すこ)し大(おお)きかったらいいのになあ。
那扇窗如果能再大一點，該有多好呀。

◉ **比較：ばへよかった**〔如果…的話就好了〕

「たらいい（のに）なあ」表示前項是難以實現或是與事實相反的情況，表現說話者遺憾、不滿、感嘆的心情。常伴隨在句尾的「なあ」表示詠歎；「ばへよかった」表示自己沒有做前項的事而感到後悔。說話人覺得要是做了就好了，帶有後悔的心情。

補充 ▸▸▸〖**單純希望**〗「たらいいなあ、といいなあ」單純表示說話者所希望的，並沒有在現實中是難以實現的，與現實相反的語意。如例：

3 今日(きょう)の晩(ばん)ご飯(はん)、カレーだといいなあ。
真希望今天的晚飯吃的是咖哩呀。

4 明日(あした)晴(は)れるといいなあ。
真希望明天是個大晴天啊。

STEP 2 文法學習

002

類義表現

てもらう

（我）請（某人為我做）…

● て（で）ほしい、てもらいたい

1. 想請你…；2. 希望能…、希望能（幫我）…

意思❶ **【願望】**｛動詞て形｝＋てほしい。表示對他人的某種要求或希望。中文意思是：「想請你…」。如例：

1 母には元気で長生きしてほしい。
希望媽媽長命百歲。

2 私の結婚式には先輩に来てほしいと思っています。
期盼學姐能來參加我的結婚典禮。

補充 ▸▸▸ **〖否定說法〗** 否定的說法有「ないでほしい」跟「てほしくない」兩種。如例：

3 そんなにスピードを出さないでほしい。
希望車子不要開得那麼快。

意思❷ **【請求】**｛動詞て形｝＋てもらいたい。表示想請他人為自己做某事，或從他人那裡得到好處。中文意思是：「希望能…、希望能（幫我）…」。如例：

4 たくさんの人にこの商品を知ってもらいたいです。
衷心盼望把這項產品介紹給廣大的顧客。

◉ 比較：てもらう〔（我）請（某人為我做）…〕

「て（で）ほしい、てもらいたい」表示說話者的希望或要求；「てもらう」表示要別人替自己做某件事情。

003

●ように

1. 希望…；2. 為了…而…；3. 請…；4. 如同…

意思❶【期盼】{動詞ます形}＋ますように。表示祈求。中文意思是：「希望…」。如例：

1 おばあちゃんの病気(びょうき)が早(はや)くよくなりますように。｜希望奶奶早日康復。

◉ 比較：ために〔以…為目的〕

「ように」表示目的。期待能夠實現前項這一目標，而做後項。前後句主詞不一定要一致；「ために」表示目的。為了某種目標積極地去採取行動。前後句主詞必須一致。

意思❷【目的】{動詞辭書形；動詞否定形}＋ように。表示為了實現前項而做後項，是行為主體的目的。中文意思是：「為了…而…」。如例：

2 後(うし)ろの席(せき)まで聞(き)こえるように、大(おお)きな声(こえ)で話(はな)した。｜提高了音量，讓坐在後方座位的人也能聽得見。

意思❸【勸告】用在句末時，表示願望、希望、勸告或輕微的命令等。中文意思是：「請…」。如例：

3 まだ寒(さむ)いから、風邪(かぜ)を引(ひ)かないようにね。
現在天氣還很冷，請留意別感冒了喔！

意思❹【例示】{名詞の；動詞辭書形；動詞否定形}＋ように。表示以具體的人事物為例，來陳述某件事物的性質或內容等。中文意思是：「如同…」。如例：

09 STEP 2 文法學習

4 私が発音するように、後について言ってみてください。
請模仿我的發音，跟著說一遍。

004

Track-071

てみせる

1. 一定要…；2. 做給…看

類義表現
てみる
試著（做）…

➡ {動詞て形} ＋てみせる

意思❶【意志】表示說話人強烈的意志跟決心，含有顯示自己的力量、能力的語氣。中文意思是：「一定要…」。如例：

1 今年はだめだったけど、来年は絶対に合格してみせる。
雖然今年沒被錄取，但明年一定會考上給大家看。

2 君の病気は、必ず僕が治してみせるよ。
等著看，我一定會治好你的病！

◉ **比較：** てみる〔試著（做）…〕

「てみせる」表示說話者做某件事的強烈意志；「てみる」表示不知道、沒試過，所以嘗試著去做某個行為。

意思❷【示範】表示為了讓別人能瞭解，做出實際的動作示範給別人看。中文意思是：「做給…看」。如例：

3 一人暮らしを始める息子に、まずゴミの出し方からやってみせた。
為了即將獨立生活的兒子，首先示範了倒垃圾的方式。

4 ネクタイが結べないの。私が結んでみせるから、よく見てて。
不會打領帶？我打給你看，仔細看清楚喔。

005

ことか

多麼…啊

Track-072

類義表現
ものか
怎麼會…呢

➡ {疑問詞} ＋ {形容動詞詞幹な；[形容詞・動詞] 普通形} ＋ことか

意思❶【感慨】表示該事態的程度如此之大，大到沒辦法特定，含有非常感慨的心情，常用於書面。相當於「非常に～だ」，前面常接疑問詞「どんなに（多麼）、どれだけ（多麼）、どれほど（多少）」等。中文意思是：「多麼…啊」。如例：

1 新薬ができた。この日をどれだけ待っていたことか。
新藥研發成功了！這一天不知道已經盼了多久！

2 夜中に大きな声で歌うなと、弟に何度注意したことか。
已經算不清警告過弟弟多少次，不准在三更半夜大聲唱歌了。

補充 ▸▸▸〘口語〙另外，用「ことだろうか、ことでしょうか」也可表示感歎，常用於口語。如例：

3 君の元気な顔を見たら、彼女がどんなに喜ぶことだろうか。
若是讓她看到你神采奕奕的模樣，真不知道她會有多高興呢！

4 海外で活躍しているあなたのことを、ご両親はどれほど誇りに思っていることでしょうか。
您在國際舞台上如此活躍的身影，不難想見令尊令堂有多麼引以為傲呢！

◉ **比較：**ものか〔怎麼會…呢〕

「ことか」表示說話人強烈地表達自己的感情；「ものか」表示說話人絕對不做某事的強烈抗拒的意志。「ことか」跟「ものか」接續相同。

STEP 2 文法學習

006

Track-073

類義表現

てしょうがない

…得不得了

● て（で）たまらない

非常…、…得受不了

➡ {[形容詞・動詞] て形} ＋てたまらない；{形容動詞詞幹} ＋でたまらない

意思❶ **【感情】** 指說話人處於難以抑制，不能忍受的狀態，前接表達感覺、感情的詞，表示說話人強烈的感情、感覺、慾望等，相當於「てしかたがない、非常に」。中文意思是：「非常…、…得受不了」。如例：

1 薬(くすり)のせいか、眠(ねむ)くてたまらない。
大概是藥效發作的緣故，現在睏得要命。

2 暑(あつ)いなあ。今日(きょう)は喉(のど)が渇(かわ)いてたまらないよ。
好熱啊！今天都快渴死了啦！

3 本番(ほんばん)で失敗(しっぱい)してしまい、残念(ざんねん)でたまりません。
正式上場時不慎失敗，非常懊悔。

◉ 比較： てしょうがない〔…得不得了〕

「てたまらない」表示某種強烈的情緒、感覺、慾望，或身體感到無法抑制，含有已經到無法忍受的地步之意；「てしょうがない」表示某種強烈的感情、感覺，或身體感到無法抑制。含有毫無辦法的意思。兩者常跟心情、感覺相關的詞一起使用。

補充 ››› **〘重複〙** 可重複前項以強調語氣。如例：

4 甘(あま)いものが食(た)べたくて食(た)べたくてたまらないんです。
真的、真的超想吃甜食！

007

● て(で)ならない

…得受不了、非常…

➡ {[形容詞・動詞]て形}+てならない;{名詞;形容動詞詞幹}+でならない

意思❶【感情】表示因某種感受十分強烈，達到沒辦法控制的程度，相當於「てしょうがない」等。中文意思是:「…得受不了、非常…」。如例：

1 仕事は好きだが、満員電車が辛くてならない。
我喜歡工作，但是擠電車上班實在太辛苦了。

2 子供のころは、運動会が嫌でならなかった。
小時候最痛恨運動會了。

◉ **比較：て(で)たまらない**〔…不得了〕

「てならない」表示某種情感非常強烈，或身體無法抑制，使自己情不自禁地去做某事，可以跟自發意義的詞，如「思える」一起使用;「て(で)たまらない」表示某種情緒、感覺、慾望，已經到了難以忍受的地步。常跟心情、感覺相關的詞一起使用。

補充 ▸▸▸〔**接自發性動詞**〕不同於「てたまらない」,「てならない」前面可以接「思える(看來)、泣ける(忍不住哭出來)、になる(在意)」等非意志控制的自發性動詞。如例：

3 老後のことを考えると心配でならない。
一想到年老以後的生活就擔心得不得了。

4 国際社会が悪い方へ向かっているような気がしてならない。
不得不認為國際情勢正朝著令人擔憂的方向發展。

008

ものだ

過去…經常、以前…常常

➡ {形容動詞詞幹な；形容詞辭書形；動詞普通形} ＋ものだ

意思❶ 【感慨】表示説話者對於過去常做某件事情的感慨、回憶或吃驚。如果是敘述人物的行為或狀態時，有時會搭配表示欽佩的副詞「よく」；有時也會搭配表示受夠了的副詞「よく（も）」一起使用。中文意思是：「過去…經常、以前…常常」。如例：

1 子供のころ、よくこの川で泳いだものだ。
小時候常常在這條河裡游泳哩！

2 昔は弟と喧嘩ばかりして、母に叱られたものだ。
以前一天到晚和弟弟吵架，老是挨媽媽罵呢！

3 学生のころは、朝になるまでみんなで喋っていたものだ。
當學生的時候，大家總是一聊起來就聊到天亮呢！

4 若いころは、ご飯を何杯でも食べられたものだが。
年輕時，不管幾碗飯都吃得下，哪像現在呀！

◉ **比較：**<u>ことか</u>〔多麼…啊〕

「ものだ」表示感慨。跟過去時間的説法，前後呼應，表示説話人敘述過去常做某件事情，對此事強烈地感慨、感動或吃驚；「ことか」也表示感慨。表示該事物的程度如此之大，大到沒辦法特定。含有非常感慨的心情。

009

Track-076

● 句子＋わ

…啊、…呢、…呀

類義表現
だい
…呢

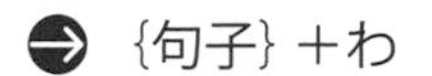

➔ {句子}＋わ

意思❶ **【主張】** 表示自己的主張、決心、判斷等語氣。女性用語。在句尾可使語氣柔和。中文意思是：「…啊、…呢、…呀」。如例：

1 やっとできたわ。
終於做完囉！

2 今日(きょう)は疲(つか)れちゃったわ。
今天好累喔！

3 私(わたし)も一緒(いっしょ)に帰(かえ)るわ。
我也一起回去吧。

4 ゆっくりお風呂(ふろ)に入(はい)りたいわ。
好想舒舒服服泡個澡喔。

◉ **比較：**<u>だい</u>〔…呢〕

「句子＋わ」語氣助詞。讀升調，表示自己的主張、決心、判斷。語氣委婉、柔和。主要為女性用語；「だい」也是語氣助詞。讀升調，表示疑問。主要為成年男性用語。

09 STEP 2 文法學習

010

Track-077

類義表現
をつうじて
透過…

●をこめて

集中…、傾注…

➡ {名詞} ＋を込めて

意思❶ **【附帶感情】** 表示對某事傾注思念或愛等的感情。中文意思是：「集中…、傾注…」。如例：

1 家族(かぞく)の為(ため)に心(こころ)をこめておいしいごはんを作(つく)ります。
為了家人而全心全意烹調美味的飯菜。

2 故郷(こきょう)への思(おも)いをこめて歌(うた)を歌(うた)います。
歌唱時心裡懷著對故鄉的思念。

◉ **比較：** をつうじて〔透過…〕

「をこめて」前面通常接「願い、愛、心、思い」等和心情相關的字詞，表示抱持著愛、願望等心情，灌注於後項的事物之中；「をつうじて」表示經由前項，來達到情報的傳遞。

補充 ▸▸▸ **〘慣用法〙** 常用「心を込めて（誠心誠意）、力を込めて（使盡全力）、愛を込めて（充滿愛）、感謝を込めて（充滿感謝）」等用法。如例：

3 先生(せんせい)、２年間(ねんかん)の感謝(かんしゃ)をこめて、みんなでこのアルバムを作(つく)りました。
老師，全班同學感謝您這兩年來的付出，一起做了這本相簿。

4 平和(へいわ)への願(ねが)いをこめて折(お)り紙(がみ)を折(お)りましょう。
我們一邊摺紙一邊祈禱和平吧！

文法知多少？

☞ 請完成以下題目，從選項中，選出正確答案，並完成句子。

▼ 答案詳見右下角

1 冷たいビールが飲み（　　　）なあ。

1．たい　　　2．ほしい

2 国に帰ったら、父の会社を手伝う（　　　）です。

1．つもり　　　2．たい

3 ほこりがたまらない（　　　）、毎日掃除をしましょう。

1．ために　　　2．ように

4 警察なんかに捕まるものか。必ず逃げ（　　　）。

1．切ってみせる　　　2．切ってみる

5 彼の味方になんか、なる（　　　）。

1．もの　　　2．ものか

6 勉強が辛くて（　　　）。

1．たまらない　　　2．ほかない

7 昔のことが懐かしく思い出されて（　　　）。

1．ならない　　　2．たまらない

8 感謝（　　　）、ブローチを贈りました。

1．をこめて　　　2．をつうじて

答案：(1) 1　(2) 1　(3) 2　(4) 1
(5) 2　(6) 1　(7) 1　(8) 1

問題1　つぎの文の（　　）に入れるのに最もよいものを、1・2・3・4から一つえらびなさい。

1　新しい家が買える（　　　）一生懸命がんばります。

1　ように　　2　ために　　3　ことに　　4　といっても

2　子ども「えーっ、今日も魚？ぼく、魚、きらいなんだよ。」
母親「そんなこと言わないで。おいしいから食べて（　　　）よ。」

1　みる　　2　いる　　3　みて　　4　ばかり

3　A「具合がわるそうね。医者に行ったの？」
B「うん。お酒をやめる（　　　）言われたよ。」

1　からだと　　2　ようだと　　3　ように　　4　ことはないと

4　ああ、喉が乾いた。冷たいビールが（　　　）。

1　飲めたいなあ　　2　飲みたいなあ　　3　飲もうよ　　4　飲むたいなあ

5　A「日曜日の朝は、早いよ。」
B「大丈夫だよ。ゴルフの（　　　）どんなに早くても。」

1　ために　　2　せいなら　　3　せいで　　4　ためなら

6　今年の夏こそ、絶対にやせて（　　　）。

1　みた　　2　らしい　　3　もらう　　4　みせる

▼ 翻譯與詳解請見 P.237

Lesson 10

義務、不必要

義務、不必要

▼ STEP 1_ 文法速記心智圖

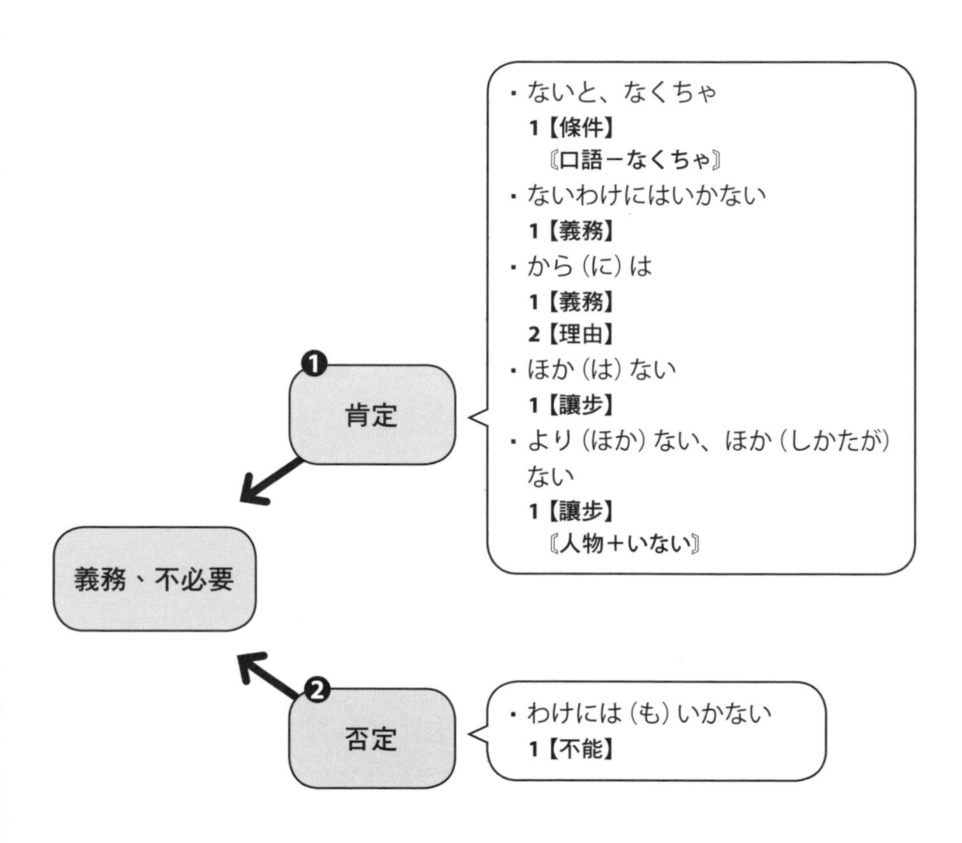

10 STEP 2 文法學習

001

Track-078

類義表現
なければならない
必須…

● ないと、なくちゃ

不…不行

➡ {動詞否定形} ＋ないと、なくちゃ

意思❶【條件】表示受限於某個條件、規定，必須要做某件事情，如果不做，會有不好的結果發生。中文意思是：「不…不行」。如例：

1 この本（ほん）、明日（あした）までに返（かえ）さないと。
這本書得在明天之前歸還才行。

2 明日朝早（あしたあさはや）いから、もう寝（ね）ないと。
明天一早就得起床，不去睡不行了。

補充 ▸▸▸〘口語ーなくちゃ〙「なくちゃ」是口語説法，語氣較為隨便。如例：

3 マヨネーズが切（き）れたから買（か）わなくちゃ。
美奶滋用光了，得去買一瓶回來嘍。

4 靴下（くつした）がない。明日（あした）は洗濯（せんたく）しなくちゃ。
沒乾淨襪子可穿了。明天非得洗衣服不可。

◉ **比較：**なければならない〔必須…〕

「ないと」表示不具備前項的某個條件、規定，後項就會有不好的結果發生或不可能實現。「なくちゃ」是口語説法；「なければならない」表示義務。表示依據社會常識、法規、習慣、道德等規範，必須是那樣的，或有義務要那樣做。是客觀的敘述。在口語中「なければ」常縮略為「なきゃ」。

002

Track-079

類義表現
させる
讓…做

● ないわけにはいかない

不能不…、必須…

➡ {動詞否定形} ＋ないわけにはいかない

意思❶ **【義務】** 表示根據社會的理念、情理、一般常識或自己過去的經驗，不能不做某事，有做某事的義務。中文意思是：「不能不…、必須…」。如例：

1 今日は大事な会議なので、熱があっても参加しないわけにはいかない。
今天有重要的會議，所以即使發燒也非得出席不可。

2 ゴルフに興味はないが、課長に誘われたら行かないわけにはいかない。
雖然對高爾夫球沒興趣，既然科長邀我一起去球場，總不能不去。

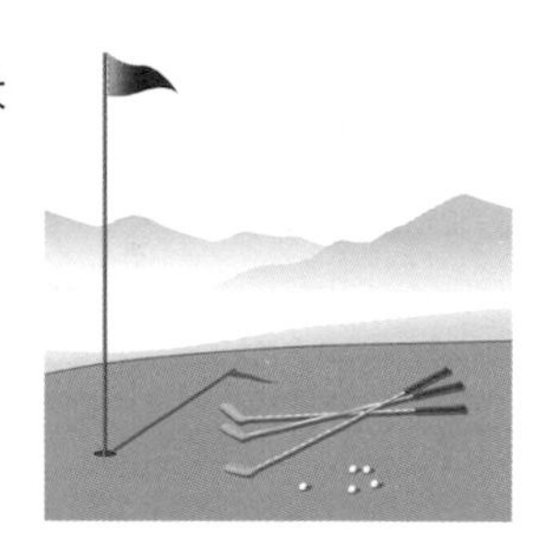

3 君の手作りチョコか。甘いものは苦手だけど食べないわけにはいかないな。
這是妳親手做的巧克力喔？雖然不喜歡吃甜食，但這個總不能不吃吧。

4 生きていくために、働かないわけにはいかないのだ。
為了活下去，就非得工作不可。

◉ **比較：**<u>させる</u>〔讓…做〕

「ないわけにはいかない」表示基於常識或受限於某種規範，不這樣做不行；「させる」表示強制。是地位高的人強制或勸誘地位低的人做某行為。

003

Track-080

類義表現
とする
假如…的話

● から（に）は

1. 既然…；2. 既然…、既然…，就…

➡ {動詞普通形} ＋から（に）は

意思❶ **【義務】** 表示以前項為前提，後項事態也就理所當然的責任或義務。中文意思是：「既然…」如例：

10 STEP 2 文法學習

1 お金をもらうからには、ミスは許されない。

既然是收取酬金的工作，就絕不允許出現任何失誤。

2 会社に入ったからには、会社の利益の為に働かなければならない。

既然進了公司，就非得為公司的收益而努力工作才行。

◉ **比較：**<u>とする</u>〔假如…的話〕

「から（に）は」表示既然到了這種情況，就要順應這件事情，去進行後項的責任或義務。含有抱持某種決心或意志；「とする」是假定用法，表示前項如果成立，說話者就依照前項這個條件來進行判斷。

<u>意思</u>❷【理由】表示既然因為到了這種情況，所以後面就理所當然要「貫徹到底」的說法，因此後句常是說話人的判斷、決心及命令等，含有說話人個人強烈的情感及幹勁。一般用於書面上，相當於「のなら、以上は」。中文意思是：「既然…、既然…，就…」。如例：

3 約束したからには、必ず最後までやります。

既然答應了，就一定會做完。

4 この競技を続けるからには、オリンピックを目指したい。

既然繼續參加這場比賽，目標當然是放在奧運。

004

Track-081

類義表現

ようがない

無法…

● ほか（は）ない

只有…、只好…、只得…

➡ ｛動詞辭書形｝＋ほか（は）ない

<u>意思</u>❶【讓步】表示雖然心裡不願意，但又沒有其他方法，只有這唯一的選擇，別無它法。含有無奈的情緒。相當於「以外にない、より仕方がない」等。中文意思是：「只有…、只好…、只得…」。如例：

1 ビザがもらえなければ、帰国するほかない。
萬一無法取得簽證，就只能回國了。

2 持ち主が分からないなら、捨てるほかない。
如果找不到失主，就只好丟掉了。

3 予算が足りないのだから、これ以上の研究は諦めるほかはない。
因為預算不足，只能放棄繼續研究了。

4 仕事はきついが、この会社で頑張るほかはない。
雖然工作很辛苦，但也只能在這家公司繼續熬下去。

◉ **比較：**ようがない〔無法…〕

「ほかない」表示沒有其他的辦法，只能硬著頭皮去做某件事情；「ようがない」表示束手無策，一點辦法也沒有，即想做但不知道怎麼做，所以不能做。

005

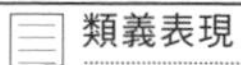

Track-082

● より（ほか）ない、ほか（しかたが）ない

只有…、除了…之外沒有…

> 類義表現
> **ないわけにはいかない**
> 不能不…

意思❶ **【讓步】**{名詞；動詞辭書形}＋より（ほか）ない；{動詞辭書形}＋ほか（しかたが）ない。後面伴隨著否定，表示這是唯一解決問題的辦法，相當於「ほかない、ほかはない」，另外還有「よりほかにない、よりほかはない」的説法。中文意思是：「只有…、除了…之外沒有…」。如例：

1 電車が動いていないのだから、タクシーで行くよりほかない。
因為電車無法運行，只能搭計程車去了。

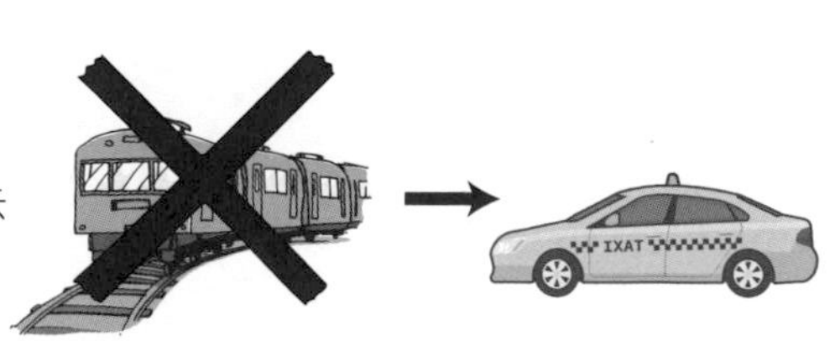

2 どうしても大学に行きたいなら、奨学金をもらうよりほかはない。 | 如果非上大學不可，就只能靠領取獎學金了。

3 社長の私が責任を取って辞めるほかしかたがないだろう。 | 看來唯一的辦法就是由身為總經理的我負起責任辭職了。

◉ **比較：**ないわけにはいかない〔不能不…〕

「より（ほか）ない、ほか（しかたが）ない」表示沒有其他的辦法了，只能採取前項行為；「ないわけにはいかない」表示受限於某種社會上、常識上的規範、義務，必須採取前項行為。

補充 ▸▸▸〘**人物＋いない**〙{名詞；動詞辭書形}＋よりほかに～ない。是「それ以外にない」的強調説法，前接的名詞為人物時，後面要接「いない」。如例：

4 あなたよりほかに頼める人がいないんです。 | 除了你以外，沒有其他人可以拜託了。

006

Track-083

わけには（も）いかない

不能…、不可…

➡ {動詞辭書形；動詞ている}＋わけには（も）いかない

意思❶【**不能**】表示由於一般常識、社會道德、過去經驗，或是出於對周圍的顧忌、出於自尊等約束，那樣做是行不通的，相當於「することはできない」。中文意思是：「不能…、不可…」。如例：

1 明日は大事な試験があるので、休むわけにはいかない。 | 明天有重要的考試，所以實在不能請假。

2 これは友人の本なので、あなたに貸すわけにはいかないんです。 | 這是朋友的書，總不能擅自借給你。

3 いくら聞かれても、彼女の個人情報を教えるわけにはいきません。

無論詢問多少次，我絕不能告知她的個資。

4 林先生に頼まれたら、断るわけにもいかないだろう。

既然是林老師的請託，總不能拒絕吧。

◉ 比較：わけではない〔並不一定…〕

「わけにはいかない」表示受限於常識或規範，不可以做前項這個行為；「わけではない」表示依照狀況看來，不能百分之百地導出前項的結果，也有其他可能性或是例外。是一種委婉、部分的否定用法。

MEMO

文法知多少？

☞ 請完成以下題目，從選項中，選出正確答案，並完成句子。

▼ 答案詳見右下角

1 明日、試験があるので、今夜は勉強（　　　）。

1．しないわけにはいかない　　2．に決まっている

2 誰も助けてくれないので、自分で何とかする（　　　）。

1．ほかない　　2．ようがない

3 あのおじさん苦手だけれど、正月なのに親戚に挨拶に行かない（　　　）。

1．わけがない　　2．わけにもいかない

4 終電が出てしまったので、タクシーで（　　　）。

1．帰らないわけにはいかない

2．帰るよりほかない

5 卒業するためには単位を取ら（　　　）。

1．ないわけにはいかない　　2．ないわけではない

6 霧で飛行機の欠航が出ているため、東京で一泊する（　　　）。

1．ものではなかった　　2．よりほかなかった

答案：(1) 1　(2) 1　(3) 2　(4) 2
(5) 1　(6) 2

問題１　つぎの文の（　　）に入れるのに最もよいものを、１・２・３・４から一つえらびなさい。

1　車で（　　　）お客様は、絶対にお酒を飲んではいけません。

1　使う　　2　伺う
3　来ない　　4　いらっしゃる

2　どうぞ、係の者になんでもお聞き（　　　）ください。

1　して　　2　になって　　3　になさって　　4　されて

3　結婚するためには、親に認めて（　　　）。

1　もらわないわけにはいかない　　2　させなければならない
3　わけにはいかない　　4　ならないことはない

問題２　つぎの文の＿★＿に入る最もよいものを、１・２・３・４から一つえらびなさい。

4　明日から試験なので、今夜は＿＿＿＿＿★＿＿＿＿。

1　しない　　2　いかない　　3　わけには　　4　勉強

5　今年＿＿＿＿＿★＿＿＿＿私の大学の友だちです。

1　ことに　　2　入社する　　3　女性は　　4　なった

6　とても便利ですので、＿＿＿★＿＿＿＿＿＿ください。

1　なって　　2　に　　3　お試し　　4　ぜひ

▼ 翻譯與詳解請見 P.239

Lesson 11

条件、仮定

條件、假定

▼ STEP 1_ 文法速記心智圖

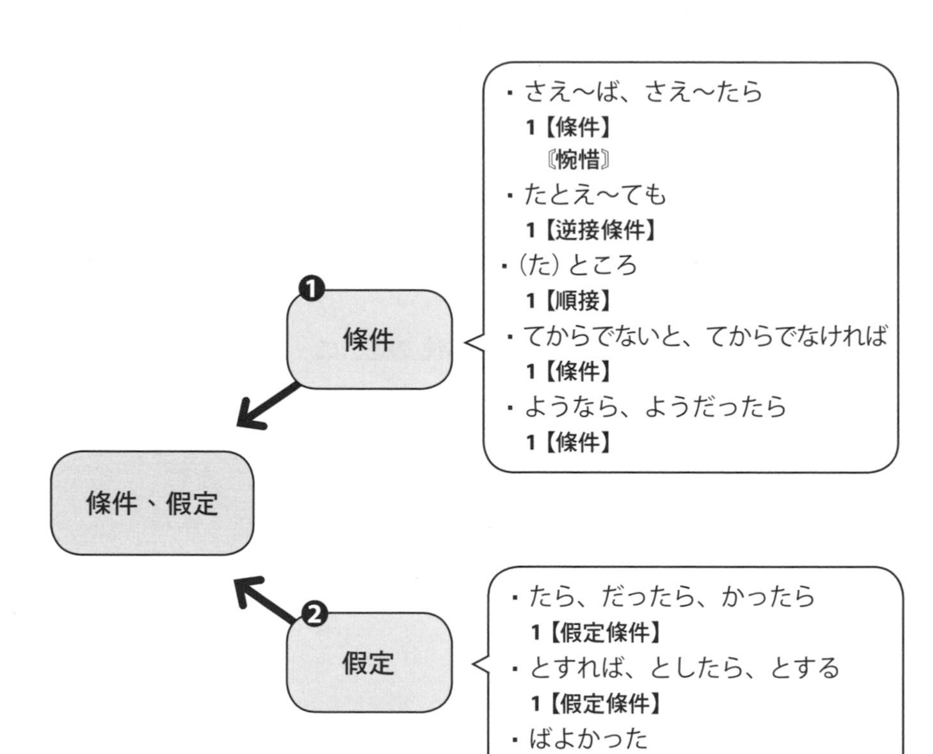

STEP 2 文法學習

001

さえ～ば、さえ～たら

只要…（就…）

➔ ｛名詞｝＋さえ＋｛[形容詞・形容動詞・動詞] 假定形｝＋ば、たら

意思❶ **【條件】** 表示只要某事能夠實現就足夠了，強調只需要某個最低限度或唯一的條件，後項即可成立，相當於「その条件だけあれば」。中文意思是：「只要…（就…）」。如例：

1 あなたは自分さえよければ、それでいいんですか。
你只顧自己好，其他的就事不關己嗎？

2 お金がなくても体さえ丈夫なら、何でもできる。
就算沒錢，只要身體健康，沒有辦不到的事。

3 サッカーさえできれば、息子は満足なんです。
兒子只要能踢足球，就覺得很幸福了。

◉ **比較：** こそ〔才是…〕

「さえ～ば」表示滿足條件的最低限度，前項一成立，就能得到後項的結果；「こそ」用來特別強調前項，表示「不是別的，就是這個」。一般用在強調正面的、好的意義上。

補充 ▸▸▸ **〔惋惜〕** 表達說話人後悔、惋惜等心情的語氣。如例：

4 あの時の私に少しの勇気さえあれば、彼女に結婚を申し込んでいたのに。
那個時候假如我能提起一點點勇氣，就會向女友求婚了。

11 STEP 2 文法學習

002

Track-085
類義表現
としても
即使假設…也…

たとえ〜ても

即使…也…、無論…也…

➡ たとえ＋{動詞て形・形容詞く形}＋ても；たとえ＋{名詞；形容動詞詞幹}＋でも

意思❶ **【逆接條件】** 是逆接條件。表示讓步關係，即使是在前項極端的條件下，後項結果仍然成立。相當於「もし〜だとしても」。中文意思是：「即使…也…、無論…也…」。如例：

1 たとえ雪が降っても、明日は休めない。
就算下了雪，明天還是得照常上班上課。

2 たとえほかの店より安くても、品質が悪ければ意味がない。
即使比其他店家來得便宜，若是品質不好也沒有意義。

3 たとえ子供でも、約束は守らなければならない。
即使是小孩子，答應的事仍然必須遵守才行。

4 たとえ便利でも、環境に悪いものは買わないようにしている。
就算使用方便，只要是會汙染環境的東西我一律拒絕購買。

◉ **比較：** とても〔即使假設…也…〕

「たとえ〜ても」是逆接條件。表示即使前項發生屬實，後項還是會成立。是一種讓步條件。表示説話者的肯定語氣或是決心；「としても」也是逆接條件。表示前項成立，説話人的立場、想法及情況也不會改變。後項多為消極否定的內容。

003

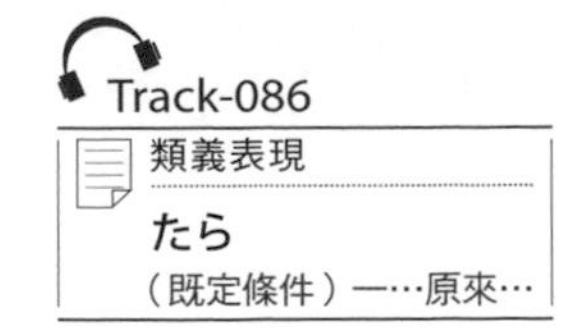

(た)ところ

…，結果…

➡ {動詞た形}＋ところ

意思❶【順接】這是一種順接的用法，表示因某種目的去做某一動作，但在偶然的契機下得到後項的結果。前後出現的事情，沒有直接的因果關係，後項經常是出乎意料之外的客觀事實。相當於「した結果」。中文意思是：「…，結果…」。如例：

1 学校に相談したところ、奨学金がもらえることになった。
經過商討之後，校方同意我領取獎學金了。

2 タオさんに電話してみたところ、半年前に帰国していた。
打了電話給陶先生，才得知他已於半年前回國了。

3 A社に注文したところ、すぐに商品が届いた。
向A公司下訂單後，商品立刻送達了。

4 調べてみたところ、ほとんどの社員が給料に不満を持っていた。
經過調查，幾乎大部分的員工都對薪資頗有微詞。

◉ **比較：**たら〔(既定條件)—…原來…〕

「(た)ところ」表示做了前項動作後，但在偶然的契機下發生了後項的事情；「たら」表示說話人完成前項動作後，有了後項的新發現，或以此為契機，發生了後項的新事物。

004

てからでないと、てからでなければ

不…就不能…、不…之後，不能…、…之前，不…

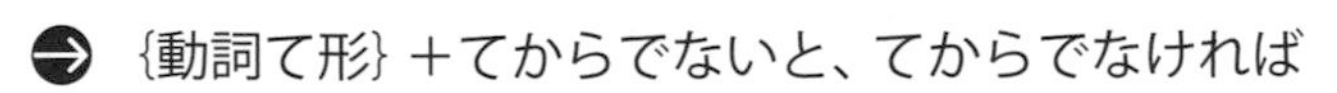

➡ {動詞て形}＋てからでないと、てからでなければ

意思❶【條件】表示如果不先做前項，就不能做後項，表示實現某事必需具備的條件。後項大多為困難、不可能等意思的句子。相當於「した後でなければ」。中文意思是：「不…就不能…、不…之後，不能…、…之前，不…」。如例：

11 STEP 2 文法學習

1 「一緒に帰りませんか。」「この仕事が終わってからでないと帰れないんです。」
「要不要一起回去？」「我得忙完這件工作才能回去。」

2 宿題をやってからじゃないと、ゲームしちゃだめでしょ。
一定要先把功課寫完，否則不准打電玩喔！

3 この件につきましては、調査をしてからでなければお答えできません。
關於本案，需先經過調查，否則恕難答覆。

4 先生の診察を受けてからでなければ、退院はできませんよ。
要先接受醫師的診察，否則不可以出院喔！

◉ **比較：**からには〔既然…〕

「てからでないと」表示必須先做前項動作，才能接著做後項動作；「からには」表示事情演變至此，就要順應這件事情。含有抱持做某事，堅持到最後的決心或意志。

005

ようなら、ようだったら

如果…、要是…

➡ ｛名詞の；形容動詞な；[動詞・形容詞] 辭書形｝＋ようなら、ようだったら

意思❶ **【條件】**表示在某個假設的情況下，説話者要採取某個行動，或是請對方採取某個行動。中文意思是：「如果…、要是…」。如例：

1 明日、雨のようならお祭りは中止です。
明天如果下雨，祭典就取消舉行。

2 今、お邪魔なようでしたら、また明日来ます。
如果現在打擾的話，我明天再來。

3 遅れるようだったら、連絡してください。
假如有可能遲到，敬請聯絡。

4 眩しいようなら、カーテンを閉めましょうか。
如果覺得刺眼，要不要拉上窗簾呢？

◉ **比較：**ようでは〔如果…的話〕

「ようなら」表示在某個假設的情況下，說話者要採取某個行動，或是請對方採取某個行動；「ようでは」表示假設。後項一般是伴隨著跟期望相反的事物，或負面評價的說法。一般用在譴責或批評他人，希望對方能改正。

006

Track-089
類義表現
と
一…就…

たら、だったら、かったら

要是…、如果…

➜ {動詞た形} ＋たら；{名詞・形容詞詞幹} ＋だったら；{形容詞た形} ＋かったら

意思❶【假定條件】前項是不可能實現，或是與事實、現況相反的事物，後面接上說話者的情感表現，有感嘆、惋惜的意思。中文意思是：「要是…、如果…」。如例：

1 もし昨日に戻れたら、この株を全部売ってしまうのに。
假如能趕在昨天回來，就能把這檔股票全部賣掉了啊。

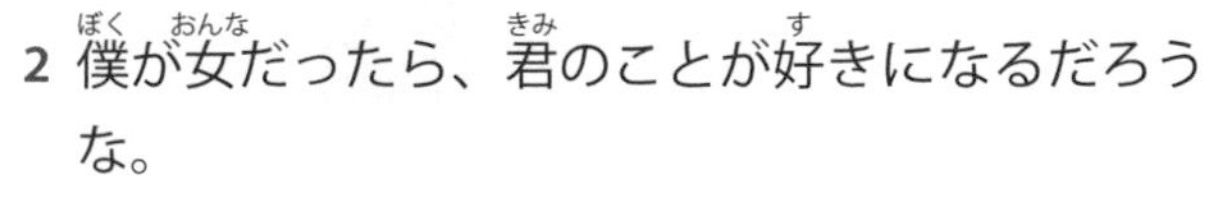
2 僕が女だったら、君のことが好きになるだろうな。
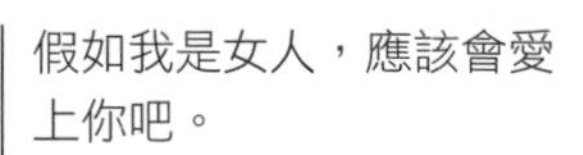
假如我是女人，應該會愛上你吧。

3 その人が本当に親切だったら、あなたにお金を貸したりしないでしょう。
那個人如果真的有同理心，應該就不會借你錢了吧。

4 もっと若(わか)かったら、田舎(いなか)で農業(のうぎょう)をやってみたい。

如果我更年輕一點，真想嘗試在鄉下務農。

◉ **比較：**<u>と</u>〔一…就…〕

「たら」表示假如前項有成立，就以它為一個契機去做後項的行為；「と」表示前項提出一個跟事實相反假設，後項再敘述對無法實現那一假設感到遺憾。句尾大多是「のに、けれど」等表現方式。

007

Track-090

類義表現

たら

要是…

とすれば、としたら、とする

如果…、如果…的話、假如…的話

➡ {名詞だ;形容動詞詞幹だ;[形容詞・動詞]普通形} +とすれば、としたら、とする

意思❶【假定條件】在認清現況或得來的信息的前提條件下，據此條件進行判斷，後項大多為推測、判斷或疑問的內容。一般為主觀性的評價或判斷。相當於「と仮定したら」。中文意思是：「如果…、如果…的話、假如…的話」。如例：

1 あなたの話(はなし)が本当(ほんとう)だとすれば、彼(かれ)は私(わたし)に嘘(うそ)をついたのです。

假如你所言屬實，那就是他對我說謊了。

2 今(いま)のあなたが幸(しあわ)せだとしたら、それは奥(おく)さんのおかげですね。

如果你現在過得幸福美滿，那可是尊夫人的功勞喔。

3 15歳(さい)のときに戻(もど)れるとします。あなたはどうしますか。

假如可以回到十五歲，你想做什麼呢？

4 明日うちに来るとしたら、何時ごろになりますか。

如果您預定明天來寒舍，請問大約幾點光臨呢？

◉ **比較：**<u>たら</u>〔要是…〕

「としたら」是假定用法，表示前項如果成立，說話者就依照前項這個條件來進行判斷；「たら」表示如果前項成真，後項也會跟著實現。

008

ばよかった

1.…就好了；2. 沒（不）…就好了

➔ {動詞假定形} ＋ばよかった；{動詞否定形（去い）} ＋なければよかった

意思❶ **【反事實條件】**表示說話者為自己沒有做前項的事而感到後悔，覺得要是做了就好了，含有對於過去事物的惋惜、感慨，並帶有後悔的心情。中文意思是：「…就好了」。如例：

1 もっと早くやればよかった。

要是早點做就好了。

2 雨か。車で来ればよかった。

下雨了？早知道就開車來了。

3 寝る前にちゃんと準備しておけばよかった。

要是睡覺前能先準備妥當就好了。

補充 ››› **〘否定－後悔〙**以「なければよかった」的形式，表示對已做的事感到後悔，覺得不應該。中文意思是：「沒（不）…就好了」。如例：

4 あんなこと言わなければよかった。

真後悔，不該說那句話的。

STEP 2 文法學習

◉ 比較：なら〔如果…〕

「ばよかった」表示說話人因沒有做前項的事而感到後悔。說話人覺得要是做了就好了，帶有後悔的心情；「なら」表示條件。承接對方的話題或說過的話，在後項把有關的談話，以建議、意見、意志的方式進行下去。

MEMO

文法知多少？

☞ 請完成以下題目，從選項中，選出正確答案，並完成句子。

▼ 答案詳見右下角

1 手続(てつづ)き（　　　）、誰(だれ)でも入学(にゅうがく)できます。

1．さえすれば　　　2．こそ

2 （　　　）、私(わたし)は平気(へいき)だ。

1．たとえ何(なに)を言(い)われても

2．何(なに)を言(い)われたら

3 席(せき)が（　　　）、座(すわ)ってください。

1．空(あ)いたら　　　2．空(す)くと

4 準備体操(じゅんびたいそう)を（　　　）、プールには入(はい)れません。

1．してからでないと

2．したからには

5 資格(しかく)を（　　　）、看護士(かんごし)の免許(めんきょ)がいい。

1．取(と)ったら　　　2．取(と)るとしたら

6 眼鏡(めがね)をかけれ（　　　）、見(み)えます。

1．と　　　2．ば

7 雨(あめ)だ、傘(かさ)を持(も)って（　　　）。

1．くればよかった　2．くるつもりだ

答案：(1) 1　(2) 1　(3) 1　(4) 1
(5) 2　(6) 2　(7) 1

問題1　つぎの文の（　　）に入れるのに最もよいものを、1・2・3・4から一つえらびなさい。

1　A「どこかいい歯医者さん知らない？」
B「あら、歯が痛いの。駅前の田中歯科に（　　　）。」
1　行くことでしょう　　2　行ってみせて
3　行ってもどうかな　　4　行ってみたらどう

2　あら、風邪？熱が（　　　）、病院に行ったほうがいいわよ。
1　高いと　　2　高いようなら
3　高いらしいと　　4　高いからって

3　たとえ明日雨が（　　　）遠足は行われます。
1　降っても　　2　降ったら　　3　降るので　　4　降ったが

4　水（　　　）あれば、人は何日か生きられるそうです。
1　ばかり　　2　は　　3　から　　4　さえ

5　A「この会には誰でも入れるのですか。」
B「ええ、手続きさえ（　　　）、どなたでも入れますよ。」
1　して　　2　しないと　　3　しないので　　4　すれば

6　先生になった（　　　）、生徒に信頼される先生になりたい。
1　には　　2　けれど　　3　からには　　4　とたん

▼ 翻譯與詳解請見 P.241

規定、慣例、慣習、方法

規定、慣例、習慣、方法

Lesson 12

▼ STEP 1_ 文法速記心智圖

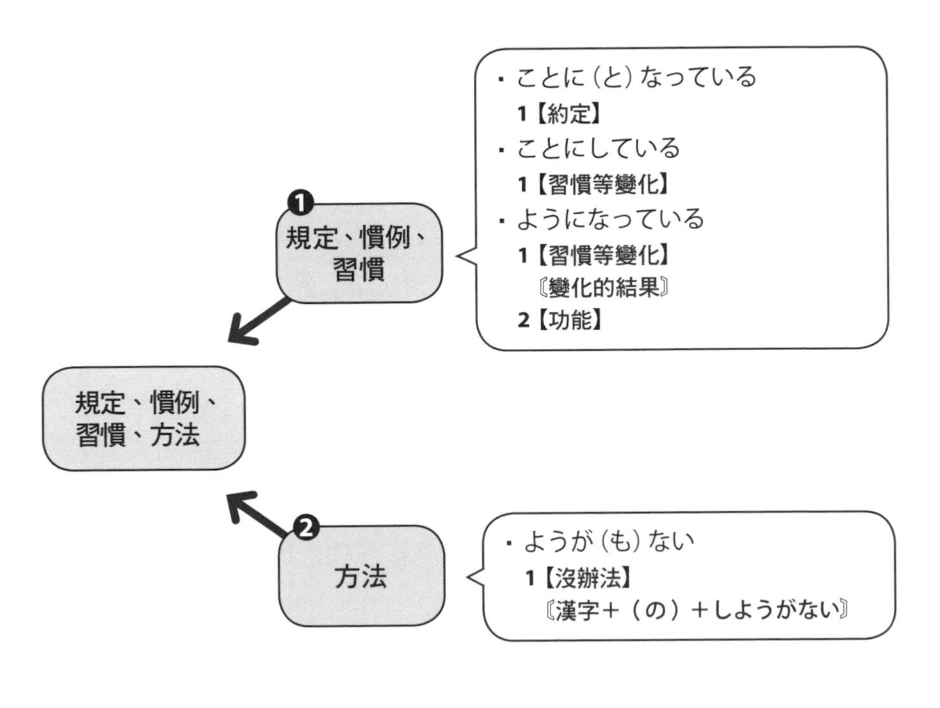

12 STEP 2 文法學習

001

ことに（と）なっている

按規定…、預定…、將…

➔ ｛動詞辭書形；動詞否定形｝＋ことに（と）なっている

意思❶ 【約定】表示結果或定論等的存續。表示客觀做出某種安排，像是約定或約束人們生活行為的各種規定、法律以及一些慣例。也就是「ことになる」所表示的結果、結論的持續存在。中文意思是：「按規定…、預定…、將…」。如例：

1 朝ご飯は、夫が作ることになっている。｜早餐都是由我先生做的。

2 入社の際には、健康診断を受けて頂くことになっています。
進入本公司上班時，必須接受健康檢查。

3 料金は1か月以内に銀行に振り込むことになっています。｜費用需於一個月內匯入銀行帳戶。

4 個人情報ですので、これ以上はお教えできないこととなっております。｜事關個人資訊，按規定無法透露更多細節。

◉ **比較：**<u>ことにしている</u>〔我決定…〕

「ことになっている」用來表示是某個團體或組織做出決定，跟自己主觀意志沒有關係；「ことにしている」表示說話者根據自己的意志，刻意地去養成某種習慣、規矩。

002

ことにしている

都…、向來…

Track-093

類義表現
ことになる
決定…

➔ {動詞普通形} ＋ことにしている

意思❶ **【習慣等變化】** 表示個人根據某種決心，而形成的某種習慣、方針或規矩。也就是從「ことにする」的決心、決定，最後所形成的一種習慣。翻譯上可以比較靈活。中文意思是：「都…、向來…」。如例：

1 眼鏡はいつもここに置くことにしている。
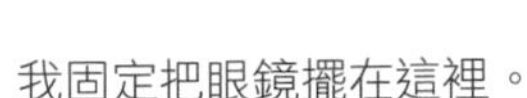
我固定把眼鏡擺在這裡。

2 朝起きたら、水を一杯飲むことにしています。
我每天早上一起床就會喝一杯水。

3 一年に一度は田舎に帰ることにしている。
我每年都會回鄉下一趟。

4 あの男の言うことは信用しないことにしている。
那個男人講的話，我一概不予取信。

◉ **比較：**ことになる〔決定…〕

「ことにしている」表示説話者刻意地去養成某種習慣、規矩；「ことになる」表示一個安排或決定，而這件事一般來説不是説話者負責、主導的。

003

ようになっている

1. 會…；2. 就會…

Track-094

類義表現
ようにする
爭取做到…

意思❶ **【習慣等變化】** {動詞辭書形；動詞可能形} ＋ようになっている。是表示能力、狀態、行為等變化的「ようになる」，與表示動作持續的「ている」結合而成。中文意思是：「會…」。如例：

12 STEP 2 文法學習

1 去年の夏に生まれた甥は、いつの間にか歩けるようになっている。

去年夏天出生的外甥，不知道什麼時候已經會走路了。

2 彼女は自分でフランス語を勉強して、今ではフランス映画が分かるようになっている。

她自學法語，現在已經能夠看懂法國電影了。

◉ **比較：**ようにする〔爭取做到…〕

「ようになっている」表示某習慣以前沒有但現在有了，或能力的變化，以前不能，但現在有能力了。也表示未來的某行為是可能的；「ようにする」表示意志。表示努力地把某行為變成習慣，這時用「ようにしている」的形式。

補充 ▸▸▸〘**變化的結果**〙{名詞の；動詞辭書形}＋ようになっている。表示變化的結果。是表示比喻的「ようだ」，再加上表示動作持續的「ている」的應用。如例：

3 先生の家はいつも学生が泊っていて、食事付きのホテルのようになっている。

老師家總有學生住在裡面，儼然成為供餐的旅館。

意思❷【**功能**】{動詞辭書形}＋ようになっている。表示機器、電腦等，因為程式或設定等而具備的功能。中文意思是：「就會…」。如例：

4 このトイレは手を出すと水が出るようになっています。

這間廁所的設備是只要伸出手，水龍頭就會自動給水。

004

● ようが(も)ない

沒辦法、無法…；不可能…

Track-095

類義表現
よりしかたがない
只有…

➡ {動詞ます形} ＋ようが (も) ない

意思❶【**沒辦法**】表示不管用什麼方法都不可能，已經沒有辦法了，相當於「ことができない」。「よう」是接尾詞，表示方法。中文意思是：「沒辦法、無法…；不可能…」。如例：

1 題名(だいめい)も著者名(ちょしゃめい)も分(わ)からないのでは、調(しら)べようがない。
如果書名和作者都不知道，那就無從搜尋起了。

2 この時間(じかん)の渋滞(じゅうたい)は避(さ)けようがない。
這個時段塞車是無法避免的。

3 本人(ほんにん)にやる気(き)がないんだもん。どうしようもないよ。
他本人根本提不起勁嘛，我還能有什麼辦法呢？

◉ **比較：** よりしかたがない〔只有…〕

「ようが（も）ない」表示束手無策，一點辦法也沒有；「よりしかたがない」表示沒有其他的辦法了，只能採取前項行為。

補充 ▸▸▸〔**漢字＋（の）＋しようがない**〕表示説話人確信某事態理應不可能發生，相當於「はずがない」。通常前面接的サ行變格動詞為雙漢字時，中間加不加「の」都可以。如例：

4 こんな簡単(かんたん)な操作(そうさ)、失敗(しっぱい)（の）しようがない。
這麼簡單的操作，總不可能出錯吧。

文法知多少？

☞ 請完成以下題目，從選項中，選出正確答案，並完成句子。

▼ 答案詳見右下角

1 仕事(しごと)が忙(いそが)しいときも、休日(きゅうじつ)は家(いえ)でゆったりと過(す)ごす（　　　）。

1．ことにしている　　2．ことになる

2 書類(しょるい)には、生年月日(せいねんがっぴ)を書(か)く（　　　）。

1．ことにしていた　　2．ことになっていた

3 彼(かれ)も来日十年(らいにちじゅうねん)、今(いま)では寿司(すし)も食(た)べられる（　　　）。

1．ようになった　　2．ようにした

4 コンセントがないから、ＣＤを聞(き)き（　　　）。

1．ようがない　　2．よりしかたがない

5 知人(ちじん)を訪(たず)ねて京都(きょうと)に行(い)った（　　　）、観光(かんこう)をしました。

1．ついでに　　2．に加(くわ)えて

6 申(もう)し込(こ)みは５時(じ)で締(し)め切(き)られる（　　　）。

1．っけ　　2．とか

7 行動科学専攻(こうどうかがくせんこう)では、社会科学(しゃかいかがく)（　　　）、自然科学(しぜんかがく)も学(まな)ぶことができる。

1．とともに　　2．に伴(ともな)って

8 賞金(しょうきん)（　　　）、ハワイ旅行(りょこう)もプレゼントされた。

1．に加(くわ)えて　　2．に比(くら)べて

答案：(1) 1　(2) 2　(3) 1　(4) 1
(5) 1　(6) 2　(7) 1　(8) 1

問題 1　つぎの文の（　　）に入れるのに最もよいものを、1・2・3・4から一つえらびなさい。

1　こんなに部屋がきたないんじゃ、友だちを（　　）そうもない。

1　呼び　　2　呼べ　　3　呼べる　　4　呼ぶ

2　A「夏休みはどうするの？」

B「僕は田舎のおじさんの家に行く（　　）。」

1　らしいよ　　2　ことになっているんだ

3　ようだよ　　4　ことはないよ

3　骨折して入院していましたが、やっと自分で（　　）ようになりました。

1　歩ける　　2　歩かる

3　歩けて　　4　歩かられる

4　私が小学生の時から、母は留守（るす）（　　）だったので、私は自分で料理をしていた。

1　がち　　2　がちの　　3　がら　　4　頃

問題 2　つぎの文の＿★＿に入る最もよいものを、1・2・3・4から一つえらびなさい。

5　なんと言われても、＿＿　＿★＿　＿＿　＿＿いる。

1　しない　　2　ことに　　3　して　　4　気に

6　毎日＿＿　＿＿　＿★＿　＿＿ピアノも上手に弾けるようになります。

1　ように　　2　と　　3　練習する　　4　する

▼ 翻譯與詳解請見 P.243

並列、添加、列挙

並列、添加、列舉

Lesson 13

▼ STEP 1_ 文法速記心智圖

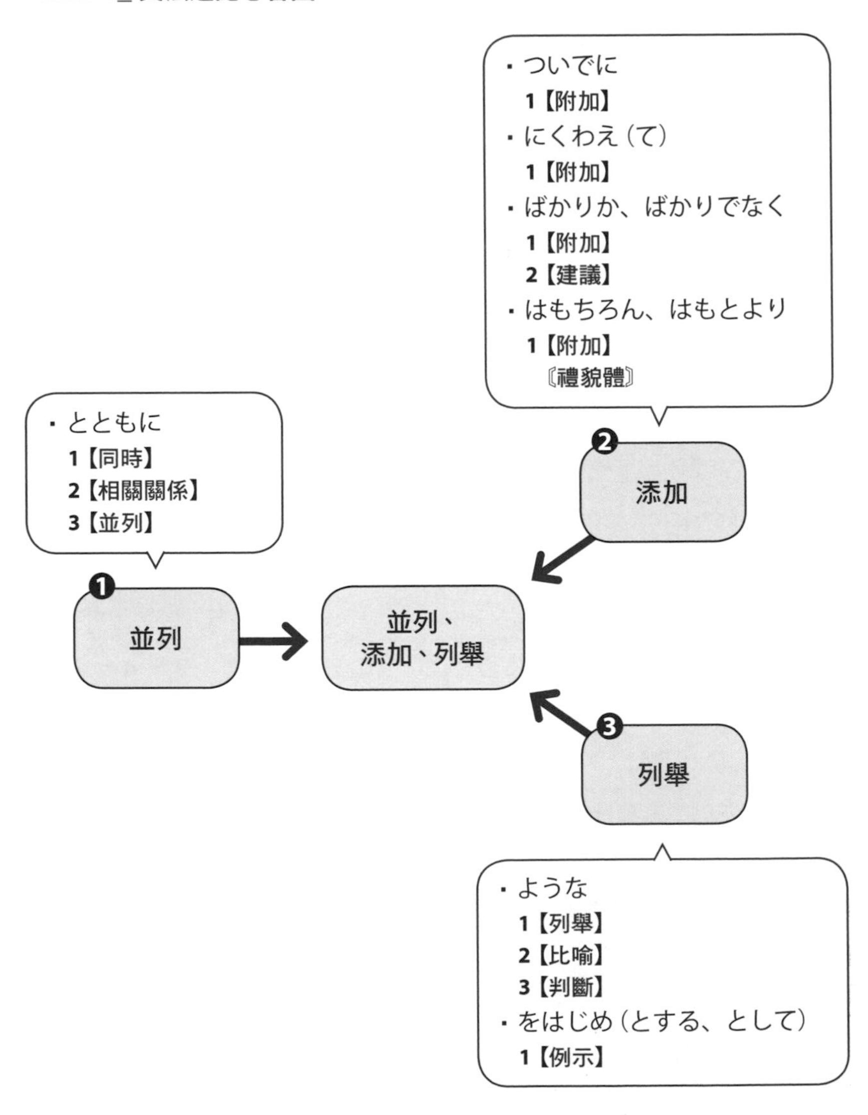

001

ともに

1. 與…同時，也…；2. 隨著…；3. 和…一起

Track-096

類義表現
にともなって
隨著…

➡ {名詞；動詞辭書形} ＋ともに

意思❶【同時】表示後項的動作或變化，跟著前項同時進行或發生，相當於「と一緒に、と同時に」。中文意思是：「與…同時，也…」。如例：

1 ベルの音(おと)とともに、列車(れっしゃ)が動(うご)き出(だ)した。 | 隨著鈴聲響起，火車出發了。

2 食事(しょくじ)に気(き)をつけるとともに、軽(かる)い運動(うんどう)をすることも大切(たいせつ)です。
不僅要注意飲食內容，做些輕度運動也同樣重要。

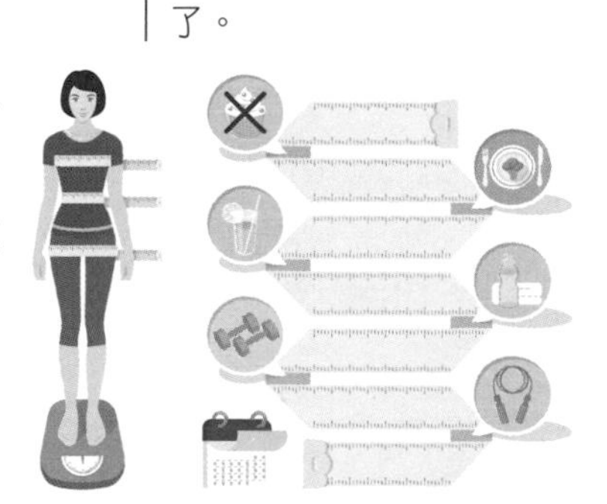

意思❷【相關關係】表示後項變化隨著前項一同變化。中文意思是：「隨著…」。如例：

3 国(くに)の発展(はってん)と共(とも)に、国民(こくみん)の生活(せいかつ)も豊(ゆた)かになった。 | 隨著國家的發展，國民的生活也變得富足了。

◉ **比較：** にともなって〔隨著…〕

「ともに」表示後項變化隨著前項一同變化；「にともなって」表示隨著前項的進行，後項也有所進展或產生變化。

意思❸【並列】表示與某人等一起進行某行為，相當於「と一緒に」。中文意思是：「和…一起」。如例：

4 これからの人生(じんせい)をあなたと共(とも)に歩(ある)いて行(い)きたい。 | 我想和你共度餘生。

13 STEP 2 文法學習

002

Track-097

類義表現

にくわえて

加上…

ついでに

順便…、順手…、就便…

➡ {名詞の；動詞普通形} ＋ついでに

意思❶ **【附加】** 表示做某一主要的事情的同時，再追加順便做其他事情，後者通常是附加行為，輕而易舉的小事，相當於「の機会を利用して～をする」。中文意思是：「順便…、順手…、就便…」。如例：

1 買い物のついでに、図書館で本を借りてきた。
出門買東西，順道去圖書館借了書。

2 散歩のついでに、郵便局で切手を買った。
散步的途中，順便到郵局買了郵票。

3 大阪へ出張したついでに、京都の紅葉を見てきた。
到大阪出差時，順路去了京都賞楓。

4 ホテルを予約するとき、ついでにレストランも予約することにしている。
訂房的時候，會順便預約餐廳。

◉ **比較：** にくわえて〔加上…〕

「ついでに」表示在做某件事的同時，因為天時地利人和，剛好做了其他事情；「にくわえて」表示不只是前面的事物，再加上後面的事物。

003

にくわえ（て）

而且…、加上…、添加…

➡ {名詞} ＋に加え（て）

意思❶【附加】表示在現有前項的事物上，再加上後項類似的別的事物。有時是補充某種性質、有時是強調某種狀態和性質。後項常接「も」。相當於「だけでなく～も」。中文意思是：「而且…、加上…、添加…」。如例：

1 強い風に加えて、雨も降り始めた。
不但颳起大風，也開始下雨了。

2 毎日の仕事に加えて、来月の会議の準備もしなければならない。
除了每天的工作項目，還得準備下個月的會議才行。

3 その少女は可愛らしい笑顔に加え、美しい歌声も持っていた。
那位少女不僅有可愛的笑容，還擁有一副美妙的歌喉。

4 試合終了の笛が鳴ると、グラウンドの選手たちに加え、観客たちも泣き出した。
當比賽結束的哨音響起，包括場上的運動員們在內，連場邊的觀眾們也哭了起來。

◉ **比較：にくらべて**〔與…相比…〕
「にくわえて」表示某事態到此並沒有結束，除了前項，要再添加上後項；「にくらべて」表示基準。表示比較兩個事物，前項是比較的基準。

004

Track-099

●ばかりか、ばかりでなく

1. 豈止…，連…也…、不僅…而且…；2. 不要…最好…

類義表現
どころか
別說…

➡ {名詞；形容動詞詞幹な；[形容詞・動詞] 普通形} ＋ばかりか、ばかりでなく

13 STEP 2 文法學習

意思❶【附加】表示除了前項的情況之外，還有後項的情況，褒意貶意都可以用。「ばかりか」含有說話人吃驚或感嘆等心情。語意跟「だけでなく～も～」相同，後項也常會出現「も、さえ」等詞。中文意思是：「豈止…，連…也…、不僅…而且…」。如例：

1 彼女は英語ばかりかロシア語もできる。
她不僅會英文，還會俄文。

2 この靴はおしゃれなばかりでなく、軽くて歩き易い。
這雙鞋不但好看，而且又輕，走起來健步如飛。

3 この店の料理は味が薄いばかりか量も少ない。
這家餐廳的菜不但淡而無味，而且份量又少。

4 本田さんは手術に失敗したばかりでなく、別の病気も見つかったらしい。
聽說本田小姐不但手術失敗了，還發現了其他疾病。

◉ **比較：** どころか〔別說…〕

「ばかりか」表示不光是前項，連後項也是，而後項的程度比前項來得高；「どころか」表示後項內容跟預期相反。先否定了前項，並提出程度更深的後項。

意思❷【建議】「ばかりでなく」也用在忠告、建議、委託的表現上。中文意思是：「不要…最好…」。如例：

5 肉ばかりでなく野菜もたくさん食べるようにしてください。
不要光吃肉，最好也多吃些蔬菜。

005

はもちろん、はもとより

不僅…而且…、…不用說，…也…

➡ {名詞} ＋はもちろん、はもとより

意思❶【附加】表示一般程度的前項自然不用說，就連程度較高的後項也不例外，後項是強調不僅如此的新信息。相當於「は言うまでもなく～（も）」。中文意思是：「不僅…而且…、…不用說，…也…」。如例：

1 曹さんは休み時間はもちろん、授業中もよく寝ている。
別說是下課時間了，就連上課中曹同學也經常睡覺。

2 子育てはもちろん料理も掃除も、妻と協力してやっています。
不單是帶孩子，還包括煮飯和打掃，我都和太太一起做。

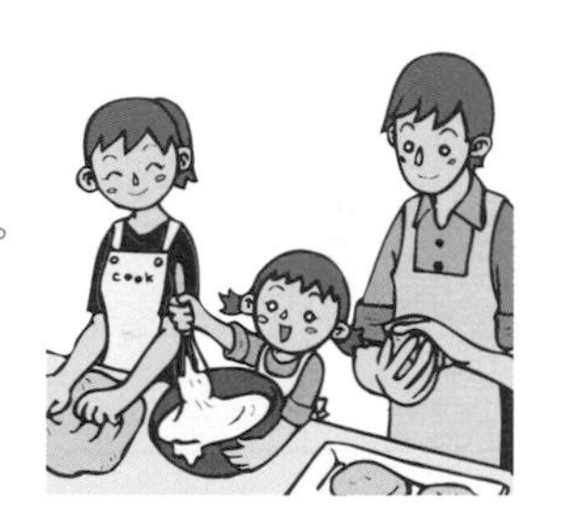

◉ 比較：にくわえて〔加上…〕

「はもちろん、はもとより」表示例舉，前項是一般程度的，後項程度略高，不管是前項還是後項通通包含在內；「にくわえて」表示除了前項，再加上後項，兩項的地位相等。

補充 ▸▸▸〔禮貌體〕「はもとより」是種較生硬的表現。另外，「もとより」也有「本來、從一開始」的意思。如例：

3 私が成功できたのは両親はもとより、これまでお世話になった方々のおかげです。
我能夠成功不僅必須歸功於父母，也要感謝在各方面照顧過我的各位。

4 失業は本人はもとより、一緒に暮らす家族にとっても深刻な問題だ。
失業不單是當事人的問題，對於住在一起的家人也是相當嚴重的問題。

5 そのことはもとより存じております。
那件事打從一開始我就知道了。

006

ような

1. 像…之類的；2. 宛如…一樣的…；3. 感覺像…

13 STEP 2 文法學習

意思❶【列舉】{名詞の}＋ような。表示列舉，為了說明後項的名詞，而在前項具體的舉出例子。中文意思是：「像…之類的」。如例：

1 このマンションでは鳥や魚のような小さなペットなら飼うことができます。
如果是鳥或魚之類的小寵物，可以在這棟大廈裡飼養。

2 妹はケーキやチョコレートのような甘い物ばかり食べている。
妹妹一天到晚老是吃蛋糕和巧克力之類的甜食。

意思❷【比喻】{名詞の；動詞辭書形；動詞ている}＋ような。表示比喻。中文意思是：「宛如…一樣的…」。如例：

3 高熱が何日も下がらず、死ぬような思いをした。
高燒好幾天都退不下來，還以為要死掉了。

意思❸【判斷】{名詞の；形容動詞詞幹な；[形容詞・動詞]辭書形}＋ような気がする。表示說話人的感覺或主觀的判斷。中文意思是：「感覺像…」。如例：

4 何か悪いことが起こるような気がする。
總覺得要發生不祥之事了。

◉ **比較：** らしい〔有…的樣子〕

「ような」表示說話人的感覺或主觀的判斷；「らしい」表示充分具有該事物應有的性質或樣貌，或是說話者根據眼前的事物進行客觀的推測。

007

● をはじめ(とする、として)

以…為首、…以及…、…等等

Track-102

類義表現
をちゅうしんに
以…為重點

➡ {名詞} ＋をはじめ(とする、として)

意思❶【例示】表示由核心的人或物擴展到很廣的範圍。「を」前面是最具代表性的、核心的人或物。作用類似「などの、と」等。中文意思是：「以…為首、…以及…、…等等」。如例：

1 校長先生をはじめ、学校の先生方には大変お世話になりました。
感謝以校長為首的各位老師諸多關照了。

2 札幌をはじめ、北海道には外国人観光客に人気の街がたくさんある。
包括札幌在內，北海道有許許多多廣受外國觀光客喜愛的城市。

3 この辺りには、国立劇場をはじめとする公共の施設が多い。
這一帶有國立劇場等等的各種公共設施。

4 柔道をはじめとして、日本には礼儀作法を大切にするスポーツが多くある。
日本有很多運動項目都很注重禮法，尤其是柔道。

◉ **比較：をちゅうしんに**〔以…為重點〕

「をはじめ」先舉出一個最具代表性的事物，後項再列舉出範圍更廣的同類事物。後項常出現表示「多數」之意的詞；「をちゅうしんに」表示前項是某事物、狀態、現象、行為範圍的中心位置，而這中心位置，具有重要的作用。

文法知多少？

☞ 請完成以下題目，從選項中，選出正確答案，並完成句子。

▼ 答案詳見右下角

1 彼(かれ)は、失恋(しつれん)した（　　）、会社(かいしゃ)も首(くび)になってしまいました。

1．ついでに　　2．ばかりか

2 私(わたし)はイタリア人(じん)ですが、すきやき、てんぷら（　　）、納豆(なっとう)も大好(だいす)きです。

1．はもちろん　　2．に加(くわ)えて

3 日本(にほん)の近代(きんだい)には、夏目漱石(なつめそうせき)（　　）、いろいろな作家(さっか)がいます。

1．をはじめ　　2．を中心(ちゅうしん)に

4 安室奈美恵(あむろなみえ)（　　）小顔(こがお)になりたいです。

1．のような　　2．らしい

5 今日(きょう)は朝(あさ)から大雨(おおあめ)だった。雨(あめ)（　　）、昼(ひる)からは風(かぜ)も出(で)てきた。

1．にわたって　　2．に加(くわ)えて

6 彼(かれ)の奥(おく)さんは、きれいな（　　）、料理(りょうり)もじょうずだ。

1．ばかりでなく　　2．はんめん

答案：(1) 2　(2) 1　(3) 1　(4) 1
(5) 2　(6) 1

問題 1　つぎの文の（　　）に入れるのに最もよいものを、1・2・3・4から一つえらびなさい。

1　母親「あら、お姉さんはまだ帰らないの？」

妹「お姉さん、友だちとご飯食べて帰る（　　　）よ。」

1　らしい　　2　つもり　　3　そうなら　　4　ような

2　天気予報では、「明日は晴れ。ところ（　　　）雨。」って言ってたよ。

1　により　　2　では　　3　なら　　4　について

3　私は小学校のときは、病気（　　　）病気をしたことがなかった。

1　らしく　　2　らしい　　3　みたいな　　4　ような

4　練習すれば、君だって1km ぐらい泳げる（　　　）なるさ。

1　らしく　　2　ことに　　3　ように　　4　そうに

5　彼女のお兄さんは、スタイルは（　　　）、とても性格がいいそうよ。

1　いいけど　　2　もちろん　　3　悪く　　4　いいのに

問題 2　つぎの文の＿★＿に入る最もよいものを、1・2・3・4から一つえらびなさい。

6　高校生の息子がニュージーランドにホームステイをしたいと言っている。

私は、子どもが＿＿＿　＿＿＿　＿★＿　＿＿＿と思うが、やはり少し心配だ。

1　思うことは　　2　やりたい　　3　したいと　　4　させて

▼ 翻譯與詳解請見 P.244

比較、対比、逆接

比較、對比、逆接

Lesson 14

▼ STEP 1_ 文法速記心智圖

比較、對比、逆接

❶ **比較**

- くらいなら、ぐらいなら
  1【比較】
- というより
  1【比較】
- にくらべ（て）
  1【比較基準】
- わりに（は）
  1【比較】

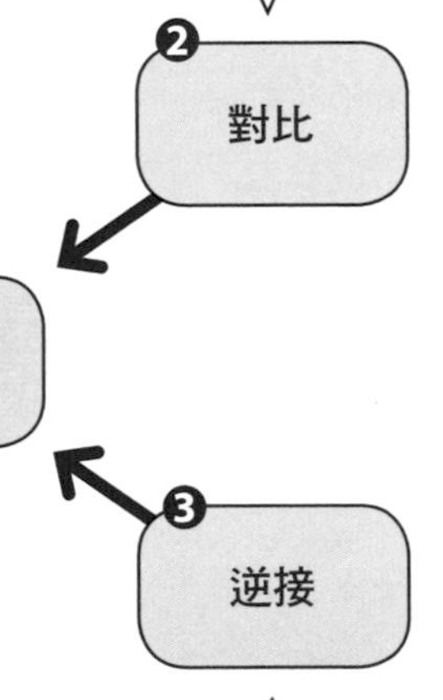

❷ **對比**

- にしては
  1【與預料不同】
- にたいして（は）、にたいし、にたいする
  1【對比】
  2【對象】
- にはんし（て）、にはんする、にはんした
  1【對比】
- はんめん
  1【對比】

❸ **逆接**

- としても
  1【逆接條件】
- にしても
  1【逆接讓步】
- くせに
  1【逆接讓步】
- といっても
  1【逆接】
  〔複雜〕

STEP 2 文法學習

001

Track-103

類義表現
からには
既然…

● くらいなら、ぐらいなら

與其…不如…、要是…還不如…

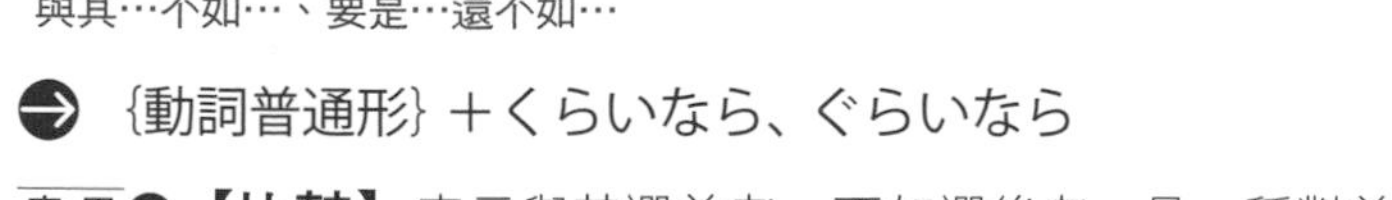

➡ {動詞普通形} ＋くらいなら、ぐらいなら

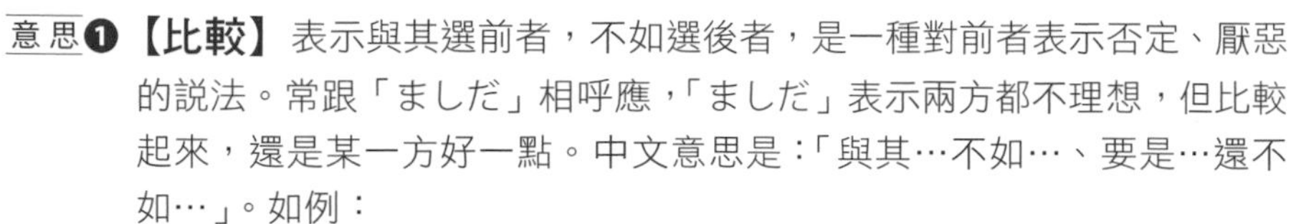

意思❶ **【比較】** 表示與其選前者，不如選後者，是一種對前者表示否定、厭惡的説法。常跟「ましだ」相呼應，「ましだ」表示兩方都不理想，但比較起來，還是某一方好一點。中文意思是：「與其…不如…、要是…還不如…」。如例：

1 あなたに迷惑(めいわく)をかけるくらいなら、会社(かいしゃ)を辞(や)めます。
與其造成您的困擾，我寧願向公司辭職。

2 あいつに謝(あやま)るくらいなら、死(し)んだほうがましだ。
要我向那傢伙道歉，倒不如叫我死了算了！

3 そんな大学(だいがく)に行(い)くぐらいなら、就職(しゅうしょく)しろ。
與其讀那樣的大學，倒不如給我去工作。

4 後(あと)から喧嘩(けんか)するくらいなら、友達(ともだち)にお金(かね)を貸(か)さないほうがいい。
與其日後雙方鬧翻，不如別借錢給朋友比較好。

◉ 比較：からには〔既然…〕

「くらいなら、ぐらいなら」表示説話者寧可選擇後項也不要前項，表現出厭惡的感覺；「からには」表示事情演變至此，就要順應這件事情，去進行後項的責任或義務。含有抱持某種決心或意志之意。

14 STEP 2 文法學習

002

● というより

與其說…，還不如說…

➔ {名詞；形容動詞詞幹；[名詞・形容詞・形容動詞・動詞] 普通形} ＋というより

意思❶ **【比較】** 表示在相比較的情況下，後項的說法比前項更恰當，後項是對前項的修正、補充或否定，比直接、毫不留情加以否定的「ではなく」，說法還要婉轉。中文意思是：「與其說…，還不如說…」。如例：

1 母(はは)にとって犬(いぬ)のジョンは、ペットというより息子(むすこ)だ。
對媽媽而言，小狗約翰不只是寵物，其實更像是兒子。

2 この祭(まつ)りは、賑(にぎ)やかというよりうるさい。
這場慶典哪是熱鬧，根本到了吵鬧的程度。

3 この音楽(おんがく)は、気持(きも)ちが落(お)ち着(つ)くというより、眠(ねむ)くなる。
這種音樂與其說使人心情平靜，更接近讓人昏昏欲睡。

4 あの人(ひと)が親切(しんせつ)なのは、あなたのためというより、あなたに好(す)かれたいためだと思(おも)う。
我覺得那個人之所以那麼熱心，與其說是好意幫助你，還不如說是想討你的歡心。

◉ **比較：**ほど～はない〔沒有…比…的了〕

「というより」表示在相比較的情況下，與其說是前項，不如說後項更為合適；「ほど～はない」表示程度比不上「ほど」前面的事物。強調說話人主觀地認為「ほど」前面的事物是最如何如何的。

003

Track-105

類義表現
にたいして
對於…

にくらべ(て)

與…相比、跟…比較起來、比較…

{名詞} +に比べ(て)

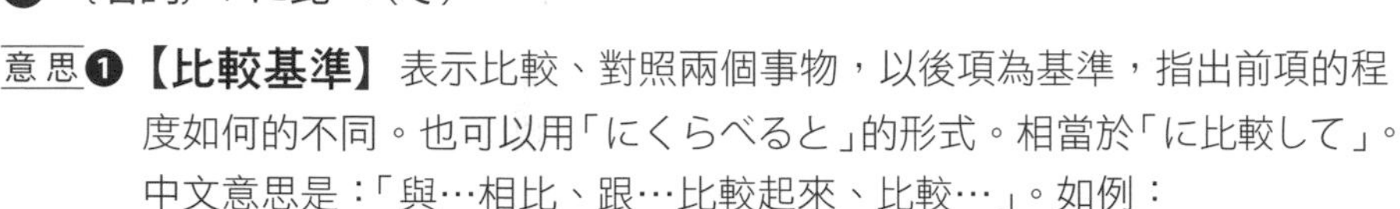

意思❶【比較基準】表示比較、對照兩個事物，以後項為基準，指出前項的程度如何的不同。也可以用「にくらべると」的形式。相當於「に比較して」。中文意思是：「與…相比、跟…比較起來、比較…」。如例：

1 いつも優しい兄に比べて、姉は怒ると恐い。
和總是善解人意的哥哥相比，姉姉一生起氣來就叫人毛骨悚然。

2 女性は男性に比べて我慢強いと言われている。
一般而言，女性的忍耐力比男性強。

3 都会に比べると、この辺りは家賃が安い。
比起市中心，這一帶的房租較為便宜。

4 今年の春は、去年に比べ桜の開花が遅いそうだ。
和去年相較，今年春天櫻花似乎開得比較晚。

◉ **比較：にたいして**〔對於…〕

「にくらべ(て)」前項是比較的基準。「にたいして」表示對象，後項多是針對這個對象而有的態度、行為或作用等，帶給這個對象一些影響。

14 STEP 2 文法學習

004

わりに(は)

(比較起來)雖然…但是…、但是相對之下還算…、可是…

➔ {名詞の;形容動詞詞幹な;[形容詞・動詞]普通形}+わりに(は)

意思❶【比較】表示結果跟前項條件不成比例、有出入或不相稱,結果劣於或好於應有程度,相當於「のに、にしては」。中文意思是:「(比較起來)雖然…但是…、但是相對之下還算…、可是…」。如例:

1 このケーキは値段(ねだん)のわりに小(ちい)さ過(す)ぎる。
這家店的蛋糕以價格來看,未免太小塊了。

2 この体操(たいそう)は簡単(かんたん)なわりに効果(こうか)があるから、ぜひやってください。
這種體操看似容易卻很有效果,請務必做做看。

3 この辺(あた)りは、駅(えき)から近(ちか)いわりに静(しず)かでいい。
這一帶雖然離車站近但很安靜,住起來很舒適。

4 3年(ねん)も留学(りゅうがく)していたわりには喋(しゃべ)れないね。
都已經留學三年了,卻還是沒辦法開口交談哦?

◉ **比較:**<u>として</u>〔作為…〕

「わりに(は)」表示某事物不如前項這個一般基準一般好或壞;「として」表示以某種身分、資格、地位來做後項的動作。

005

にしては

照…來說…、就…而言算是…、從…這一點來說,算是…的、作為…,相對來說…

➔ {名詞;形容動詞詞幹;動詞普通形}+にしては

意思❶【與預料不同】表示現實的情況，跟前項提的標準相差很大，後項結果跟前項預想的相反或出入很大。含有疑問、諷刺、責難、讚賞的語氣。相當於「割には」。中文意思是：「照…來說…、就…而言算是…、從…這一點來說，算是…的、作為…，相對來說…」。如例：

1 この辺りは、都会にしては緑が多い。
以都會區而言，這一帶綠意盎然。

2 このコーヒー、インスタントにしてはおいしいね。
以即溶咖啡來說，這一杯還真好喝耶！

3 一生懸命やったにしては、結果がよくない。
相較於竭盡全力的過程，結果並不理想。

4 木村さんは、もう 50 歳を過ぎているにしては、若者の流行に詳しい。
以木村先生已經五十多歲的年紀來說，他對年輕人流行的事物可說是瞭若指掌。

◉ **比較：**わりに（は）〔與…不符〕
「にしては」表示評價的標準。表示後項的現實狀況，與前項敘述不符；「わりに（は）」表示比較的基準。按照常識來比較，後項跟前項不成比例、不協調、有出入。

006

● にたいして(は)、にたいし、にたいする

1. 和…相比；2. 向…、對（於）…

➡ {名詞} ＋に対して（は）、に対し、に対する

意思❶【對比】用於表示對立，指出相較於某個事態，有另一種不同的情況，也就是對比某一事物的兩種對立的情況。中文意思是：「和…相比」。如例：

14 STEP 2 文法學習

1 息子(むすこ)が本(ほん)が好(す)きなのに対(たい)し、娘(むすめ)は運動(うんどう)が得意(とくい)だ。
不同於兒子喜歡閱讀，女兒擅長的是運動。

意思❷ **【對象】** 表示動作、感情施予的對象，接在人、話題或主題等詞後面，表明對某對象產生直接作用。後接名詞時以「にたいするＮ」的形式表現。有時候可以置換成「に」。中文意思是：「向…、對（於）…」。如例：

2 先生(せんせい)は私(わたし)の質問(しつもん)に対(たい)して、丁寧(ていねい)に答(こた)えてくれた。
對於我的詢問，老師給了仔細的解答。

3 あなたは奥(おく)さんに対(たい)して、感謝(かんしゃ)の気持(きも)ちを持(も)っていますか。
你是否對太太常懷感謝的心呢？

4 この事件(じけん)の陰(かげ)には、若者(わかもの)の社会(しゃかい)に対(たい)する不満(ふまん)がある。
這起事件的背後，透露出年輕人對社會的不滿。

◉ **比較：**<u>について</u>〔針對…〕

「にたいして（は）」表示動作針對的對象。也表示前項的內容跟後項的內容是相反的兩個方面；「について」表示以前接名詞為主題，進行書寫、討論、發表、提問、說明等動作。

007

にはんし(て)、にはんする、にはんした

與…相反…

➡ {名詞} +に反し(て)、に反する、に反した

意思❶ **【對比】** 接「期待（期待）、予想（預測）」等詞後面，表示後項的結果，跟前項所預料的相反，形成對比的關係。相當於「て～とは反対に、に背いて」。中文意思是：「與…相反…」。如例：

1 予想に反して、ブラジルが負けた。

比賽大爆冷門，巴西竟然輸了。

2 親の期待に反し、彼は大学を辞めて働き始めた。

他違背了父母的期望，向大學辦理退學，開始工作了。

3 新製品の売り上げは、予測に反する結果となった。

新產品的銷售狀況截然不同於預期。

4 君たちの行動は、学校の規則に反したものだ。

你們的行為已經違反了校規！

◉ **比較：**<u>にひきかえ</u>〔和…比起來〕

「にはんして」常接「予想、期待、予測、意思、命令、願い」等詞，表示和前項所預料是相反的；「にひきかえ」比較兩個相反或差異很大的事物。含有說話人個人主觀的看法。

008

はんめん

另一面…、另一方面…

➔ {[形容詞・動詞] 辭書形} ＋反面；{[名詞・形容動詞詞幹な] である} ＋反面

意思❶ **【對比】** 表示同一種事物，同時兼具兩種不同性格的兩個方面。除了前項的一個事項外，還有後項的相反的一個事項。前項一般為醒目或表面的事情，後項一般指出其難以注意或內在的事情。相當於「である一方」。中文意思是：「另一面…、另一方面…」。如例：

14 STEP 2 文法學習

1 この植物（しょくぶつ）は寒（さむ）さに強（つよ）い反面（はんめん）、病気（びょうき）になり易（やす）い。

這種植物雖然耐寒，卻也容易生病。

2 この街（まち）は観光客（かんこうきゃく）に人気（にんき）がある反面（はんめん）、あまり治安（ちあん）がよくない。

這條街雖然吸引眾多觀光客造訪，但是相對的，治安並不良好。

3 父（ちち）は厳（きび）しい親（おや）である反面（はんめん）、私（わたし）の最大（さいだい）の理解者（りかいしゃ）でもあった。

爸爸雖然很嚴格，但從另一個角度來說，也是最了解我的人。

4 弟（おとうと）は学校（がっこう）では元気（げんき）な反面（はんめん）、家（いえ）ではわがままだ。

弟弟在學校表現活潑，可是在家裡卻非常任性。

◉ **比較：**いっぽうで〔另一方面…〕

「はんめん」表示在同一個人事物中，有前項和後項這兩種相反的情況、性格、方面；「いっぽうで」表示對比。可以表示同一主語有兩個對比的情況，也表示同一主語有不同的方面。

009

としても

即使…，也…、就算…，也…

Track-111

類義表現

としたら

假設…

➔ {名詞だ；形容動詞詞幹だ；[形容詞・動詞]普通形}＋としても

意思❶【逆接條件】表示假設前項是事實或成立，後項也不會起有效的作用，或者後項的結果，與前項的預期相反。後項大多為否定、消極的內容。一般用在説話人的主張跟意見上。相當於「その場合でも」。中文意思是：「即使…，也…、就算…，也…」。如例：

1 君（きみ）の言（い）ったことは、冗談（じょうだん）だとしても、許（ゆる）されないよ。

你説出來的話，就算是開玩笑也不可原諒！

2 話が退屈だとしても、講演中にスマホでゲームは失礼だ。
就算內容無趣，在演講中拿起手機玩手遊仍然是沒有禮貌的行為。

3 どんなに羨ましかったとしても、人の悪口は言わないほうがいい。
就算再怎麼羨慕，還是不要講別人的壞話比較好。

4 今からじゃロケットで行ったとしても間に合わないよ。
現在才急著趕過去，就算搭火箭也來不及啦！

◉ **比較：**<u>としたら</u>〔假設…〕

「としても」表示就算前項成立，也不能替後項帶來什麼影響；「としたら」表示順接的假定條件。在認清現況或得來的信息的前提條件下，據此條件進行判斷。後項是說話人判斷的表達方式。

010

● にしても

就算…，也…、即使…，也…

➡ {名詞；[形容詞・動詞]普通形}＋にしても

意思❶【逆接讓步】表示讓步關係，退一步承認前項條件，並在後項中敘述跟前項矛盾的內容。前接人物名詞的時候，表示站在別人的立場推測別人的想法。相當於「も、としても」。中文意思是：「就算…，也…、即使…，也…」。如例：

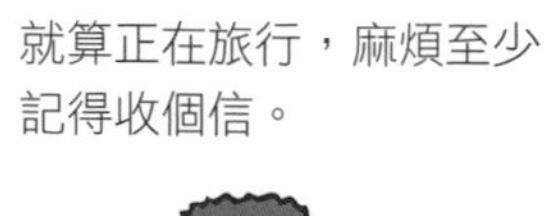

1 旅行中にしても、メールくらいチェックしてください。
就算正在旅行，麻煩至少記得收個信。

2 おいしくないにしても、体のために食べたほうがいい。
即使難吃，為了健康著想，還是吃下去比較好。

3 叱るにしても、もう少し優しい言い方があるでしょう。
就算要責備，也可以用個比較婉轉的講法吧？

4 電車が止まったにしても、3時間も遅刻して来るのはおかしい。
即使電車停駛了，足足遲到三個鐘頭未免說不過去。

◉ **比較：**<u>としても</u>〔即使…〕

「にしても」表示假設退一步承認前項的事態，其內容也是不能理解、允許的；「としても」表示假設前項是事實或成立，後項也不會起有效的作用，或者後項的結果，與前項的預期相反。

011

● くせに

雖然…，可是…、…，卻…

➡ {名詞の；形容動詞詞幹な；[形容詞・動詞] 普通形} ＋くせに

意思❶ **【逆接讓步】** 表示逆態接續。用來表示根據前項的條件，出現後項讓人覺得可笑的、不相稱的情況。全句帶有譴責、抱怨、反駁、不滿、輕蔑的語氣。批評的語氣比「のに」更重，較為口語。中文意思是：「雖然…，可是…、…，卻…」。如例：

1 後輩のくせに、先輩に荷物を持たせるんじゃないよ。
身為學弟，居然膽敢讓學長幫忙提東西！

2 どうしてあの子に冷たくするの。本当はあの子のこと好きなくせに。
為什麼要對那個女孩那麼冷淡呢？你明明很喜歡她嘛！

3 あのホテルは高いくせにサービスが悪い。
那家旅館價格高昂，服務卻很差。

4 自分では何もしないくせに、文句ばかり言うな。
既然自己什麼都不做，就別滿嘴抱怨！

◉ **比較：**<u>のに</u>〔明明…〕

「くせに」表示後項結果和前項的條件不符，帶有說話人不屑、不滿、責備等負面語氣；「のに」表示後項的結果和預想的相背，帶有說話人不滿、責備、遺憾、意外、疑問的心情。

012

といっても

雖說…，但…、雖說…，也並不是很…

➡ ｛名詞；形容動詞詞幹；[名詞・形容詞・形容動詞・動詞] 普通形｝＋といっても

意思❶ **【逆接】** 表示承認前項的說法，但同時在後項做部分的修正，或限制的內容，說明實際上程度沒有那麼嚴重。後項多是說話者的判斷。中文意思是：「雖說…，但…、雖說…，也並不是很…」。如例：

1 留学といっても3か月だけです。
說好聽的是留學，其實也只去了三個月。

2 駅から近いといっても、歩いて7，8分かかります。
雖說離車站不遠，走起來也得花上七、八分鐘。

3 住民に調査したといっても、たった10人に聞いただけじゃないか。
說是對居民進行了訪查，根本只問了十個人而已嘛！

補充 ▸▸▸ **〔複雜〕** 表示簡單地歸納了前項，在後項說明實際上程度更複雜。如例：

4 この機械は安全です。安全といっても、使い方を守ることが必要ですが。
這台機器很安全。不過雖說安全，仍然必須遵守正確的使用方式。

STEP 2 文法學習

◉ **比較：**にしても〔即使…〕

「といっても」説明實際上後項程度沒有那麼嚴重，或實際上後項比前項歸納的要複雜；「にしても」表示讓步。表示即使假設承認前項的事態，並在後項中敘述的事情與預料的不同。

MEMO

文法知多少？

☞ 請完成以下題目，從選項中，選出正確答案，並完成句子。

▼ 答案詳見右下角

1 彼は准教授の（　　　）、教授になったと嘘をついた。

　1．くせに　　　　2．のに

2 あんな男と結婚する（　　　）、一生独身の方がましだ。

　1．ぐらいなら　　　　2．からには

3 体が丈夫（　　　）、インフルエンザには注意しなければならない。

　1．くらいなら　　　　2．だとしても

4 今年は去年（　　　）、雨の量が多い。

　1．に比べ　　　　2．に対して

5 法律（　　　）行為をしたら処罰されます。

　1．に反する　　　　2．に比べて

6 テストで100点をとった（　　　）、母はほめてくれなかった。

　1．のに　　　　2．としても

7 上司にはへつらう（　　　）、部下にはいばり散らす。

　1．かわりに　　　　2．反面

8 物理の点が悪かった（　　　）、化学はまあまあだった。

　1．わりには　　　　2．として

答案：(1) 1　(2) 1　(3) 2　(4) 1
(5) 1　(6) 1　(7) 2　(8) 1

問題1　つぎの文の（　　）に入れるのに最もよいものを、1・2・3・4から一つえらびなさい。

1　彼女は台湾から来たばかり（　　　）、とても日本語が上手です。

1　なのに　　2　なので
3　なんて　　4　などは

2　十分練習した（　　　）、1回戦で負けてしまった。

1　はずだから　　2　のでは
3　はずなのに　　4　つもりで

問題2　つぎの文の＿★＿に入る最もよいものを、1・2・3・4から一つえらびなさい。

3　姉が作るお菓子＿＿＿　＿＿＿　＿★＿　＿＿＿ない。

1　は　　2　ぐらい
3　もの　　4　おいしい

4　彼女は親友の＿＿＿　＿＿＿　＿★＿　＿＿＿いたに違いない。

1　相談できずに　　2　悩んで
3　私にも　　4　一人で

5　さっき歯医者に行った＿★＿　＿＿＿　＿＿＿　＿＿＿間違えていました。

1　時間を　　2　のに
3　の　　4　予約

6　彼は、のんびり＿＿＿　＿★＿　＿＿＿　＿＿＿あります。

1　反面　　2　ところも
3　気が短い　　4　している

▼ 翻譯與詳解請見 P.246

限定、強調

限定、強調

Lesson 15

▼ STEP 1_ 文法速記心智圖

- (っ) きり
  - 1【限定】
    - 〔一直〕
  - 2【不變化】
- しかない
  - 1【限定】
- だけしか
  - 1【限定】
- だけ (で)
  - 1【限定】
    - 〔限定範圍〕
    - 〔程度低〕

- こそ
  - 1【強調】
    - 〔結果得來不易〕
- など
  - 1【輕重的強調】
    - 〔意外〕
- などと (なんて) いう、などと (なんて) おもう
  - 1【輕重的強調】
  - 2【驚訝】
- なんか、なんて
  - 1【強調否定】
  - 2【舉例】
  - 3【輕視】
- ものか
  - 1【強調否定】
    - 〔禮貌體〕
    - 〔口語〕

15 STEP 2 文法學習

001

●（っ）きり

1. 只有…；2. 全心全意地…；3. 自從…就一直…

意思❶【限定】{名詞}＋（っ）きり。接在名詞後面，表示限定，也就是只有這些的範圍，除此之外沒有其它，相當於「だけ、しか～ない」。中文意思是：「只有…」。如例：

1 ちょっと二人きりで話したいことがあります。｜有件事想找你單獨談一下。

補充 ▸▸▸〖一直〗{動詞ます形}＋（っ）きり。表示不做別的事，全心全意做某一件事。中文意思是：「全心全意地…」。如例：

2 手術の後は、妻に付きっきりで世話をしました。
動完手術後，就全心全意地待在妻子身旁照顧她了。

意思❷【不變化】{動詞た形；これ、それ、あれ}＋（っ）きり。表示自此以後，便未發生某事態，後面常接否定。中文意思是：「自從…就一直…」。如例：

3 息子は高校を卒業した後、家を出たきり一度も帰って来ない。｜自從兒子高中畢業後離開家門，就再也不曾回來過了。

4 彼女とは３年前に別れて、それきり一度も会っていません。｜自從和她在三年前分手後，連一次面都沒見過。

◉ **比較：**<u>っぱなしで</u>〔…著〕

「（っ）きり」表示從此以後，就沒有發生某事態，後面常接否定形；「っぱなしで」表示相同的事情或狀態，一直持續著，後面不接否定形。

002

● しかない

只能…、只好…、只有…

Track-116

類義表現
ないわけにはいかない
必須…

➡ {動詞辭書形} ＋しかない

意思❶【限定】表示只有這唯一可行的，沒有別的選擇，或沒有其它的可能性，用法比「ほかない」還要廣，相當於「だけだ」。中文意思是：「只能…、只好…、只有…」。如例：

1 飛行機(ひこうき)が飛(と)ばないなら、旅行(りょこう)は諦(あきら)めるしかない。
既然飛機停飛，只好放棄旅行了。

2 そんなに隣(となり)がうるさいなら、もう引(ひ)っ越(こ)すしかないよ。
既然隔壁鄰居那麼吵，也只能搬家了呀。

3 仕事(しごと)が終(お)わらない。今日(きょう)は残業(ざんぎょう)するしかない。
工作做不完。今天只好加班了。

4 ここまで来(き)たら、最後(さいご)までやるしかない。
既然已經走到這一步，只能硬著頭皮做到最後了。

◉ **比較：** ないわけにはいかない〔必須…〕

「しかない」表示只剩下這個方法而已，只能採取這個行動；「ないわけにはいかない」表示基於常識或受限於某種社會的理念，不這樣做不行。

003

● だけしか

只…、…而已、僅僅…

Track-117

類義表現
だけ
只…

➡ {名詞} ＋だけしか

15 STEP 2 文法學習

意思❶ **【限定】** 限定用法。下面接否定表現，表示除此之外就沒別的了。比起單獨用「だけ」或「しか」，兩者合用更多了強調的意味。中文意思是：「只…、…而已、僅僅…」。如例：

1 うちにお金(かね)はこれだけしかありません。
我家裡的錢只有這麼一點點。

2 頼(たよ)れるのはあなただけしかいないんです。
能夠拜託的人就只有你而已。

3 映画(えいが)のチケット、1枚(まい)だけしかないんですが、よかったらどうぞ。
電影票只有一張而已，如果不介意的話請拿去看。

4 テストは時間(じかん)が足(た)りなくて、半分(はんぶん)だけしかできなかった。
考試時間不夠用，只答了一半而已。

◉ **比較：**だけ〔只…〕

「だけしか」下面接否定表現，表示除此之外就沒別的了，強調的意味濃厚；「だけ」表示某個範圍內就只有這樣而已。用在對人、事、物等加以限制或限定。

004

● だけ(で)

1. 光…就…；2. 只是…、只不過…；3. 只要…就…

➡ {名詞；形容動詞詞幹な；[形容詞・動詞]普通形}＋だけ(で)

意思❶ **【限定】** 接在「考える(思考)、聞く(聽聞)、想像する(想像)」等詞後面時，表示不管有沒有實際體驗，都可以感受到。中文意思是：「光…就…」。如例：

1 雑誌(ざっし)で写真(しゃしん)を見(み)ただけで、この町(まち)が大好(だいす)きになった。
單是在雜誌上看到照片，就愛上這座城鎮了。

2 小さかった君が父親になるかと思うと、想像しただけで嬉しいよ。 | 一想到當年那個小不點的你即將成為爸爸了，光是在腦海裡想像那幅畫面就讓人開心極囉！

補充 ▸▸▸〘限定範圍〙表示除此之外，別無其它。中文意思是：「只是…、只不過…」。如例：

3 この店の料理は、見た目がきれいなだけでおいしくない。 | 這家店的料理，只中看而不中吃。

補充 ▸▸▸〘程度低〙表示不需要其他辦法，只要最低程度的方法、人物等，就可以達成後項。「で」表示狀態。中文意思是：「只要…就…」。如例：

4 こんな高価なものは頂けません。お気持ちだけ頂戴します。 | 如此貴重的禮物我不能收，您的好意我心領了。

◉ **比較：** しか〔只〕

「だけ（で）」表示只需要最低程度的方法、地點、人物等，不需要其他辦法，就可以把事情辦好；「しか」是用來表示在某個範圍只有這樣而已，但通常帶有懊惱、可惜，還有強調數量少、程度輕等語氣，後面一定要接否定形。

005

● こそ

1. 正是…、才（是）…；2. 唯有…才…

意思❶【強調】{名詞}＋こそ。表示特別強調某事物。中文意思是：「正是…、才（是）…」。如例：

1「よろしくお願いします。」「こちらこそ、よろしく。」
「請多指教。」「我才該請您指教。」

2 今年(ことし)こそ禁煙(きんえん)するぞ。 | 今年非戒菸不可！

◉ **比較：**だけ〔只有…〕

「こそ」用來特別強調前項；「だけ」用來限定前項。對前項的人物、物品、事情、數量、程度等加以限制，表示在某個範圍內僅僅如此而已。

補充 ▸▸▸〘**結果得來不易**〙{動詞て形}＋てこそ。表示只有當具備前項條件時，後面的事態才會成立。表示這樣做才能得到好的結果，才會有意義。後項一般是接續褒意，是得來不易的好結果。中文意思是：「唯有…才…」。如例：

3 苦(くる)しいときに助(たす)け合(あ)ってこそ、本当(ほんとう)の友達(ともだち)ではないか。 | 在艱難的時刻互助合作，這才稱得上是真正的朋友，不是嗎？

4 作物(さくもつ)は自分(じぶん)の手(て)で育(そだ)ててこそ、収穫(しゅうかく)の喜(よろこ)びがあるのだ。 | 唯有自己親手栽種農作物，才能體會到收穫時的喜悅！

006

● など

1. 怎麼會…、才（不）…、並不…；2. 竟是…

➡ {名詞（＋格助詞）；動詞て形；形容詞く形} ＋など

意思❶ **【輕重的強調】**表示加強否定的語氣。通過「など」對提示的事物，表示厭惡、輕視、不值得一提、無聊、不屑等輕視的心情。口語式的說法是「なんて」。中文意思是：「怎麼會…、才（不）…、並（不）…」。如例：

1 私(わたし)は嘘(うそ)などついていません。 | 我並沒有說謊！

2 君(きみ)になど、私(わたし)の気持(きも)ちが分(わ)かるわけがない。 | 就憑你，怎能了解我的感受呢！

3 大丈夫(だいじょうぶ)、全然太(ぜんぜんふと)ってなどいませんよ。 | 別擔心，你連一丁點都沒有變胖喔！

4 ずっと一人(ひとり)ですが、寂(さび)しくなどありません。

雖然獨居多年，但我並不覺得寂寞。

◉ **比較：**くらい〔（蔑視）微不足道〕

「など」表示加強否定的語氣。通過「など」對提示的事物，表示不值得一提、無聊、不屑等輕視的心情；「くらい」表示最低程度。前接讓人看輕，或沒什麼大不了的事物。

補充 ▸▸▸〔**意外**〕也表示意外、懷疑的心情，語含難以想像、荒唐之意。中文意思是：「竟是…」。如例：

5 これが離婚(りこん)のきっかけになるなんて考(かんが)えてもみなかった。	這竟是造成離婚的原因，真的連想都沒想到。

007

Track-121

● などと（なんて）いう、などと（なんて）おもう

1.（說、想）什麼的；2. 多麼…呀、居然…

類義表現
なんか
真是太…

➡ {[名詞・形容詞・形容動詞・動詞] 普通形} ＋などと（なんて）言う、などと（なんて）思う

意思❶ **【輕重的強調】**後面接與「言う、思う、考える」等相關動詞，說話人用輕視或意外的語氣，提出發言或思考的內容。中文意思是：「（說、想）什麼的」。如例：

1 お母(かあ)さんに向(む)かってババアなんて言(い)ったら許(ゆる)さないよ。	要是膽敢當面喊媽媽是老太婆，絕饒不了你喔！
2 あなたがこんなにケチだなんて思(おも)わなかったわ。	作夢都沒有想到你居然是個鐵公雞！
3 今回(こんかい)の失敗(しっぱい)を、自分(じぶん)のせいだなどと思(おも)わないほうがいい。	這回的失敗，希望你別認為錯在自己。

4 息子は、将来社長になるなどと言いながら、遊んでばかりいる。

兒子誇口説什麼以後要當大老闆，可是卻成天玩樂…。

意思❷【驚訝】表示前面的事，好得讓人感到驚訝，對預料之外的情況表示吃驚。含有讚嘆的語氣。中文意思是：「多麼…呀、居然…」。如例：

5 10か国語もできるなんて、語学が得意なんだと思う。 | 居然通曉十國語言，我想可能在語言方面頗具長才吧。

◉ **比較：なんか**〔真是太…〕

「なんて」前接發言或思考的內容，後接否定的表現，表示輕視、意外的語氣；「なんか」如果後接否定句，就表示對所提到的事物，帶有輕視的態度。「なんて」後面不可以接助詞，而「なんか」後面可以接助詞。「なんて」後面可以接名詞，而「なんか」後面不可以接名詞。

008

なんか、なんて

1.連…都不…；2.…之類的；3.…什麼的

意思❶【強調否定】用「なんか～ない」的形式，表示對所舉的事物進行否定。有輕視、謙虛或意外的語氣。中文意思是：「連…都不…」。如例：

1 仕事が忙しくて、旅行なんか行けない。 | 工作太忙，根本沒空旅行。

意思❷【舉例】{名詞}＋なんか。表示從各種事物中例舉其一，語氣緩和，是一種避免斷言、委婉的説法。是比「など」還隨便的説法。中文意思是：「…之類的」。如例：

2 ノートなんかは近所のスーパーでも買えますよ。 | 筆記本之類的在附近超市也買得到喔。

意思❸【輕視】{[名詞・形容詞・形容動詞・動詞] 普通形}＋なんて。表示對所提到的事物，認為是輕而易舉、無聊愚蠢的事，帶有輕視的態度。中文意思是：「…什麼的」。如例：

3 こんな簡単な仕事なんて、誰にでも出来るよ。 | 這麼容易的工作，誰都會做呀！

4 朝自分で起きられないなんて、君はいったい何歳だ。
什麼早上沒辦法自己起床？你到底幾歲了啊？

◉ 比較：ことか〔非常…〕
「なんか」可以含有說話人對評價的對象，進行強調，含有輕視的語氣。也表示舉例；「ことか」表示強調。表示程度深到無法想像的地步，是說話人強烈的感情表現方式。

009

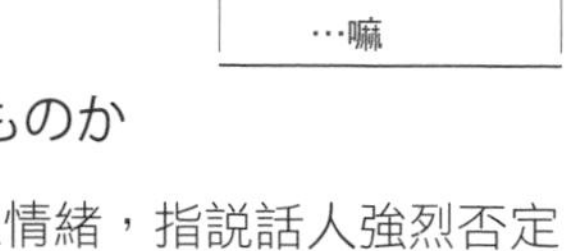

ものか

哪能…、怎麼會…呢、決不…、才不…呢

➡ {形容動詞詞幹な；[形容詞・動詞] 辭書形} ＋ものか

意思❶【強調否定】句尾聲調下降。表示強烈的否定情緒，指說話人強烈否定對方或周圍的意見，或是絕不做某事的決心。中文意思是：「哪能…、怎麼會…呢、決不…、才不…呢」。如例：

1 課長が親切なものか。全部自分のためだよ。 | 科長哪是和藹可親？--切都是為了他自己啦！

2 あの海が美しいものか。ごみだらけだ。
那片海一點都不美，上面漂著一大堆垃圾呀！

15 STEP 2 文法學習

補充 ▸▸▸〔**禮貌體**〕一般而言「ものか」為男性使用，女性通常用禮貌體的「ものですか」。如例：

3 あんな部長(ぶちょう)の下(した)で働(はたら)けるものですか。 | 我怎可能在那種經理的底下工作呢！

補充 ▸▸▸〔**口語**〕比較隨便的說法是「もんか」。如例：

4 こんな店(みせ)、二度(にど)と来(く)るもんか。 | 這種爛店，誰要光顧第二次！

◉ **比較：**もの〔…嘛〕

「ものか」表示強烈的否定，帶有輕視或意志堅定的語感；「もの」帶有撒嬌、任性、不滿的語氣，多為女性或小孩使用，用在說話者針對理由進行辯解。

MEMO

文法知多少？

☞ 請完成以下題目，從選項中，選出正確答案，並完成句子。

▼ 答案詳見右下角

1 転勤が嫌なら、（　　　）。

1．やめるしかない

2．やめないわけにはいかない

2 お茶は二つ買いますが、お弁当は一つ（　　　）買います。

1．しか　　2．だけ

3 誤りを認めて（　　　）、立派な指導者と言える

1．こそ　　2．だけ

4 あんなやつを、助けて（　　　）やるもんか。

1．など　　2．ほど

5 こんな日が来る（　　　）、夢にも思わなかった。

1．なんか　　2．なんて

6 時間がないから、旅行（　　　）めったにできない。

1．なんか　　2．ばかり

答案：(1) 1　(2) 2　(3) 1　(4) 1　(5) 2　(6) 1

問題1　つぎの文の（　　）に入れるのに最もよいものを、1・2・3・4から一つえらびなさい。

1　(デパートで服を見ながら)

客「長くてかわいいスカートが欲しいんですが。」

店員「それでは、これ（　　）いかがでございますか？」

1　が　　2　など　　3　ばかり　　4　に

2　A「ハワイ旅行、どうだった？」

B「日本人（　　）で、外国じゃないみたいだったよ。」

1　みたい　　2　ばかり　　3　ほど　　4　まで

3　彼女と別れるなんて、想像する（　　）悲しくなるよ。

1　ので　　2　から　　3　だけで　　4　なら

4　A「この引き出しには、何が入っているのですか。」

B「写真だけ（　　）入っていません。」

1　ばかり　　2　が　　3　しか　　4　に

5　A「なぜ、この服が好きなの。」

B「かわいい（　　）、着やすいからよ。」

1　だけで　　2　ので　　3　だけでなく　　4　までで

6　今度のテストには、1学期の範囲（　　）、2学期の範囲も出るそうだよ。

1　だけで　　2　だけでなく

3　くらい　　4　ほどでなく

▼ 翻譯與詳解請見 P.248

許可、勧告、使役、敬語、伝聞

Lesson 16

許可、勸告、使役、敬語、傳聞

▼ STEP 1_ 文法速記心智圖

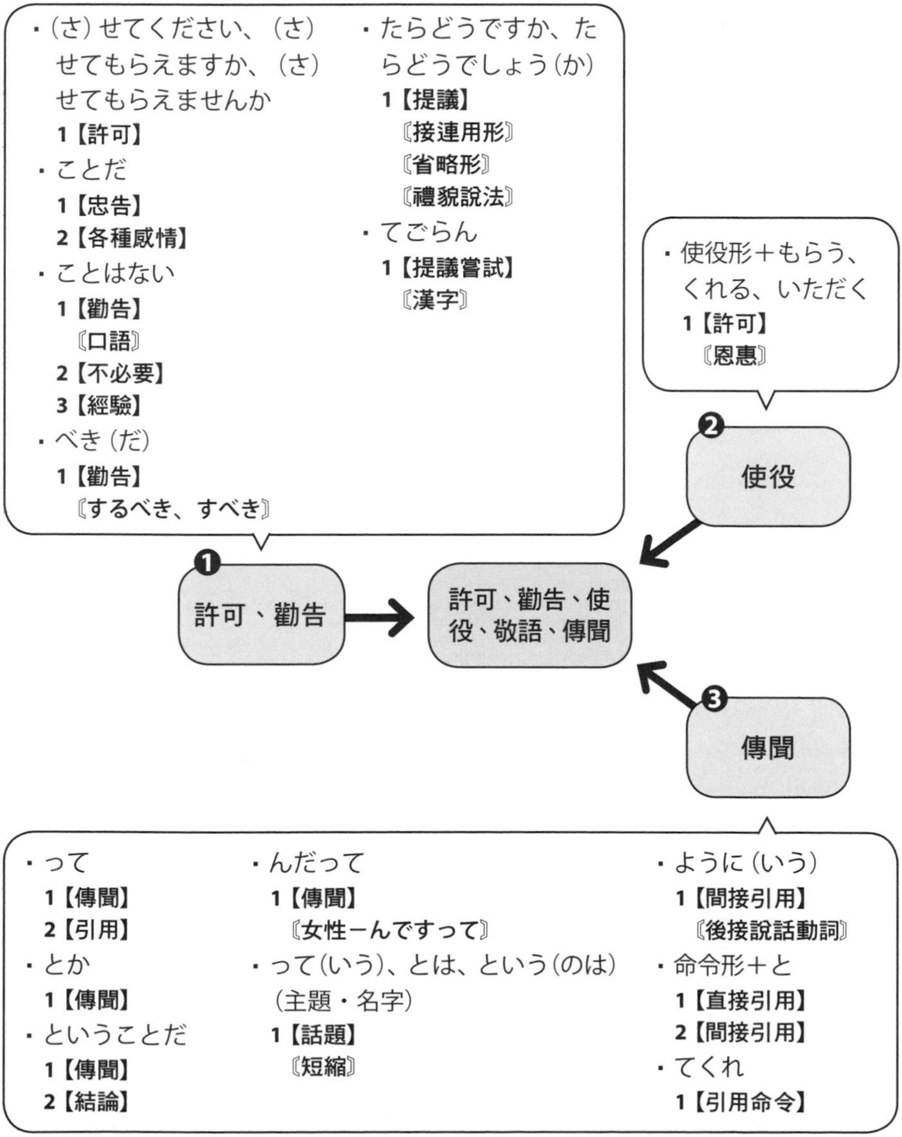

❶ 許可、勸告

・(さ) せてください、(さ) せてもらえますか、(さ) せてもらえませんか
 1【許可】
・ことだ
 1【忠告】
 2【各種感情】
・ことはない
 1【勸告】
 〔口語〕
 2【不必要】
 3【經驗】
・べき (だ)
 1【勸告】
 〔するべき、すべき〕
・たらどうですか、たらどうでしょう (か)
 1【提議】
 〔接連用形〕
 〔省略形〕
 〔禮貌說法〕
・てごらん
 1【提議嘗試】
 〔漢字〕

❷ 使役

・使役形＋もらう、くれる、いただく
 1【許可】
 〔恩惠〕

❸ 傳聞

・って
 1【傳聞】
 2【引用】
・とか
 1【傳聞】
・ということだ
 1【傳聞】
 2【結論】
・んだって
 1【傳聞】
 〔女性ーんですって〕
・って (いう)、とは、という (のは) (主題・名字)
 1【話題】
 〔短縮〕
・ように (いう)
 1【間接引用】
 〔後接說話動詞〕
・命令形＋と
 1【直接引用】
 2【間接引用】
・てくれ
 1【引用命令】

→ 許可、勸告、使役、敬語、傳聞

16 STEP 2 文法學習

001

● (さ)せてください、(さ)せてもらえますか、(さ)せてもらえませんか

類義表現
動詞+てくださいませんか
能不能請你…

請讓…、能否允許…、可以讓…嗎？

➡ {動詞否定形(去ない)；サ變動詞詞幹} ＋(さ)せてください、(さ)せてもらえますか、(さ)せてもらえませんか

意思❶ **【許可】**「(さ)せてください」用在想做某件事情前，先請求對方的許可。「(さ)せてもらえますか、(さ)せてもらえませんか」表示徵詢對方的同意來做某件事情。以上三個句型的語氣都是客氣的。中文意思是：「請讓…、能否允許…、可以讓…嗎？」。如例：

1 部長(ぶちょう)、その仕事(しごと)は私(わたし)にやらせてください。
經理，那件工作請交給我來做。

2 先輩(せんぱい)にはいつもごちそうになっていますから、今日(きょう)は私(わたし)に払(はら)わせてください。
平常總是前輩請客，今天請讓我付錢。

3 大阪(おおさか)に転勤(てんきん)ですか。ちょっと考(かんが)えさせてもらえますか。
要調職到大阪嗎？可以讓我稍微考慮一下嗎？

4 すみませんが、明日(あす)は休(やす)ませてもらえませんか。
不好意思，明天可以讓我請假嗎？

◉ **比較：**動詞＋てくださいませんか〔能不能請你…〕

「(さ)せてください」用在請求對方許可自己做某事；「動詞＋てくださいませんか」比「てください」是更有禮貌的請求、指示的說法。由於請求的內容給對方負擔較大，因此有婉轉地詢問對方是否願意的語氣。也使用在向長輩等上位者請託的時候。

002

ことだ

1. 就得…、應當…、最好…；2. 非常…、太…

意思❶ **【忠告】** {動詞辭書形；動詞否定形}＋ことだ。說話人忠告對方，某行為是正確的或應當的，或某情況下將更加理想，口語中多用在上司、長輩對部屬、晚輩，相當於「したほうがよい」。中文意思是：「就得…、應當…、最好…」。如例：

1 風邪(かぜ)を引(ひ)いたら、温(あたた)かくして寝(ね)ることだ。
要是感冒了，最好就是穿得暖暖的睡一覺。

2 失敗(しっぱい)したくなければ、きちんと準備(じゅんび)することです。
假如不想失敗，最好的辦法就是做足準備。

◉ **比較：べき**〔必須…〕

「ことだ」表示地位高的人向地位低的人提出忠告、提醒，說某行為是正確的或應當的，或這樣做更加理想；「べき」表示忠告。是說話人提出看法、意見，表示那樣做是應該的、正確的。常用在勸告、禁止及命令的場合。

意思❷ **【各種感情】** {形容詞辭書形；形容動詞詞幹な}＋ことだ。表示說話人對於某事態有種感動、驚訝等的語氣，可以接的形容詞很有限。中文意思是：「非常…、太…」。如例：

3 隣(となり)の奥(おく)さんが、ときどき手作(てづく)りの料理(りょうり)をくれる。有難(ありがた)いことです。
鄰居太太有時會親手做些料理送我們吃，真是太感謝了！

4 社員(しゃいん)を簡単(かんたん)に首(くび)にする会社(かいしゃ)がある。酷(ひど)いことだ。
有些公司會輕易開除員工。太過份了！

16 STEP 2 文法學習

003

ことはない

1. 用不著…、不用…；2. 不是…、並非…；3. 沒…過、不曾…

意思❶【勸告】{動詞辭書形}＋ことはない。表示鼓勵或勸告別人，沒有做某行為的必要，相當於「する必要はない」。中文意思是：「用不著…、不用…」。如例：

1 あなたが謝ることはありません。悪いのは会社のほうです。｜你不用道歉，做錯的是公司。

◉ **比較**：ほかはない〔只好…〕

「ことはない」表示沒有必要做某件事情；「ほかはない」表示沒有其他的辦法，只能硬著頭皮去做某件事情。

補充 ▸▸▸〘口語〙口語中可將「ことはない」的「は」省略。如例：

2 そんなに心配することないよ。手術をすればよくなるんだから。

不用那麼擔心啦，只要動個手術就會康復了。

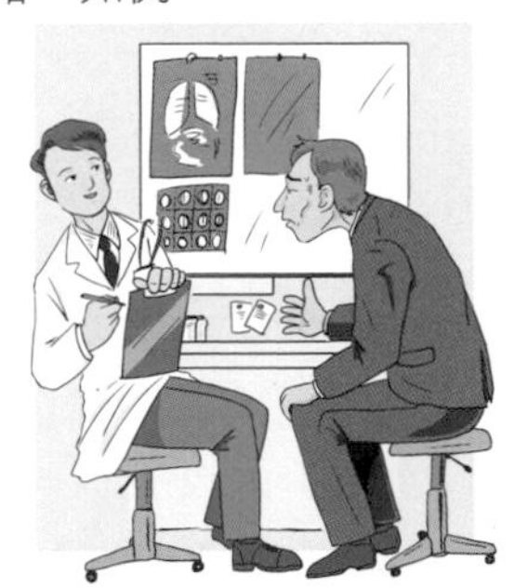

意思❷【不必要】是對過度的行動或反應表示否定。從「沒必要」轉變而來，也表示責備的意思。用於否定的強調。中文意思是：「不是…、並非…」。如例：

3 どんなに部屋が汚くても、それで死ぬことはないさ。｜就算房間又髒又亂，也不會因為這樣就死翹翹啦！

意思❸【經驗】{[形容詞・形容動詞・動詞] た形}＋ことはない。表示以往沒有過的經驗，或從未有的狀態。中文意思是：「沒…過、不曾…」。如例：

4 台湾に行ったことはないが、台湾料理は大好きだ。

雖然沒去過台灣，但我最愛吃台灣菜了！

004

べき(だ)

必須…、應當…

Track-127

類義表現
はずだ
（按理說）應該…

➡ {動詞辭書形} ＋べき（だ）

意思❶ 【勸告】表示那樣做是應該的、正確的。常用在勸告、禁止及命令的場合。一般是從道德、常識或社會上一般的理念出發。是一種比較客觀或原則的判斷，書面跟口語雙方都可以用，相當於「するのが当然だ」。中文意思是：「必須…、應當…」。如例：

1 あんな最低の男とは、さっさと別れるべきだ。

那種差勁的男人，應該早早和他分手！

2 学生でも、自分の分くらい払うべきだよ。

即使是學生，至少也該出錢付自己的那一份啊！

◉ **比較**：はずだ〔（按理說）應該…〕

「べき（だ）」表示那樣做是應該的、正確的。常用在描述身為人類的義務和理想時，勸告、禁止或命令對方怎麼做；「はずだ」表示說話人憑據事實或知識，進行主觀的推斷，有「理應如此」的感覺。

補充 ▸▸▸ 〚するべき、すべき〛「べき」前面接サ行變格動詞時，「する」以外也常會使用「す」。「す」為文言的サ行變格動詞終止形。如例：

3 もういっぱい。早く予約するべきだったなあ。

已經客滿了？應該提早預約才對。

4 政府は国民にきちんと説明すべきだ。

政府應當對國民提供詳盡的報告。

16 STEP 2 文法學習

005

Track-128

類義表現
ほうがいい
還是…為好

● たらどうですか、たらどうでしょう（か）

…如何、…吧

➜ {動詞た形} ＋たらどうですか、たらどうでしょう（か）

意思❶【提議】用來委婉地提出建議、邀請，或是對他人進行勸説。儘管兩者皆為表示提案的句型，但「たらどうですか」説法較直接，「たらどうでしょう（か）」較委婉。中文意思是：「…如何、…吧」。如例：

1 A社(しゃ)がだめなら、B社(しゃ)にしたらどうでしょうか。
如果A公司不行，那麼換成B公司如何？

補充 ▸▸▸〖接連用形〗常用「動詞連用形＋てみたらどうですか、どうでしょう（か）」的形式。如例：

2 そんなに心配(しんぱい)なら、奥(おく)さんに直接(ちょくせつ)聞(き)いてみたらどうですか。
既然那麼擔心，不如直接問問他太太吧？

補充 ▸▸▸〖省略形〗當對象是親密的人時，常省略成「たらどう、たら」的形式。如例：

3 遅刻(ちこく)が多(おお)いけど、あと 10 分(ぷん)早(はや)く起(お)きたらどう。
三天兩頭遲到，我看你還是早個十分鐘起床吧？

補充 ▸▸▸〖禮貌說法〗較恭敬的説法可將「どう」換成「いかが」。如例：

4 お疲(つか)れでしょう。たまにはゆっくりお休(やす)みになったらいかがですか。
想必您十分辛苦。不妨考慮偶爾放鬆一下好好休息，您覺得如何呢？

◉ **比較：**ほうがいい〔還是…為好〕

「たらどうですか」用在委婉地提出建議、邀請對方去做某個行動，或是對他人進行勸說的時候；「ほうがいい」用在向對方提出建議、忠告（有時會有強加於人的印象），或陳述自己的意見、喜好的時候。

006

Track-129

類義表現
てみる
試試看…

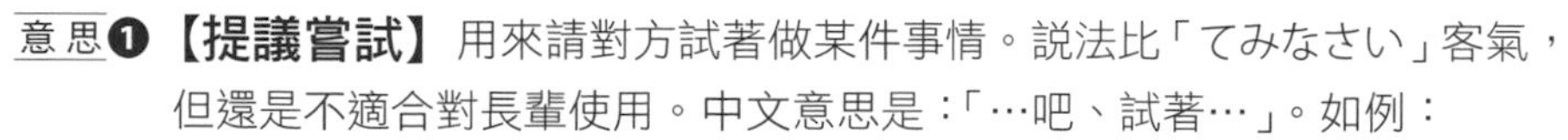

●てごらん

…吧、試著…

➡ {動詞て形} ＋てごらん

意思❶【提議嘗試】用來請對方試著做某件事情。說法比「てみなさい」客氣，但還是不適合對長輩使用。中文意思是：「…吧、試著…」。如例：

1 じゃ、今度(こんど)は一人(ひとり)でやってごらん。
好，接下來試著自己做做看！

2 よく考(かんが)えてごらんよ。たった一晩(ひとばん)でできるわけないだろ。
你試著仔細想想嘛，光是一個晚上怎麼可以做得出來呢？

3 目(め)を閉(と)じて、子供(こども)のころを思(おも)い出(だ)してごらん。
請閉上眼睛，試著回想兒時的記憶。

補充 ▸▸▸〘**漢字**〙「てごらん」為「てご覧なさい」的簡略形式，有時候也會用不是簡略的原形。這時通常會用漢字「覧」來表記，而簡略形式常用假名來表記。「てご覧なさい」用法，如例：

4 この本(ほん)、読(よ)んでご覧(らん)なさい。すごく勉強(べんきょう)になるから。
這本書你拿去讀一讀，可以學到很多東西。

16 STEP 2 文法學習

◉ **比較：てみる**〔試試看…〕

「てごらん」表示請對方試著做某件事情，通常會用漢字「覧」；「てみる」表示不知道、沒試過，為了弄清楚，所以嘗試著去做某個行為。「てみる」不用漢字。「てごらん」是「てみる」的命令形式。

007

使役形＋もらう、くれる、いただく

請允許我…、請讓我…

➡ ｛動詞使役形｝＋もらう、くれる、いただく

意思❶ **【許可】** 使役形跟表示請求的「もらえませんか、いただけませんか、いただけますか、ください」等搭配起來，表示請求允許的意思。中文意思是：「請允許我…、請讓我…」。如例：

1 きれいなお庭(にわ)ですね。写真(しゃしん)を撮(と)らせてもらえませんか。
好美的庭院喔！請問我可以拍照嗎？

2 じゃ、お先(さき)に帰(かえ)らせていただきます。
那麼，請允許我先行告退了。

◉ **比較：（さ）せる**〔讓…〕

「使役形＋もらう」表示請求對方的允許；「（さ）せる」表示使役，使役形的用法有：1、某人強迫他人做某事，由於具有強迫性，只適用於長輩對晚輩或同輩之間。2、某人用言行促使他人自然地做某種動作。3、允許或放任不管。

補充 ▸▸▸ 〖**恩惠**〗 如果使役形跟「もらう、いただく、くれる」等搭配，就表示由於對方的允許，讓自己得到恩惠的意思。如例：

3 母(はは)は一生懸命(いっしょうけんめい)働(はたら)いて、私(わたし)を大学(だいがく)へ行(い)かせてくれました。
媽媽拚命工作，供我上了大學。

4 休んだ日のノートは友達にコピーさせてもらった。	請假那天的課堂筆記向朋友借來影印了。

008

Track-131

類義表現
そうだ
聽說…

●って

1. 聽說…、據說…；2. 他說…、人家說…

➡ {名詞（んだ）；形容動詞詞幹な（んだ）；[形容詞・動詞] 普通形（んだ）}＋って

意思❶ **【傳聞】** 也可以跟表說明的「んだ」搭配成「んだって」，表示從別人那裡聽說了某信息。中文意思是：「聽說…、據說…」。如例：

1 お隣の健ちゃん、この春もう大学卒業なんだって。
住隔壁的小健，聽說今年春天已經從大學畢業嘍。

2 この実験、ちょっとでも間違えると大変なんだって。	據說，這項實驗萬一稍有差錯，就會釀成嚴重事故哦。

意思❷ **【引用】** 表示引用自己聽到的話，相當於表示引用句的「と」，重點在引用。中文意思是：「他說…、人家說…」。如例：

3 反省しなさい。君のお母さん、君にがっかりしたって。	好好反省！你媽媽說對你很失望。
4 留学生の林さん、みんなの前で話すのは恥ずかしいって。	留學生的林小姐說她在大家面前講話會很害羞。

16 STEP 2 文法學習

◉ **比較：**そうだ〔聽說…〕

「って」和「そうだ」的意思都是「聽說…」，表示消息的引用。兩者不同的地方在於前者是口語說法，語氣較輕鬆隨便，而後者相較之下較為正式。「って」前接自己聽到的話，表示引用自己聽到的話；「そうだ」表示傳聞。前接自己聽到或讀到的信息。表示該信息不是自己直接獲得的，而是間接聽說或讀到的。不用否定或過去形式。

009

とか

好像…、聽說…

➡ {名詞；形容動詞詞幹；[名詞・形容詞・形容動詞・動詞]普通形}＋とか

意思❶ **【傳聞】**用在句尾，接在名詞或引用句後，表示不確切的傳聞，引用信息。比表示傳聞的「そうだ、ということだ」更加不確定，或是迴避明確說出，一般用在由於對消息沒有太大的把握，因此採用模稜兩可，含混的說法。相當於「と聞いている」。中文意思是：「好像…、聽說…」。如例：

1 お嬢(じょう)さん、来年(らいねん)ご結婚(けっこん)とか。おめでとうございます。
聽說令千金明年要結婚了，恭喜恭喜！

2 営業部(えいぎょうぶ)の中田(なかた)さん、沖縄(おきなわ)の出身(しゅっしん)だとか。
業務部的中田先生好像是沖繩人。

3 今年(ことし)の冬(ふゆ)は寒(さむ)くなるとか。
聽說今年的冬天會很冷。

4 この道路(どうろ)、完成(かんせい)までにあと3年(ねん)かかるとか。
據說這條路還要花上三年才能完工。

◉ **比較：** <u>っけ</u>〔…來著〕

「とか」表示傳聞，說話者的語氣不是很肯定；「っけ」用在說話者印象模糊、記憶不清時進行確認，或是自言自語時。

010

Track-133

類義表現
わけだ
（結論）就是…

● ということだ

1. 聽說…、據說…；2.…也就是說…、就表示…

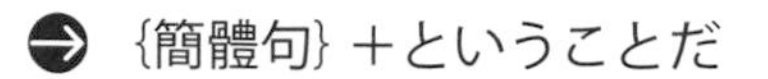

➡ {簡體句} ＋ということだ

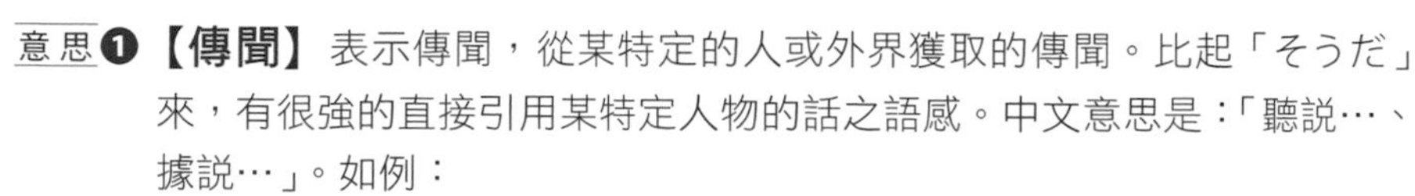

意思❶ **【傳聞】** 表示傳聞，從某特定的人或外界獲取的傳聞。比起「そうだ」來，有很強的直接引用某特定人物的話之語感。中文意思是：「聽說…、據說…」。如例：

1 営業部の吉田さんは、今月いっぱいで仕事を辞めるということだ。
聽說業務部的吉田小姐將於本月底離職。

2 雪のため、到着は一時間遅れるということです。 | 由於下雪，據說抵達時刻將會延後一個小時。

◉ **比較：** <u>わけだ</u>〔（結論）就是…〕

「ということだ」用在說話者根據前面事項導出結論；「わけだ」表示依照前面的事項，勢必會導出後項的結果。

意思❷ **【結論】** 明確地表示自己的意見、想法之意，也就是對前面的內容加以解釋，或根據前項得到的某種結論。中文意思是：「…也就是說…、就表示…」。如例：

3 店内が暗いということは、今日店は休みということだ。 | 店裡面暗暗的，就表示今天沒營業。

4 成功した人は、それだけ努力したということだ。｜成功的人，也就代表他付出了相對的努力。

011

Track-134
類義表現
とか
聽說…

んだって

聽說…呢

➡ {[名詞・形容動詞詞幹]な}＋んだって；{[動詞・形容詞]普通形}＋んだって

意思❶【傳聞】表示說話者聽說了某件事，並轉述給聽話者。語氣比較輕鬆隨便，是表示傳聞的口語用法。是「んだ（のだ）」跟表示傳聞的「って」結合而成的。中文意思是：「聽說…呢」。如例：

1 楽しみだな。頂上からの景色、最高なんだって。
好期待喔。據說站在山頂上放眼望去的風景，再壯觀不過了呢。

頂上からの景色、
最高なんだって。

2 優子さん、今日はもう帰っちゃったんだって。｜聽說優子小姐今天已經回去了呢。

3 剛くんのお母さんって、怒ると恐いんだって。｜聽說小剛的媽媽生起氣來很嚇人呢。

◉ **比較：とか**〔聽說…〕

「んだって」表示傳聞的口語用法。是說話者聽說了某信息，並轉述給聽話者的表達方式；「とか」表示傳聞。是說話者的語氣不是很肯定，或避免明確說明的表現方式。

補充 ▸▸▸〘女性－んですって〙女性會用「んですって」的說法。如例：

4 お隣の奥さん、元女優さんなんですって。｜聽說鄰居太太以前是女星呢。

012

● って(いう)、とは、という(のは)(主題・名字)

1. 所謂的…、…指的是；2. 叫…的、是…、這個…

類義表現
って
（主題・名字）叫…的

意思❶【話題】{名詞}＋って、とは、というのは。表示主題，前項為接下來話題的主題內容，後面常接疑問、評價、解釋等表現，「って」為隨便的口語表現，「とは、というのは」則是較正式的說法。中文意思是：「所謂的…、…指的是」。如例：

1 赤(あか)ちゃんって本当(ほんとう)に可愛(かわい)いですね。
小寶寶真的好可愛喔！

2 アフターサービスとは、どういうことですか。
所謂的售後服務，包含哪些項目呢？

補充 ▸▸▸〔短縮〕{名詞}＋って（いう）、という＋{名詞}。表示提示事物的名稱。中文意思是：「叫…的、是…、這個…」。如例：

3「ワンピース」っていう漫画(まんが)、知(し)ってる。
你聽過一部叫做《海賊王》的漫畫嗎？

4 こちらの会社(かいしゃ)に、平野(ひらの)さんという方(かた)はいらっしゃいますか。
貴公司有一位名叫平野的同仁嗎？

◉ 比較：って〔（主題・名字）叫…的〕

「って」是口語的用法。用在介紹名稱，說明不太熟悉的人、物地點的名稱的時候。有時說成「っていう」，書面語是「という」。

16 STEP 2 文法學習

013

● ように（いう）

告訴…

➔ {動詞辭書形；動詞否定形} ＋ように（言う）

意思❶ **【間接引用】** 表示間接轉述指令、請求、忠告等內容，由於原本是用在傳達命令，所以對長輩或上級最好不要原封不動地使用。中文意思是：「告訴…」。如例：

1 パクさんは今日も休みですか。パクさんに明日からちゃんと学校に来るように言ってください。
朴同學今天也請假了嗎？請轉告朴同學從明天起務必上學。

2 監督は選手たちに、試合前日はしっかり休むように言った。
教練告訴了選手們比賽前一天要有充足的休息。

補充 ⋙ **〖後接說話動詞〗** 後面也常接「お願いする（拜託）、頼む（拜託）、伝える（傳達）」等跟說話相關的動詞。如例：

3 子供が寝ていますから、大きな声を出さないように、お願いします。
小孩在睡覺，所以麻煩不要發出太大的聲音。

4 昨日のことはあまり気にしないように、鈴木さんに伝えてください。
請轉告鈴木小姐，昨天發生的事請別放在心上。

◉ **比較：** なさい〔（命令，指示）給我…〕

「ように（いう）」表示間接轉述指示、請求、忠告等內容；「なさい」表示命令或指示。跟直接使用「命令形」相比，語氣更要婉轉、有禮貌。

014

命令形＋と

Track-137

類義表現
命令形
給我…

➡ ｛動詞命令形｝＋と

意思❶【直接引用】前面接動詞命令形、「な」、「てくれ」等，表示引用命令的內容，下面通常會接「怒る（生氣）、叱る（罵）、言う（説）」等相關動詞。如例：

1 毎晩父は、「子供は早く寝ろ」と部屋の電気を消しに来る。
爸爸每晚都會來我的房間關燈，並説一句：「小孩子要早點睡！」。

2 人々が「自然を壊すな」と叫ぶ様子をニュースで見た。
在新聞節目上看到了人們發出怒吼狀説：「不要破壞大自然！」。

意思❷【間接引用】除了直接引用説話的內容以外，也表示間接的引用。如例：

3 課長に、今日は残業してくれと頼まれた。
科長拜託我今天留下來加班。

4 頑張れと言われても、これ以上頑張れないよ。
説什麼要我加油，可是我已經盡全力了啊！

◉ **比較：**命令形〔給我…〕

「命令形＋と」表示引用命令的內容；「命令形」表示命令對方要怎麼做，也可能用在遇到緊急狀況、吵架或交通號誌等的時候。

16 STEP 2 文法學習

015

てくれ

做…、給我…

➡ {動詞て形} ＋てくれ

意思❶ **【引用命令】** 後面常接「言う（說）、頼む（拜託）」等動詞，表示引用某人下的強烈命令，或是要別人替自己做事的內容。使用時，這個某人的地位必須要比聽話者還高，或是輩分相等，才能用語氣這麼不客氣的命令形。中文意思是：「做…、給我…」。如例：

1 友達に10万円貸してくれと頼まれて、困っている。
朋友拜託我借他十萬圓，我不知道怎麼辦才好。

2 A社の課長さんに、君に用はない、帰ってくれと言われてしまった。
A公司的科長向我大吼說：「再也不想見到你，給我出去！」。

3 このことは誰にも言わないでくれって言われてるんだけどね…。
對方叮嚀過我，這件事不要告訴任何人…。

4 君に、今すぐ来てくれと言われたら、いつでも飛んでいくよ。
只要妳說一聲「現在馬上過來」，無論任何時刻，我都會立刻飛奔過去的！

◉ **比較：** てもらえないか〔能（為我）做…嗎〕

「てくれ」表示地位高的人向地位低的人下達強烈的命令，命令某人為說話人（或說話人一方的人）做某事；「てもらえないか」表示願望。用「もらう」的可能形，表示說話人（或說話人一方的人）請求別人做某行為。也可以用在提醒他人的場合。

日語小祕方：口語常用説法

本專欄彙整了日文會話常用的説法，這些説法主要用在生活上，較不正式的場合喔！只要掌握這些日常説法，在聊天的時候就暢通無阻啦！

① ちゃ／じゃ／きゃ

說明 在口語中「では」幾乎都變成「じゃ」。「じゃ」是「では」的縮略形式，也就是縮短音節的形式，一般是用在口語上。多用在跟自己比較親密的人，輕鬆交談的時候。

▸ これ、あんまりきれいじゃないね。
這個好像不大漂亮耶！

▸ あの人(ひと)、正子(まさこ)じゃない？
那個人不是正子嗎？

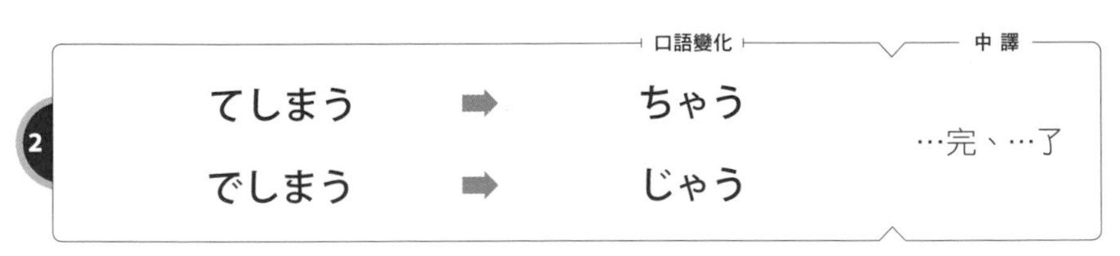

口語變化
中 譯
2
てしまう
ちゃう
でしまう
じゃう
…完、…了

說明【動詞て形（去て）】＋ちゃう／じゃう。「～ちゃう」是「～てしまう」的省略形。表示完了、完畢，或某一行為、動作所造成無可挽回的現象或結果，亦或是某種所不希望的或不如意事情的發生。な、ま、が、ば行動詞的話，用「～じゃう」。

▸ 夏休(なつやす)みが終(お)わっちゃった。
暑假結束囉！

▸ うちの犬(いぬ)が死(し)んじゃったの。
我家養的狗死掉了。

3	口語變化			中譯
	てはいけない	➡	ちゃいけない	不要…、不許…
	ではいけない	➡	じゃいけない	

說明【形容詞く形；動詞て形】+ちゃいけない；【名詞；形容動詞詞幹】+じゃいけない。「～ちゃいけない」為「～てはいけない」的口語形。表示根據某種理由、規則禁止對方做某事，有提醒對方注意、不喜歡該行為而不同意的語氣。

- ここで走(はし)っちゃいけないよ。
  不可以在這裡奔跑喔！

- 子供(こども)がお酒(さけ)を飲(の)んじゃいけない。
  小孩子不可以喝酒。

4	口語變化			中譯
	なくてはいけない	➡	なくちゃいけない	不能不…、不許不…；必須…
	なければならない	➡	なきゃならない	

說明【名詞で；形容詞く形；形容動詞詞幹で；動詞普通形】+なくちゃいけない。「～なくちゃいけない」為「～なくてはいけない」的口語形。表示規定對方要做某事，具有提醒對方注意，並有義務做該行為的語氣。多用在個別的事情、對某個人。

【名詞で；形容詞く形；形容動詞詞幹で；動詞否定形（去い）】+なきゃならない。「なきゃならない」為「なければならない」的口語形。表示無論是自己或對方，從社會常識或事情的性質來看，不那樣做就不合理，有義務要那樣做。

- 毎日(まいにち)、ちゃんと花(はな)に水(みず)をやらなくちゃいけない。
  每天都必須幫花澆水。

- それ、今日中(きょうじゅう)にしなきゃならないの。
  這個非得在今天之內完成不可。

②てる／てく／とく

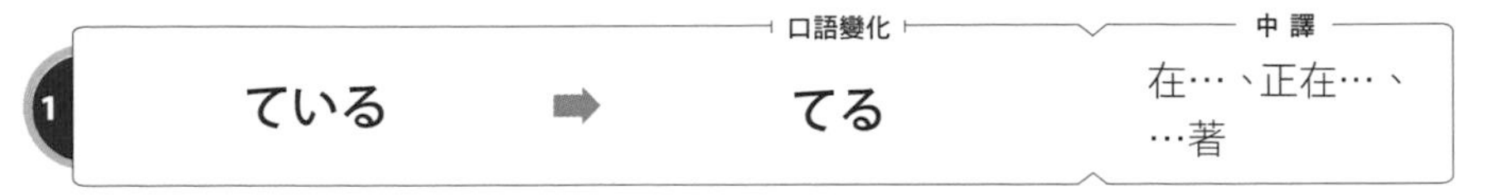

口語變化
中譯
1
ている
てる
在…、正在…、
…著

說明 表示動作、作用在繼續、進行中，或反覆進行的行為跟習慣，也指發生變化後結果所處的狀態。「～てる」是「～ている」的口語形，就是省略了「い」的發音。

▸ 何(なに)をしてるの。
你在做什麼呀？

▸ 切符(きっぷ)はどこで売(う)ってるの。
請問車票在哪裡販售呢？

口語變化
中譯
2
ていく
てく
去…、…下去、
或不翻譯

說明 「～ていく」的口語形是「～てく」，就是省略了「い」的發音。表示某動作或狀態，離說話人越來越遠地移動或變化，或從現在到未來持續下去。

▸ 車(くるま)で送(おく)ってくよ。
我開車送你過去吧！

▸ お願(ねが)い、乗(の)せてって。
求求你，載我去嘛！

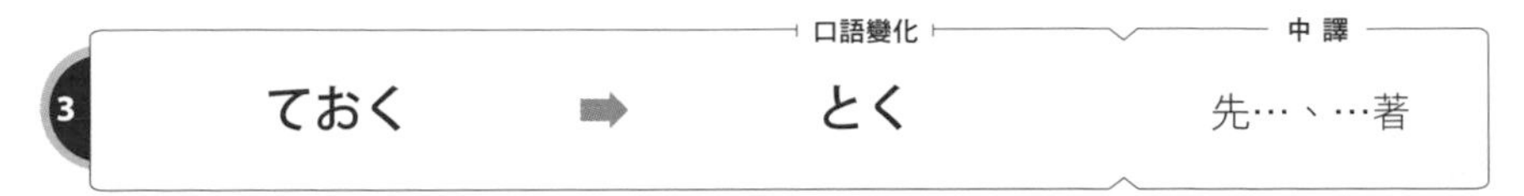

說明 「～とく」是「～ておく」的口語形，就是把「てお」（teo）說成「と」（to），省掉「e」音。「て形」就說成「～といて」。表示先做準備，或做完某一動作後，留下該動作的狀態。ま、な、が、ば行動詞的變化是由「～でおく」變為「～どく」。

▸ 僕(ぼく)のケーキも残(のこ)しといてね！
記得也要幫我留一塊蛋糕喔！

▸ 忘(わす)れるといけないから、今(いま)、薬(くすり)を飲(の)んどいて。
忘了就不好了，先把藥吃了吧！

③ って／て

	口語變化		中譯
1 というのは	➡	って	…是…

說明【名詞】＋って。這裡的「～って」是「～というのは」的口語形。表示就對方所說的一部份，為了想知道更清楚，而進行詢問，或是加上自己的解釋。

▸ 中山(なかやま)さんって誰(だれ)。知(し)らないわよ、そんな人(ひと)。
中山小姐是誰？我才不認識那樣的人哩！

▸ あいつっていつもこうだよ。すぐうそをつくんだから。
那傢伙老是這樣，動不動就撒謊。

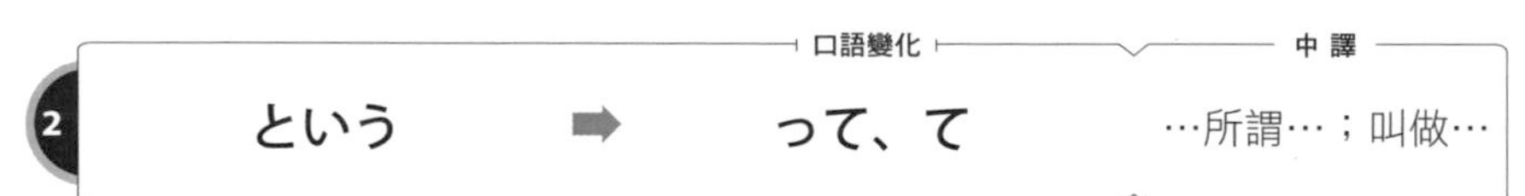

口語變化
中譯
2
という
って、て
…所謂…；叫做…

說明【名詞；形容詞普通形；動詞普通形（の）】＋って。「～って、て」為「～という」的口語形，表示人或事物的稱謂，或提到事物的性質。

▸ ＯＬ(オーエル)って大変(たいへん)だね。
粉領族真辛苦啊！

▸ これ、何(なん)て犬(いぬ)。
這叫什麼狗啊？

▸ チワワっていうのよ。
叫吉娃娃。

說明 這裡的「～って」是「と思う、と聞いた」的口語形。用在告訴對方自己所想的，或所聽到的。

▸ よかったって思(おも)ってるんだよ。
我覺得真是太好了。

▸ 花子(はなこ)、見合(みあ)い結婚(けっこん)だって。
聽說花子是相親結婚的。

口語變化 ／ 中譯

4 **ということだ ➡ って、だって** (某某)說…、聽說…

說明【[形容詞・動詞]普通形】+（んだ）って；【名詞；形容動詞詞幹】+（なん）だって。「～って」是「～ということだ」的口語形。表示傳聞。是引用傳達別人的話，這些話常常是自己直接聽到的。

- 彼女（かのじょ）、行（い）かないって。
  聽說她不去。

- お兄（にい）さん、今日（きょう）は帰（かえ）りが遅（おそ）くなるって。
  哥哥說過他今天會晚點回家唷！

- 彼女（かのじょ）のご主人（しゅじん）、お医者（いしゃ）さんなんだって。
  聽說她老公是醫生呢！

④ たって／だって

口語變化 ／ 中譯

1 **ても ➡ たって** 即使…也…、雖說…但是…

說明【形容詞く形；動詞た形】+たって。「～たって」就是「～ても」。表示假定的條件。後接跟前面不合的事，後面的成立，不受前面的約束。

- 私（わたし）に怒（おこ）ったってしかたないでしょう。
  就算你對我發脾氣也於事無補吧？

- いくら勉強（べんきょう）したって、わからないよ。
  不管我再怎麼用功，還是不懂嘛！

- 遠（とお）くたって、歩（ある）いていくよ。
  就算很遠，我還是要走路去。

- いくら言（い）ったってだめなんだ。
  不管你再怎麼說還是不行。

2	口語變化		中譯
でも	➡	だって	（名詞）即使…也…； （疑問詞）…都…

說明【名詞】＋だって。「だって」相當於「～でも」。表示假定逆接。就是後面的成立，不受前面的約束。

【疑問詞（＋助詞）】＋だって。表示全都這樣，或是全都不是這樣的意思。

▸ 不便（ふべん）だってかまわないよ。

就算不方便也沒有關係。

▸ 強（つよ）い人（ひと）にだって勝（か）てるわよ。

再強的人我都能打贏。

▸ 時間（じかん）はいつだっていいんだ。

不論什麼時間都無所謂。

⑤ん

1	口語變化	
ない	➡	ん

說明「ない」說文言一點是「ぬ」（nu），在口語時脫落了母音「u」，所以變成「ん」（n），也因為是文言，所以說起來比較硬，一般是中年以上的男性使用。

▸ 来（く）るか来（こ）ないかわからん。

我不知道他會不會來。

▸ 間（ま）に合（あ）うかもしれんよ。

說不定還來得及喔！

口語變化

2 ら行 ➡ ん

說明 口語中也常把「ら行」「ら、り、る、れ、ろ」變成「ん」。如：「やるの→やんの」、「わからない→わかんない」、「お帰りなさい→お帰んなさい」、「信じられない→信じらんない」。後三個有可愛的感覺，雖然男女都可以用，但比較適用女性跟小孩。對日本人而言，「ん」要比「ら行」的發音容易喔！

▸ 信(しん)じらんない、いったいどうすんの。
真令人不敢相信！到底該怎麼辦啊？

▸ この問題難(もんだいむずか)しくてわかんない。
這一題好難，我都看不懂。

口語變化

3 の ➡ ん

說明 口語時，如果前接最後一個字是「る」的動詞，「る」常變成「ん」。另外，在 [t]、[d]、[tʃ]、[r]、[n] 前的「の」在口語上有發成「ん」的傾向。【[形容詞・動詞] 普通形；[名詞・形容動詞詞幹]（な）】＋んだ。這是用在表示說明情況或強調必然的結果，是強調客觀事實的句尾表達形式。「～んだ」是「～のだ」的口語音變形式。

▸ 今(いま)から出(で)かけるんだ。
我現在正要出門。

▸ もう時間(じかん)なんで、お先(さき)に失礼(しつれい)。
時間已經差不多了，容我先失陪。

▸ ここんとこ、忙(いそが)しくて。
最近非常忙碌。

⑥ 其他各種口語縮約形

口語變化

1 變短

說明 口語的表現，就是求方便，聽得懂就好了，所以容易把音吃掉，變得更簡短，或是改用比較好發音的方法。如下：

けれども ➡ けど	ところ ➡ とこ	すみません ➡ すいません
わたし ➡ あたし	このあいだ ➡ こないだ	

▶ 今迷ってるとこなんです。（いままよ）
我現在正猶豫不決。

▶ 音楽会の切符あるんだけど、どう。（おんがくかい、きっぷ）
我有音樂會的票，要不要一起去呀？

▶ あたし、料理苦手なのよ。（りょうり、にがて）
我的廚藝很差。

口語變化

2 長音短音化

說明 把長音發成短音，也是口語的一個特色。總之，口語就是一個求方便、簡單。括號中為省去的長音。

▶ かっこ（う）いい彼が欲しい。（かれ、ほ）
我想要一個很帥的男朋友。

▶ 今日、けっこ（う）歩くね。（きょう、ある）
今天走了不少路呢！

口語變化

3 促音化

說明 口語中為了說話表情豐富，或有些副詞為了強調某事物，而有促音化「っ」的傾向。如下：

こちら ➡こっち	そちら ➡そっち	どちら ➡どっち
どこか ➡どっか	すごく ➡すっごく	ばかり ➡ばっかり
やはり ➡やっぱり	くて ➡くって（よくて→よくって）	やろうか ➡やろっか

▸ こっちにする、あっちにする。
要這邊呢？還是那邊呢？

▸ じゃ、どっかで会（あ）おっか。
那麼，我們找個地方碰面吧？

▸ あの子（こ）、すっごく可愛（かわい）いんだから。
那個小孩子實在是太可愛了。

口語變化

4 撥音化

說明 加入撥音「ん」有強調語氣作用，也是口語的表現方法。如下：

あまり ➡あんまり	おなじ ➡おんなじ

▸ 家（いえ）からあんまり遠（とお）くないほうがいい。
最好離家不要太遠。

▸ 大（おお）きさがおんなじぐらいだから、間違（まちが）えちゃいますね。
因為大小尺寸都差不多，所以會弄錯呀！

口語變化

5 拗音化

說明「れは」變成「りゃ」、「れば」變成「りゃ」是口語的表現方式。這種說法讓人有「粗魯」的感覺，大都為中年以上的男性使用。常可以在日本人吵架的時候聽到喔！如下：

これは ➡こりゃ　　それは ➡そりゃ　　れば ➡りゃ（食べれば ➡食べりゃ）

▸ こりゃ難(むずか)しいや。
這下可麻煩了。

▸ そりゃ大変(たいへん)だ。急(いそ)がないと。
那可糟糕了，得快點才行。

▸ そんなにやりたきゃ、勝手(かって)にすりゃいい。
如果你真的那麼想做的話，那就悉聽尊便吧！

口語變化

6 省略開頭

說明 說得越簡單、字越少就是口語的特色。省略字的開頭也很常見。如下：

それで ➡で　　いやだ ➡やだ　　ところで ➡で

▸ 丸(まる)いのはやだ。
我不要圓的！

▸ ったく、人(ひと)をからかって。
真是的，竟敢嘲弄我！

▸ そうすか、じゃ、お言葉(ことば)に甘(あま)えて。
是哦，那麼，就恭敬不如從命了。

口語變化

7 省略字尾

說明 前面說過，說得越簡單、字越少就是口語的特色。省略字尾也很常見喔！如下：

帰ろう ➡帰ろ	でしょう ➡でしょ（だろう→だろ）
ほんとう ➡ほんと	ありがとう ➡ありがと

▶ きみ、独身（どくしん）だろ。
你還沒結婚吧？

▶ ほんと、どうやるんですか。
真的嗎？該怎麼做呢？

口語變化

8 母音脱落

說明 母音連在一起的時候，常有脫落其中一個母音的傾向。如下：

▶ ほうがいいんです→ほうがイんです。
（いい→「ii → i（イ）」）
這樣比較好。

▶ やむをえない→やモえない。
（むを→「muo → mo（も）」）
不得已。

⑦ 省略助詞

口語變化

1 を

說明 在口語中，常有省略助詞「を」的情況。

▸ ご飯（を）食べない。
要不要一起來吃飯呢？

▸ いっしょにビール（を）飲まない。
要不要一起喝啤酒呢？

口語變化

2 が、に（へ）

說明 如果從文章的前後文內容來看，意思很清楚，不會有錯誤時，常有省略「が」、「に（へ）」的傾向。其他的情況，就不可以任意省略喔！

▸ 面白い本（が）あったらすぐ買うの。
要是發現有趣的書，就要立刻買嗎？

▸ コンサート（に／へ）行く。
要不要去聽演唱會呢？

▸ 遊園地（に／へ）行かない。
要不要去遊樂園呢？

口語變化

3 は

說明 提示文中主題的助詞「は」在口語中，常有被省略的傾向。

▸ 昨日のパーティー（は）どうだった。
昨天的派對辦得怎麼樣呢？

▸ 学校（は）何時からなの。
學校幾點上課？

⑧縮短句子

口語變化

1

てください	➡	て
ないでください	➡	ないで

說明 簡單又能迅速表達意思，就是口語的特色。請求或讓對方做什麼事，口語的説法，就用這裡的「て」（請）或「ないで」（請不要）。

- 智子（ともこ）、辞書（じしょ）持（も）ってきて。
  智子，把辭典拿過來。

- 何（なに）も言（い）わないで。
  什麼話都不要説。

口語變化

2

なくてはいけない	➡	なくては
なくちゃいけない	➡	なくちゃ
ないといけない	➡	ないと

說明 表示不得不，應該要的「なくては」、「なくちゃ」、「ないと」都是口語的形式。朋友和家人之間，簡短的説，就可以在很短的時間，充分的表達意思了。

- 明日（あした）返（かえ）さなくては。
  明天就該歸還的。

- 皆（みな）さんに謝（あやま）らなくちゃ。
  得向大家道歉才行。

- もっと急（いそ）がないと。
  再不快點就來不及了。

3

口語變化

たらどうですか	➡	たら
ばどうですか	➡	ば
てはどうですか	➡	ては

說明 「たら」、「ば」、「ては」都是省略後半部，是口語常有的說法。都有表示建議、規勸對方的意思。都有「…如何」的意思。朋友和家人之間，由於長期生活在一起，有一定的默契，所以話可以不用整個講完，就能瞭解意思啦！

▶ 難しいなら、先生に聞いてみたら。
這部分很難，乾脆去請教老師吧？

▶ 電話してみれば。
乾脆打個電話吧？

▶ 食べてみては。
要不要吃吃看呢？

⑨ 曖昧的表現

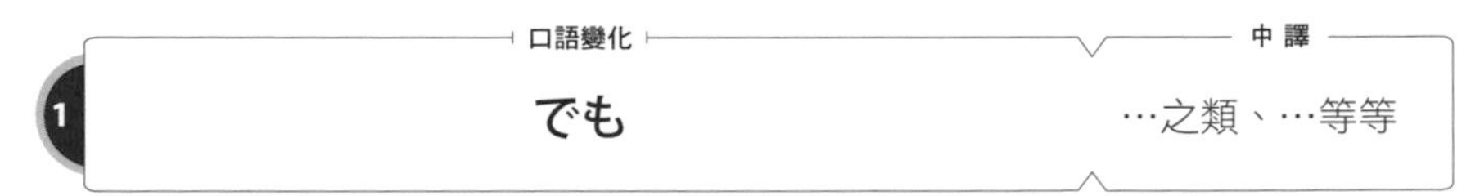

說明 說話不直接了當，給自己跟對方留餘地是日語的特色。「名詞（＋助詞）＋でも」不用說明情況，只是舉個例子來提示，暗示還有其他可以選擇。

▶ ねえ。犬でも飼う。
我說呀，要不要養隻狗呢？

▶ コーヒーでも飲む。
要不要喝杯咖啡？

口語變化	中 譯
2 なんか	…之類、…等

說明【名詞（＋助詞）】＋なんか。是不明確的斷定，說的語氣婉轉，這時相當於「など」。表示從多數事物中特舉一例類推其它，或列舉很多事物接在最後。

▶ 納豆（なっとう）なんかどう。体（からだ）にいいんだよ。
要不要吃納豆呢？有益身體健康喔！

▶ これなんか面白（おもしろ）いじゃないか。
像這種東西不是挺有意思的嗎？

口語變化	中 譯
3 たり	有時…，有時…；又…又…

說明【名詞；形容動詞詞幹】＋だったり；【形容詞た形；動詞た形】＋り。表示列舉同類的動作或作用。

▶ 夕食（ゆうしょく）の時間（じかん）は７時（じ）だったり８時（じ）だったりで、決（き）まっていません。
晚餐的時間有時候是七點，有時候是八點，不太一定。

▶ 最近（さいきん）、暑（あつ）かったり寒（さむ）かったりだから、風邪（かぜ）を引（ひ）かないようにね。
最近時熱時冷，小心別感冒囉！

▶ 休（やす）みはいつも部屋（へや）で音楽（おんがく）聴（き）いたり本（ほん）読（よ）んだりしてるよ。
假日時，我總是在房間裡聽聽音樂、看看書啦！

口語變化	中 譯
4 とか	…啦…啦、…或…

說明【名詞】＋とか（名詞＋とか）；【動詞辭書形】＋とか（動詞辭書形＋とか）。表示從各種同類的人事物中選出一、兩個例子來說，或羅列一些事物。

▶ 頭（あたま）が痛（いた）いって、どしたの。お父（とう）さんの会社（かいしゃ）、危（あぶ）ないとか。
你怎麼會頭疼呢？難道是你爸爸的公司面臨倒閉危機嗎？

▶ 休（やす）みの日（ひ）は、テレビを見（み）るとか本（ほん）を読（よ）むとかすることが多（おお）い。
假日時，我多半會看電視或是看書。

口語變化 中譯

5 し 因為…

說明【[名詞・形容詞・形容動詞詞幹・動詞] 普通形】+し。表示構成後面理由的幾個例子。

▶ 今日(きょう)は暇(ひま)だし、天気(てんき)もいいし、どっか行(い)こうよ。
今天沒什麼事，天氣又晴朗，我們挑個地方走一走吧！

▶ 今年(ことし)は、給料(きゅうりょう)も上(あ)がるし、結婚(けっこん)もするし、いいことがいっぱいだ。
今年加了薪又結了婚，全都是些好事。

⑩ 語順的變化

口語變化

1 感情句移到句首

說明 迫不及待要把自己的喜怒哀樂，告訴對方，口語的表達方式，就是把感情句放在句首。

▶ 優勝(ゆうしょう)できておめでとう。→ おめでとう、優勝(ゆうしょう)できて。
恭喜榮獲冠軍！

▶ その日(ひ)行(い)けなくても仕方(しかた)ないよね。→ 仕方(しかた)ないよね、その日(ひ)行(い)けなくても。
那天沒辦法去也是無可奈何的事呀！

口語變化

2 先說結果，再說理由

說明 對方想先知道的，先講出來，就是口語的常用表現方法了。

▶ 格好悪(かっこうわる)いから嫌(いや)だよ。→ 嫌(いや)だよ、格好悪(かっこうわる)いから。
那樣很遜耶，我才不要哩！

▶ 日曜日(にちようび)だから銀行休(ぎんこうやす)みだよ。→ 銀行休(ぎんこうやす)みだよ、日曜日(にちようび)だから。
因為是星期天，所以銀行沒有營業呀！

口語變化

3 疑問詞移到句首

說明 有疑問，想先讓對方知道，口語中常把疑問詞放在前面。

▸ これは何(なに)。→ 何(なに)、これ。
這是什麼？

▸ 時計(とけい)はどこに置(お)いたんだろう。→ どこに置(お)いたんだろう、時計(とけい)。
不知道手錶放到哪裡去了呢？

口語變化

4 自己的想法、心情部分，移到前面

說明 最想讓對方知道的事，如自己的想法或心情部分，要放到前面。

▸ その日(ひ)用事(ようじ)があって、ごめん。→ ごめん、その日(ひ)用事(ようじ)があって。
那天剛好有事，對不起。

▸ 中(なか)に持(も)って来(き)ちゃだめ。→ だめ、中(なか)に持(も)って来(き)ちゃ。
不可以帶進室內！

口語變化

5 副詞或副詞句，移到句尾

說明 句中的副詞，也就是強調的地方，為了強調、叮嚀，口語中會移到句尾，再加強一次語氣。

▸ ぜひお試(ため)しください。→ お試(ため)しください、ぜひ。
請務必試試看。

▸ ほんとは、僕(ぼく)も行(い)きたかったな。→ 僕(ぼく)も行(い)きたかったな、ほんとは。
其實我也很想去呢！

⑪ 其他

口語變化

1 重複的說法

說明 為了強調說話人的情緒，讓聽話的對方，能馬上感同身受，口語中也常用重複的說法。效果真的很好喔！如「だめだめ」（不行不行）、「よしよし」（太好了太好了）等。

▶ へえ、これが作（つく）り方（かた）の説明書（せつめいしょ）か。どれどれ。
是哦，這就是作法的説明書嗎。我瞧瞧、我瞧瞧。

▶ ごめんごめん！待（ま）った。
抱歉抱歉！等很久了嗎？

口語變化

2 「どうぞ」、「どうも」等固定表現

說明 日語中有一些固定的表現，也是用省略後面的說法。這些說法可以用在必須尊重的長輩上，也可以用在家人或朋友上。這樣的省略說法，讓對話較順暢。

▶ どうぞお大事（だいじ）にしてください。→ どうぞお大事（だいじ）に。
請多加保重身體。

▶ どうぞご心配（しんぱい）なさらないでください。→ どうぞご心配（しんぱい）なく。
敬請無需掛意。

▶ どうもありがとう。→ どうも。
謝謝。

口語變化

3 口語常有的表現（一）

說明「っていうか」相當於「要怎麼說…」的意思。用在選擇適當的說法的時候；「ってば」意思近似「～ったら」，表示很想跟對方表達心情時，或是直接拒絕對方，也用在重複同樣的事情，而不耐煩的時候。相當口語的表現方式。

▶ 山田君(やまだくん)って、山男(やまおとこ)っていうか、素朴(そぼく)で、男(おとこ)らしくて。
該怎麼形容山田呢？他像個山野男兒，既樸直又有男子氣概。

▶ そんなに怒(おこ)るなよ、冗談(じょうだん)だってば。
你別那麼生氣嘛，只不過是開開玩笑而已啦！

口語變化

4 口語常有的表現（二）

說明「なにがなんだか」強調完全不知道之意；另外，叫對方時，沒有加上頭銜、小姐、先生等，而直接叫名字的，是口語表現的另一特色，特別是在家人跟朋友之間。

▶ 難(むずか)しくて、何(なに)が何(なん)だかわかりません。
太難了，讓我完全摸不著頭緒。

▶ みか、どの家(いえ)がいいと思(おも)う。
美佳，妳覺得哪間房子比較好呢？

▶ まゆみ、お父(とう)さんみたいな人(ひと)と付(つ)き合(あ)うんじゃない。
真弓，不可以跟像妳爸爸那種人交往！

文法知多少？

☞ 請完成以下題目，從選項中，選出正確答案，並完成句子。

▼ 答案詳見右下角

1 思(おも)いやりのある子(こ)に（　　　）。

1．育(そだ)ってもらう　　2．育(そだ)ってほしい

2 時間(じかん)は十分(じゅうぶん)あるから急(いそ)ぐ（　　　）。

1．ことはない　　2．ほかはない

3 姉(あね)は父(ちち)にプレゼントをして（　　　）。

1．喜(よろこ)ばせた　　2．喜(よろこ)ばせられた

4 ここ１週間(しゅうかん)くらい（　　　）お陰(かげ)で、体(からだ)がだいぶ良(よ)くなった。

1．休(やす)ませた　　2．休(やす)ませてもらった

5 田中君(たなかくん)、急(きゅう)に用事(ようじ)を思(おも)い出(だ)したもんだから、少(すこ)し時間(じかん)に遅(おく)れる（　　　）。

1．って　　2．そうだ

6 ご意見(いけん)がないということは、皆(みな)さん、賛成(さんせい)（　　　）ね。

1．ということです　　2．わけです

答案：（1）2　（2）1　（3）1　（4）2
（5）1　（6）1

問題1　つぎの文の（　　）に入れるのに最もよいものを、1・2・3・4から一つえらびなさい。

1　学生「先生、来週の日曜日、先生のお宅に（　　　）よろしいでしょうか。」
先生「ああ、いいですよ。」

1　伺って　　2　行かれて　　3　参られて　　4　伺われて

2　初めて自分でお菓子を作りました。どうぞ（　　　）ください。

1　いただいて　　2　いただかせて
3　食べたくて　　4　召し上がって

3　大変だ、弟が犬に（　　　）よ。

1　かんだ　　2　かまられた　　3　かみられた　　4　かまれた

4　先生は、何を研究（　　　）いるのですか。

1　されて　　2　せられて　　3　しられて　　4　しれて

5　母「夕ご飯を何にするか、まだ決めてないのよ。」
子ども「じゃ、ぼくに（　　　）。カレーがいいよ。」

1　決めて　　2　決まって
3　決めさせて　　4　決められて

6　先生がかかれたその絵を、（　　　）いただけますか。

1　拝見して　　2　見て
3　拝見すると　　4　拝見させて

▼ 翻譯與詳解請見 P.250

答案&解題

[こたえ & かいとうヒント]

01 時間的表現

問題 1

＊1. 答案 2

熱騰騰的看起來好好吃哦！（趁）熱吃吧！

1 不僅	2 趁…時
3 在…的時候	4 像…一樣的

▲「うちに／趁…時；在…之內」一詞表示「在特定的時間內」。「温かいうちに／趁熱」也就是「在還是熱的狀態下」。

▲ 各選項的正確用法，舉例：

1 このレストランは安いうえにおいしい。
這家餐廳不但便宜又好吃。（～に加えて。さらに／不但…。而且）

2 今日のうちにそうじをすませよう。
今天之內打掃完吧。

3 子どものころの写真を見る。
看小時候的照片。（だいたいの時期／粗略的時間）

4 彼は魚のようにすいすい泳いでいる。（「あるものが、ほかのものに似ている」という意味。）
他像魚兒似的自在悠游。（意思是「某個東西像另外一個東西」。）

＊2. 答案 3

問了他理由，（可是）他說他什麼都不知道呀。

1 如果…的話	2 （就）是
3 可是…	4 才剛

▲「ところ／可是…」用於表示「彼に理由を聞いた／問了他理由」之後的結果，也就是「～したけれど／可是…」的意思。

▲ 各選項的正確用法，舉例：

1 食べたくないなら、食べなくてもいいよ。
不想吃的話，不吃也可以喔。（表達「もしそうであれば／如果這樣的話」的意思。）

2 これって、あなたが書いた本なの。
這個就是你撰寫的書嗎？（「って／就是」也就是「～というのは。とは／所謂的…就是」的意思。）

3 友だちに電話したところ、留守だった。
打電話給朋友，可是他不在家。

4 引っ越したばかりで、よくわからない。（まだ時間がたっていないことを表す。）
才剛搬家，所以不太清楚。（表示還沒過多少時間。）

＊3. 答案 3

A：「中村先生呢？」
B：「咦，他（才剛離開）啊，應該還沒走遠吧？」

1 一離開就	2 只好
3 才剛離開	4 應該離開

▲ 與「帰ってすぐ／剛離開」意思相同的是選項 3「帰ったばかり／才剛離開」。「ばかり／剛…」是「表示在那之後過沒多久的詞語」。「ばかり」的前面要接過去式「た形」。

▲ 選項 2「帰るばかり／只好離開」，這裡的「ばかり／只好」前面接的是辭書形，這樣一來意思就不同了，請多加注意。

▲ 各選項的正確用法，舉例：

1　帰ったとたん、電話がなった。（帰ったちょうどその時。そのすぐ後）。
一到家，電話就響了。（正好到家的時候。一進門馬上發生。）

2　仕事がすべて終わったので、帰るばかりです。（帰るしかない。だけ。のみ。）
因為工作全部做完了，只好回家了。（只能回家。只好。僅只。）

3　父は、今出かけたばかりです。（出かけてから時間がたっていない。）
爸爸剛剛外出了。（外出後沒過多久。）

4　母は7時に帰るはずです。（7時に帰る予定になっている。）
媽媽七點應該會到家。（預定七點到家。）

＊4. 答案 1

> Ａ館的這張入場券，（在）進入Ｂ館（的時候也）需要出示，請不要弄丟囉。
> 1 在…的時候也　　2 之時
> 3 的時機　　4 趁…之時也

▲「際／之時」是指「時候、情況」。表示時間的助詞用「に」。因為Ａ館和Ｂ館兩邊都需要，所以使用並列的助詞「も／也」，變成「にも／在…也」。因此，選項１「際にも／在的時候也」為最貼切的答案。

＊5. 答案 2

> 和朋友玩得（正）開心（時），媽媽打電話來了。
> 1 偶然　　2 正　　3 迅速地　　4 突然

▲ 請留意（　）是接在「～で（て）いる／正在」之後。可以接在「～で（て）いる」之後的是選項２「最中に／正…之時」。題目的意思是「正在和朋友玩的時候」。

▲ 選項１「ふと／偶然」、選項３「さっさと／迅速地」、選項４「急に／突然」都不會接在「～で（て）いる」的後面，所以不正確。

▲ 各選項的正確用法，舉例：

2　試合をしている最中に、雨が降ってきた。
比賽進行得正精彩，卻下起雨來了。（前面變成「ている」）
公園で遊んでいる最中に、雨が降りだした。
在公園玩得正高興，卻下雨了。（前面變成「でいる」）

問題2

＊6. 答案 4

> 現在正好母親 1打了 2電話 來。
> 1 打了　　2 電話　　3 ×　　4 時候

▲ 正確語順：今ちょうど母から　電話が　かかった　ところ　です。

▲ 本題學習的是「ところ／就在那個時候」的用法。「ところ」的前面必須是過去式（た形）。因此將「電話がかかる／打電話」改為過去式的「電話がかかった／打了電話」，放在「ところ」的前面。

▲ 如此一來順序就是「２→３→１→４」，＿★＿應填入選項４「ところ」。

02　原因、理由、結果

問題1

以下文章是曾至日本留學的王先生於回國之後，寫給日文老師的信。

> 山下老師，許久沒有向您請安，其後是否別來無恙？

待在日本的那段期間，非常感謝老師的照顧。回國後，由於生活作息改變了，導致食欲不佳，也睡不著覺，所幸託您的福，現在已經完全恢復正常，也到新公司工作了，全家過著和樂融融的生活。

即便回國以後，我還是時常想起老師的教導。剛開始學習漢字的那段日子雖然辛苦，但隨著上課時學到練習的方法，使得認識的漢字逐漸增加，覺得愈來愈有意思了。還有，在最後一堂課聽到的《枕草子※》的故事，也深刻地留在我的腦海裡。我以後也想寫一本書，描述介紹我國的四季嬗遞。並且，如果老師日後來到我的國家，希望一同盡情暢談，並且帶您遊覽許多美麗的風景名勝。

夏天很快就要來了，請務必保重身體。

由衷盼望早日再見。

王　松銘

※ 枕草子：第十至十一世紀間的日本知名文學作品。

＊1. 答案 2

1 那個　　2 其（自從道別）
3 那邊的（離自己或對方較遠）
4 那邊的（離自己或對方較近）

▲ 選項 2「その／其（自從道別）」指的是前面曾經提及的事情。「その後／其後」是指「それからのち。それ以来。以後／自…之後。自從…以來。…以後」的意思。也就是說，王先生想知道和山下先生最後一次見面之後，山下先生的相關消息。

▲ 選項 1「あの／那個」指的是說話者和聽話者都知道的事情，所以不正確。選項 3「あちらの／那邊的（離自己或對方較遠）」指的是離說話者和聽話者較遠處或較遠的物品，所以不正確。選項 4「そちらの／那邊的（離自己或對方較近）」是指聽話者周圍的事物，後面不會接「後／以後」所以不正確。

▲ 各選項的正確用法，舉例：

1　あの時（とき）、お礼（れい）を言（い）っておけばよかった。
　那個時候如果記得向他道謝就好了。

2　友（とも）だちが帰国（きこく）した。その後（あと）、手紙（てがみ）のやりとりを何度（なんど）もしている。
　朋友回國了。在那之後，我們通了好幾封書信。

3　あちらの方（かた）はどなたですか。
　那邊的那位是誰呢？

4　どうぞそちらの席（せき）にお座（すわ）りください。
　請到那邊的座位坐。

＊2. 答案 2

1 改變　　2 改變了
3 好像變了　　4 沒有改變

▲ 由於空格後面接的是「なかったり／也不」與過去式（「た形」），因此空格處也必須使用過去式。

▲ 選項 1「変わる／改變」以及選項 3「変わりそうな／好像變了」都不是過去式，所以不正確。另外，「食欲がなくなったり／食欲不佳」、「ねむれなかったり／也睡不著覺」的原因都是由於「生活のリズム／生活作息」的變化所造成的，因此選項 4「変わらなかった／沒有改變」不合邏輯。

▲ 各選項的正確用法，舉例：

1　大学（だいがく）に合格（ごうかく）するため、毎日勉強（まいにちべんきょう）している。
　為了考上大學，每天都用功讀書。

2　毎日勉強したため、大学に合格した。
由於每天用功讀書，總算順利考上大學了。

＊3. 答案 1

1 完全　2 緩慢　3 清爽的　4 失望

▲表示變得非常活力充沛的副詞是「すっかり／完全」。

▲選項2「ゆっくり／緩慢」是「不著急的樣子」，選項3「すっきり／爽快」是「神清氣爽心情好的樣子」，選項4「がっかり／失望」是「事情不如預想而失落的樣子」，都不符合文意，所以不正確。

▲各選項的正確用法，舉例：

1　論文はすっかり書き終わった。
論文終於全部完成了。

2　すべらないように、ゆっくり歩いた。
那時為了避免滑倒而慢慢走。

3　よく寝たので、頭がすっきりしている。
因為睡得很好，頭腦格外清晰。

4　試合に負けて、がっかりした。
比賽輸了，令人失落。

＊4. 答案 3

1 大大地　2 短的　3 深刻地　4 長的

▲「印象／印象」是指「把所看見的所聽見的事烙印在心裡」。常用於「印象を残す／留下印象」、「印象をあたえる／給的印象」等句子。符合這個用法的副詞是選項3「深く／深刻地」。另外，「強く／強烈地」也是常用的副詞。副詞的使用會受到不同詞語的限制，請特別留意。

▲各選項的正確用法，舉例：

1　手を大きくふる。
大大地揮手。（亦即，用力揮手。）

2　ひもを短く切る。
把線剪短。

3　その本を読んで、深く感動した。
看了這本書之後，深深地撼動了我。

4　髪を長くのばす。
把頭髮留長。

＊5. 答案 1

1 並且　2 可是　3 然而　4 果然

▲空格前面是「本を書いてみたい／想寫一本書」，並且後面又提到了「ご案内したい／描述介紹」。因此要找符合順接（前面敘述的事情和後面敘述的事情是自然無轉折，意思一致連接下來的）用法的接續詞。順接的接續詞是選項1「そして／並且」。

▲選項2「でも／可是」和選項3「しかし／然而」是逆接（表示前後意思對立不一致）的接續詞，所以不正確。而選項4「やはり／果然」是用來歸納前面事項的結語，所以也不正確。

▲各選項的正確用法，舉例：

1　朝起きて散歩をした。そして、朝食を食べた。
早上起床散了步，並且吃了早餐。（順接）

2　友だちに手紙を書いた。でも、まだ返事がこない。
給朋友寄了信，可是還沒有得到回覆。（逆接）

3　一生懸命練習した。しかし、試合に負けてしまった。
雖然拚命練習了，然而還是輸了比賽。（逆接）

4　やはり、歩くことがいちばん健康にいい。
果然散步對健康最有幫助。

03 推測、判斷、可能性

問題 1

以下文章是來到日本的外國人所寫的作文。

> 我第一次來日本是在大約十五年前。當時的日本人對待身邊的人十分熱情，很有禮貌並且親切，並且感覺比我的國人更加誠實。然而，這回的印象卻截然不同了。最令我驚訝的是電車裡沉迷於手機的人們。尤其是年輕人，即使是在擁擠的電車中也能迅速地搶到座位，坐下後就立刻拿出手機，開始傳訊息。看也不看周圍的人，大家都是同樣的表情、同樣盯著手機螢幕。從那樣的日本人身上，我感覺到生人勿近的冷漠。
>
> 第一次來日本時的印象可就不同了。在擁擠的車廂裡偶然共乘的人們，彼此雖沒有任何關係，卻彷彿有某種無形的羈絆。只要有年長者站在自己坐的位子前，很多人會主動讓位，即使在擁擠的車廂內，似乎也能感受到大家心裡「每天都很辛苦呢…」的這種共鳴※。
>
> 這是因為日本社會改變了嗎？還是說，是我的想法改變了呢？
>
> 就像每個國家都有各式各樣的問題，日本也存在著許許多多的社會問題，伴隨著這些，社會和人們的樣子一點一點的變化也是理所當然的。日本和 15 年前已經不同了，不過即便如此，現在的日本人和其他國家相比仍是彬彬有禮並且遵守社會秩序。這是非常棒的一件事。希望這些日本人的民族性格不會改變。
>
> ※ 共鳴…自己和其他人都有同樣的感受。

＊1. 答案 3

1 冷漠　2 徹底　3 熱情　4 嚴格

▲ 因為第一次到日本來的作者對日本人有好感，所以選項 1「つめたく／冷漠」和選項 4「きびしく／嚴格」都不正確。選項 2「さっぱり／徹底」與文意不符，因此也不正確。

▲ 選項 3 因為「温かく／熱情」是能讓人感受到情誼或好感的詞語，所以最合適。

▲ 各選項的正確用法，舉例：

1 友（とも）だちに<u>つめたく</u>されてしまった。
遭到了朋友的<u>冷漠</u>對待。

2 <u>さっぱり</u>あきらめた。
<u>徹底</u>放棄了。

3 お客様（きゃくさま）を<u>温（あたた）かく</u>むかえる。
<u>熱情</u>地迎接客人。

4 子（こ）どもを<u>きびしく</u>注意（ちゅうい）する。
<u>嚴厲</u>地警告孩子。

＊2. 答案 3

1 另外　2 然後　3 不過　4 還有

▲ 第二次到日本來的作者感覺到「他の人々を寄せ付けない冷たいもの／難以接近其他人的冷漠」。因為和最初的印象相反，所以選項 3「しかし／不過」最為適當。

▲ 選項 1「また／另外」是列舉多項事物時的連接詞，所以不正確。選項 2「そして／然後」是承接前面事項、連接後面敘述的連接詞，所以不正確。選項 4「それから／還有」是表示除前面事項外，還

發生了後面事項的連接詞，所以不正確。

▲ 各選項的正確用法，舉例：

1 私は読書が好きだ。また、スポーツも好きだ。
我喜歡讀書。另外，也喜歡運動。

2 家に帰った。そして、アルバイトに行った。
回家了，然後去打工了。

3 台風が来た。しかし、被害はなかった。
颱風來了，不過沒有災情。

4 スーパーで買い物をした。それから、料理を作った。
在超市買了東西，還做了料理。

＊3. 答案 2

1 這種	2 那麼的
3 那樣的	4 什麼樣的

▲ 本題要從前文推敲是怎麼樣的「日本人たち／日本人們」。這裡指的是在擁擠的電車中盯著手機螢幕的年輕人。用來指稱前面內容的指示語是選項 2「そんな／那樣的」。

▲ 選項 1「こういう／這種」的用法不通順。選項 3「あんな／那種的」是用於指稱作者和讀者都知道之事的指示語，所以不正確。選項 4「どんな／什麼樣的」是詢問不清楚之事時的指示語，所以不正確。

▲ 各選項的正確用法，舉例：

2 そんなひどいこと言われたの。
被說了那麼過分的話。

3 あんなことを言ってはいけません。
不准說那樣的話！

4 今、どんな本を読んでいるの？
現在在看什麼樣的書？

＊4. 答案 1

1 還是說	2 所以
3 為什麼	4 也就是說

▲ 空格前面是「日本社会が変わったからだろうか／這是因為日本社會改變了嗎」，空格後面是「私の見方が変わったのだろうか／是我的想法改變了呢」，意思是從這兩項選出一個。這時要使用的連接詞是選項 1「それとも／還是說」。

▲ 選項 2「だから／所以」是承接前面事項，以便談論後面事項時的連接詞。選項 3「なぜ／為什麼」是詢問理由的連接詞。選項 4「つまり／也就是說」是用於簡化前面敘述的事情，或是換句話說時使用的詞語。

▲ 各選項的正確用法，舉例：

1 山に行きますか。それとも海に行きますか。
要去山上嗎？還是說要去海邊呢？

2 明日試験がある。だから、今夜は勉強しなければならない。
明天要考試，所以今晚非得念書不可。

3 なぜ、あなたは遅刻したのですか。
你為什麼遲到了？

4 甘いもの、つまり、ケーキやチョコレートなどが大好きだ。
甜食，也就是蛋糕和巧克力之類的我最喜歡了！

＊5. 答案 3

1 是好事吧	2 不會變成好事
3 被認為是好事	4 不認為是好事

▲ 空格前幾句提到「日本人は現在のところ、他の国に比べれば礼儀正しく、また、社会の秩序もしっかり守られている／目前的日本人和其他國家相比，仍是彬彬有禮並且遵守社會秩序」。這是在

陳述「いいこと／優點」，但選項２和４是否定的說法，所以不正確。選項１雖是陳述「いいこと／優點」，但由於是疑問句，所以不正確。

04 狀態、傾向

問題 1

以下文章是某位高中生去參觀「蔬菜工廠」所寫下的作文。

前幾天，我去參觀了「蔬菜工廠」。這家工廠在室內培育萵苣之類的蔬菜。工廠內非常乾淨。作物不需要土壤，而是使用溶入肥料※1的水來栽培。據說這裡的日照量※2、肥料和二氧化碳量的多寡，全都透過電腦管控。

根據工廠人員的說明，「蔬菜工廠」最大的課題，就是需要大量的資金。不過蔬菜工廠可以解決日本農業所面臨的嚴重問題，像是能夠不受一年四季天氣變化的影響而得以順利收成、緩解農業勞力的不足等等。期待在不久的將來，蔬菜工廠能夠帶來龐大的商機。

我一邊觀賞工廠內青翠的萵苣，忽然想起了家裡的那塊小菜圃。那是爸媽在庭院一角開闢的小菜圃。在那裡，沾著土壤的那些小菜苗享受著陽光和風，感覺十分舒服。爸媽會幫蔬菜抓蟲和施肥，灌注愛心來培育蔬菜。我吃到那些蔬菜的時候，彷彿也能感受到陽光和風的味道。

與此同時，「蔬菜工廠」裡的蔬菜，能讓人感受到土壤和陽光、風和水等大自然的味道，以及栽種者的感情嗎？今後若技術益發進步，也許在工廠裡栽培蔬菜的時代將會來臨。但是，我以後還是希望能繼續吃到有大自然的味道，以及栽種者的感情的蔬菜。

※1 肥料：給予植物和土壤養分的東西。

※2 日照量：太陽散發出的能量的多寡。

＊1. 答案 3

1 那個　2 那些的　3 這個　4 這些的

▲ 因為是在講述自己去「蔬菜工廠」的事情，所以選項３的「この／這個」較為適切。也可以使用「その／那個」。

▲ 選項１「あの／那個」和選項２「あれらの／那些的」都是指說話者以及聽話者都知道的事情，所以不正確。另外，選項２是指複數事項的指示語，所以不正確。選項４「これらの／這些的」也是指複數事項的指示語，同樣不正確。

▲ 各選項的正確用法，舉例：

1 先週(せんしゅう)見(み)たあの映画(えいが)おもしろかったね。
上週看的那部電影很有趣呢。

2 会議(かいぎ)で使(つか)ったあれらの資料(しりょう)、片(かた)づけておいて。
把開會時參考過的那些的資料整理一下。

3 試験(しけん)が終(お)わった。この結果(けっか)は１週間(しゅうかん)後(ご)に発表(はっぴょう)される。
考試結束了。本次考試成績將在一週後公佈。

4 パーティーで使(つか)った、これらの食器(しょっき)、いっしょに洗(あら)おう。
宴會時用過的這些的餐具，我們一起洗吧。

＊2. 答案 1

1 可以得到解決	2 增加
3 改變	4 失去

▲ 由於是「日本の農業が抱えている深刻な問題／日本農業所面臨的嚴重問題」即將消失，順著文意，應以選項１「解決される／可以得到解決」最為適切。

▲ 選項２「増える／增加」與內容意思相反，所以不正確。選項３「変わる／改變」與文意不符。選項４「なくす／失去」是他動詞所以不正確，必須改成自動詞的「なくなる／消失」才正確。

▲ 各選項的正確用法，舉例：

1 環境問題が解決される。
環境問題獲得解決。

2 都市の人口が増える。
都市人口增加。

3 学校の規則が変わる。
修訂校規。

4 すっかり自信をなくす。
完全失去信心。

＊3. 答案 4

1 迅速地　2 一定　3 突然發怒　4 忽然

▲ 能夠放在「思い浮かべました／想起」前面的副詞是選項４「ふと／忽然」，也就是「なんとなく／不自覺地」的意思。

▲ 選項１「さっと／迅速地」是表示「非常迅速的樣子」的副詞，選項２「きっと／一定」是表示「必ず／一定」的副詞，選項３「かっと／突然發怒」是表示「很激動的樣子」的副詞，所以都不正確。

▲ 各選項的正確用法，舉例：

1 さわやかな風がさっとふいた。
一陣清爽的涼風忽地吹過了。

2 明日はきっと行くよ。
明天一定會去喔。

3 かっとなって怒ってしまった。
陡然震怒了。

4 ふと国の友だちのことを思い出した。
忽然想起了故鄉的朋友們。

＊4. 答案 4

1 然後　2 另外　3 而且　4 與此同時

▲ 空格前面是在講述自己的父母種植蔬菜的事，而空格的後面接著講述與此有關的另一件事，也就是「蔬菜工廠」。能夠連接這兩件事的連接詞是選項４「いっぽう／與此同時」。選項１「それから／後來」是連接前一件事和接下來發生的另一件事的連接詞，所以不正確。選項２「また／又」是用於表示並列或附加的連接詞，所以不正確。選項３「それに／而且」是對前面敘述的事附加説明的連接詞，所以不正確。

▲ 各選項的正確用法，舉例：

1 電話をして、それから出かけた。
打了電話，然後出門了。

2 このアパートは駅から近い。また、家賃も安い。
這間公寓離車站很近，另外房租又便宜。

3 彼女はほがらかだ。それに親切だ。
她的個性非常開朗，而且親切。

4 私は英語が好きだ。いっぽう、数学は苦手だ。
我很喜歡英文，但另一方面，我很不擅長數學。

＊5. 答案 2

1 在田裡耕種	2 在工廠裡栽培
3 人為栽培	4 自然栽種

▲ 這篇文章的主題是「蔬菜工廠」，而「蔬菜工廠」是指在室內種植蔬菜，因此以

選項２的「工場で作るもの／在工廠裡栽培」較為適切。

▲ 由於空格之後就是「～という時代が来るのかもしれません／也許…的時代將會來臨」，所以應該填入今後種植蔬菜的方法。選項１「畑で作るもの／在田裡耕種」和選項３「人が作るもの／人為栽培」是從過去到目前的種植方法，所以不正確。選項４「自然が作るもの／自然栽種」與內容不符，所以不正確。

05 程度

問題 1

＊1. 答案 1

弟弟：「爸爸最近好像很忙，情緒很焦躁哦。」
哥哥：「這樣啊，那麼，想去溫泉旅行這種事（還是不要提比較好吧）。」

1 還是不要提比較好吧
2 還是不要提才像好的吧
3 可能沒有說過吧　4 說了比較好呢

▲ 由於父親「いらいら／焦躁」，由此可知「言わないほうがよい（いい）／不要提比較好」。

▲ 在這裡請記住「形容詞＋そう（だ）／好像」的用法。「そうだ／好像」是「いかにもそのように思われる／一般認為確實是那樣」的意思（樣態）。

▲「いい／好」後面連接「そうだ」的時候要改為「よさそうだ／比較好」。因此選項１的「言わないほうがよさそうだね／還是不要提比較好吧」是正確答案。

▲ 選項２是「いいそうだね／才像好的吧」連接處錯誤。選項４錯誤的部分則是「言ったほうが／說了比較」。

▲ 各選項的正確用法，舉例：

1 近く（ちか）にお店（みせ）がないから、お弁当（べんとう）を持（も）っていったほうがよさそうだね。
如果附近沒有店家，還是帶便當過去比較好吧。

＊2. 答案 2

就算明天要考試，（至少）收拾餐具的小事還是能做吧。

1 連　2 至少　3 即使　4 只有

▲ 題目的意思是「（即使準備考試很忙，）收拾餐具還是做得到吧」。像這樣舉出某個例子，並且是描述某種極端的情況，可以用選項２「ぐらい／區區」。也可以說「くらい」。

▲ 各選項的正確用法，舉例：

1 あなたまで、私（わたし）を信（しん）じないの？（あなたさえ。）
連你都不相信我嗎？（就連你也…。）

2 掃除（そうじ）ぐらいしなさい。（せめて掃除（そうじ）を。）
至少要打掃吧！（最低限度是打掃。）

3 この問題（もんだい）は、小学生（しょうがくせい）の妹（いもうと）でもわかる。（小学生（しょうがくせい）の妹（いもうと）だって。）
這個問題，即使是還在念小學的妹妹也知道。（就算是讀小學的妹妹也…。）

4 さいふには 10 円（えん）しかない。（10 円（えん）だけある。）
錢包裡只有十圓。（就只有十圓。）

問題 2

＊3. 答案 3

自己開始嘗試寫文章以後，才知道 3 要寫出 正確的 4 文章 1 有多麼 2 困難。

1 有多麼　2 困難　3 要寫出　4 文章

▲ 正確語順：自分（じぶん）で文章（ぶんしょう）を書（か）いてみて初（はじ）めて、正（ただ）しい　文章（ぶんしょう）を　書（か）くのが　どれほど　難（むずか）しいかが　わかりました。

▲ 空格的前面「正しい／正確的」是「い形容詞（形容詞）」。「い形容詞」的後面應接名詞，因此該填入「文章を／文章」。在「文章を」之後應該填入表達「該怎麼做」的動詞「書くのが／要寫出」。另外，「どれほど／有多麼」之後應填入的是「い形容詞」，所以是「どんなに難しいかが／有多麼困難」，意思就是「とても難しい／非常困難」。題目最後有「わかりました／才知道」，由此可知應是「～がわかりました／才知道」的句型。

▲ 如此一來順序就是「4→3→1→2」，＿★＿的部分應填入選項3「書くのが／要寫出」。

＊4. 答案 3

妹妹 4越 1看 2越 像媽媽。
1 越　2 越　3 看　4 看

▲ 正確語順：妹(いもうと)は　見(み)れ　ば　見(み)る　ほど　母(はは)にそっくりだ。

▲ 請注意「～ば～ほど／越…越…」的用法。這種用法的動詞句型是「假定型（ば形）＋辭書形＋ほど／越…越…」，所以是「見ればる見るほど／越看越」，意思是「仔細一看就更」。

▲ 如此一來順序就是「4→1→3→2」，＿★＿的部分應填入選項3「見る／看」。

＊5. 答案 2

我認為 3找不到 像他 2那麼 1出色的 4人了。
1 出色的　2 那麼　3 找不到　4 人

▲ 正確語順：彼(かれ)　ほど　立派(りっぱ)な　人(ひと)は　いない　と思(おも)います。

▲ 本題的句型是「AほどBはいない／沒有像A那麼…的B了」。A處填入名詞，B處填入人。

▲ 因為句首是「彼／他」，所以是「彼ほど／像他那麼」。又因為「立派な／出色」用於形容「人／人類」，所以是「立派な人は／出色的人」。而且之後應該接「いない／沒有」。全句是「他是最出色的」的意思。

▲ 如此一來順序就是「2→1→4→3」，＿★＿應填入選項2「ほど／那麼」。

＊6. 答案 3

我認為不會有 2人 像 4我 3這麼 1愛你。
1 愛你　2 人　3 這麼　4 我

▲ 正確語順：あなたのことを　僕(ぼく)　ほど　愛(あい)している　人(ひと)　はいないと思(おも)います。

▲ 請留意「AほどBはいない／不會有像A這麼…的B」的用法，A和B都是名詞。因為題目的句尾是「～はいないと思います／我認為不會有…」，所以聯想到前面應該是「AほどB／像A這麼…的B」。A填入「僕／我」，變成「僕ほど／像我這麼」。B的名詞是「人／人」，但「人」的前面要再加上連體修飾語「愛している／愛你」，變成「愛している人／愛你的人」。

▲ 如此一來順序就是「4→3→1→2」，＿★＿應填入選項3「ほど／這麼」。

06 狀況的一致及變化

問題1

以下文章是留學生以日本的生活習慣為主題所寫的作文。

我在兩年前來到了日本。我從以前就對日本文化有濃厚的興趣，再加上渴望學習知識，所以一直很努力。

剛到這裡的時候，由於不清楚日本的生活習慣，曾有一段時間不知所措。例如丟垃圾的方式就是其中之一。在日本，依照居住城鎮的規定，一定要將可燃垃圾和不可燃垃圾分開丟棄才行。一開始，我心想為什麼得做那麼麻煩的事啊，常常覺得很討厭，但是多做幾次以後，終於了解必須這麼做的理由。日本的國土面積不大，垃圾問題尤其嚴重，因此將垃圾分類，可用資源盡量回收，有其必要性。但是，也有部分留學生完全不管這類事情，把各種垃圾全都混在一起丟棄，造成鄰居的困擾。事實上，像這樣的小問題，正是導致日本人對外國人產生很大的誤解與糾紛的根源。其實只要在日常生活中稍微留意，應該就能讓大家生活得更加舒適。

所謂「留學」，不僅是學習知識，更重要的是在每天的生活中學習那個國家的文化和習慣。能否融入日本社會、與日本人交心，都和我們每一個留學生的意識及生活方式息息相關。唯有實踐真正的交流，才稱得上是盡善盡美的留學生涯，不是嗎？

＊1. 答案 3

1 一直　2 又　3 再加上　4 再一次

▲ 寫下這篇文章的留學生，從以前就對日本文化有濃厚的興趣，現在更渴望「學習知識」。表達前項加上後項的詞語是選項3「さらに／再加上」。

▲ 選項1「ずっと／一直」表示長時間持續某一狀態的樣子，所以不正確。選項2「また／還」和選項4「もう一度／再一次」皆表示再次，所以不正確。

▲ 各選項的正確用法，舉例：

1　朝からずっと勉強していた。
　從早上開始一直在念書。

2　試合にまた負けてしまった。
　比賽又輸掉了。

3　メンバーをさらに5人増やした。
　成員再增加了五個人。

4　疑問点をもう一度質問した。
　再次針對疑點提問了。

＊2. 答案 1

1 依照　2 加上　3 對於　4 針對

▲ 請留意空格前的「ルール／規定」。「ルールにしたがう／依照規定」的意思是遵照囑咐去做。選項2「加えて／加上」的意思是某項事物加上其他事物。選項3「対して／對於」是應…要求的意思。選項4「ついて／針對」是關於那件事的意思。

▲ 各選項的正確用法，舉例：

1　社会のルールにしたがって生活する。
　遵循社會規範生活。

2　風に加えて雨も強くなった。
　風勢強勁，加上連雨也變大了。

3　質問に対して答える。
　針對提問回答。

4　読書について話し合う。
　針對讀書的話題做討論。

＊3. 答案 4

1 只有　2 唯獨　3 僅只　4 等等

▲「將垃圾分類，可用資源盡量回收」雖然

只是留學生們完全不放在心上的事情的其中一例，但語含還有很多其他情況，不只這一件。因為還有其他想說的事，所以正確答案是選項4「など／這類」。

▲ 選項1「だけ／只有」、選項2「しか／唯獨」、選項3「ぎり／僅只」都是表示限定的助詞，所以不正確。

▲ 各選項的正確用法，舉例：

1 朝（あさ）、パンだけ食（た）べて出（で）かけた。
早上只吃麵包就出門了。

2 そのことは私（わたし）しか知（し）らない。
那件事唯獨我知道。

3 ひとりきりで留守番（るすばん）をする。
獨自一人看家。

4 辞書（じしょ）やノートなどをかばんに入（い）れる。
把字典和筆記本等等放進書包裡。

＊4. 答案 2

1 因為，理應　2 應該　3 因為　4 事情

▲ 這是敘述該留學生想法的句子。表示「這是當然的、就應該是這樣」的助詞是「はず／應該」，因此正確答案是選項2「はず／應該」。

▲ 選項1「わけ／因為，理應」是表示理由，或是理所當然的意思。選項3「から／因為」是表示原因或理由的助詞。選項4「こと／事情」是表示事情或情況的詞語。

▲ 各選項的正確用法，舉例：

1 うそを許（ゆる）すわけにはいかない。
說謊實在無法原諒。

2 仕事（しごと）は5時（じ）までに終（お）わるはずだ。
工作應該會在五點之前完成。

3 不注意（ふちゅうい）から、事故（じこ）が起（お）きた。
因為不小心導致發生了事故。

4 スキーをしたことがある。
曾經滑過雪。

＊5. 答案 4

1 得以實現　2 盡善盡美
3 可以想見　4 使完美

▲ 因為作者已經在留學了，所以選項1「実現する／得以實現」、選項3「考えられる／可以想見」都不正確。正確答案應該是選項2「成功する／盡善盡美」或選項4「成功させる／使完美」其中一個。請留意空格前的「も／也」。「も」改成「を」會變成「を成功する」，語法是不通順的。由於「成功する／完美」是自動詞，所以必須寫成使役形。因此，正確答案是選項4「成功させる／使完美」。

▲ 各選項的正確用法，舉例：

4 学園祭（がくえんさい）を成功（せいこう）させたい。
希望校慶舉辦成功。

07 立場、狀況、關聯

問題1

以下文章是留學生陳同學回國後，寄給在日本時住的寄宿家庭的高木小姐的信。

> 高木家的大家，最近過得好嗎？
>
> 留宿府上時受大家的照顧了。因為大家的盛情款待，讓我感覺像是去親戚家玩一樣的度過了開心的日子。與希美小姐和小俊一起去爬富士山非常開心，另外像是製作烏龍麵、沏茶等等，讓我幫忙各種事情，也都是非常美好的回憶。
>
> 其實，在到日本之前，我沒有考慮過要住在寄宿家庭。如果沒有住在寄宿家庭，只投宿旅館的話，不但無法

結識高木家的各位，對於日本人的想法也將一無所知的就回國了。能夠寄宿府上，真的是太好了。

明年，我將作為交換學生前去日本。屆時請務必讓我再次拜訪尊府，希望能讓大家品嚐我國的料理。

就快要過年了呢。請大家注意身體健康，並預祝大家都能過個好年。

陳美琳

＊1. 答案 1

1 由於（被）款待　2 因為使款待
3 因為款待了　4 被迫款待

▲ 因為陳同學得到高木家的各位的照顧，所以應該選「迎えた／款待了」的被動式，正確答案也就是選項1「迎えられたので／由於（受到）款待」。

▲ 選項2「迎えさせたので／因為使款待」是使役形，所以不正確。選項3「迎えたので／因為款待了」不是被動式，所以不正確。選項4「迎えさせられて／被迫款待」是使役被動式，所以也不正確。

▲ 各選項的正確用法，舉例：

1　妹（いもうと）にケーキを食（た）べられた。
蛋糕被妹妹吃掉了。（被動）

2　弟（おとうと）に魚（さかな）を食（た）べさせた。
餵弟弟吃了魚。（使役）

3　私（わたし）はカレーを食（た）べた。
我吃了咖哩。（過去形）

4　母（はは）に野菜（やさい）を食（た）べさせられた。
被媽媽逼著吃了蔬菜。（使役被動）

＊2. 答案 3

1 像是　2 看起來　3 似的　4 像…樣的

▲ 請留意空格前的「まるで／簡直」。這是比喻的用法，一般寫成「まるで～ような／簡直像…一般」、「まるで～みたいな／簡直像…似的」。

▲ 選項1「みたい／像是」因為沒有加上「な」，所以後面不能接名詞的「気持ち／心情」，所以不正確。選項2「そうな／看起來」表示就是這種情況（並非比喻），所以不正確。選項4「らしい／像…樣的」表示自己認為大概是這樣，或是表達符合該人或物應有的樣子，所以不正確。

▲ 各選項的正確用法，舉例：

1　これ、まるで本物（ほんもの）みたい。
這個簡直就像真品！

2　おいしそうなメロンだね。
看起來很好吃的香瓜！

3　まるで母（はは）と話（はな）しているような気持（きも）ちになった。
心情變得簡直在和媽媽說話似的。

4　学生（がくせい）らしい態度（たいど）をとりなさい。
請拿出學生應有的態度！

＊3. 答案 1

1 請讓我　2 請做　3 讓你　4 讓…做

▲ 應該對寄宿家庭的高木小姐使用敬語。「させてもらう／讓我」的謙讓語是「させていただいた／請讓我」，因此正確答案是選項1「させていただいた／請讓我」。

▲ 選項2「していただいた／請做」的「して／做」是錯誤的。幫忙的人不是高木家的人，而是陳同學，所以應該寫成「させて／使做」。選項3「させてあげた／讓你」錯在「あげた／給」。「あげる」不能對上位者使用。選項4「してもらった／讓…做」的語法全部錯誤。

▲ 各選項的正確用法，舉例：

1　私に説明させていただきたい。
　請讓我來為您說明。

＊4. 答案 2

1 只有	2 只有	3 淨是	4 光是

▲ 由於空格後面接的是「泊まらなかった／沒有投宿旅館」，請留意這是否定句。後面能接否定句的是選項 2「しか／只有」，也就是「しか～ない／只有…」的句型。

▲ 選項 1「だけ／只有」和選項 3「ばかり／淨是」的意思都和「しか」相同，但後面都不能接否定形，所以不正確。選項 4「ただ／光是」後面雖然可以接否定形，但這裡如果用了「ただ」，意思會變成「光是不投宿旅館的話」，所以也不正確。

▲ 各選項的正確用法，舉例：

1　100 円だけ残しておく。
　只留下一百圓。

2　この教室には留学生しかいない。
　這間教室裡只有留學生。

3　休日はテレビばかり見ている。
　假日一整天都在看電視。

4　妹はただ泣くだけだった。
　妹妹那時光是哭個不停。

＊5. 答案 3

1 吃	2 ×	3 品嘗	4 做

▲ 要享用料理的是高木家的人，因此要選「食べる／吃」的尊敬語，正確答案是選項 3「召し上がって／品嘗」。

▲ 選項 1「いただいて／吃」是「食べる／吃」的謙讓語，所以不正確。選項 2「召し上がらせて」是不正確的敬語用法。選項 4「作られて／做」是「作る／做」的尊敬語，但要做料理的並非高木家的人，所以也不正確。

▲ 各選項的正確用法，舉例：

1　先生のお宅でお茶をいただいた。
　在老師家用了茶。

3　私が焼いたケーキを召し上がってください。
　請享用我烤的蛋糕。

4　先生は日本料理を作られた。
　老師烹調了日本料理。

08 素材、判斷材料、手段、媒介、代替

問題 1

＊1. 答案 4

這種麵包是（用）麵粉和牛奶製成的。

1 ×	2 ×	3 在	4 用

▲ 表示材料的助詞是「で／用」，可用「～を使って／使用…」來替代，也就是「小麦粉と牛乳を使って／使用麵粉和牛奶」。

▲ 各選項的正確用法，舉例：

1　犬が鳴いている。
　狗在吠。（此處的「が」用於表示後面敘述的動作是什麼。）

2　電車を降りる。
　下電車。（此處的「を」表示動作開始的場所。）

3　毎朝、7 時に起きる。
　每天早上七點起床。（此處的「に／在」表示時間。）

4　紙でふくろを作る。
　用紙做袋子。

＊2. 答案 1

（以）調查的結果（為根據），訂立了新的計畫。

1 以…為根據　　2 在…之下
3 避開　　4 用以

▲「もと／根據」是「事物的基礎」的意思。題目的意思是「調查の結果をもとにして／以調查的結果為根據」。因此正確答案為選項 1「もとに」。

▲ 各選項的正確用法，舉例：

1　実験結果をもとに、論文を書く。
根據實驗結果撰寫論文。

＊3. 答案 2

剛開始不會游泳，但（隨著）反覆練習，已經越來越會游了。

1 雖然　2 隨著　3 變成　4 根據

▲ 能表示「練習するにつれて／隨著練習」之意的是選項 2「したがって／隨著」。由動詞「したがう／隨著」，變化為句型「～にしたがって／隨著」時，意思就是「～につれて／隨著」。

▲ 各選項的正確用法，舉例：

2　日本語を勉強するにしたがって、漢字が好きになった。
隨著學習日語，我越來越喜歡漢字了。

＊4. 答案 3

A：「明天的爬山，帶便當和飲料去就行了吧？」
B：「是啊。不過，明天（恐怕）會下雨，傘還是帶著比較好吧。」

1 因為預定　　2 已預定
3 恐怕　　4 因為打算

▲ 這題的題意是擔心明天或許會下雨。表示擔心發生不好之事的詞語是選項 3「おそれがある／恐怕」。

▲ 選項 1 的「予定／預定」和選項 2「ことになっている／已預定」是「事先規劃接下來要做的事」的意思。選項 4 的「つもり／打算」是「事先就想要這麼做」的意思。天氣並非人為可以決定，因此選項 1、2、4 不正確。

▲ 各選項的正確用法，舉例：

1　午後は 3 時から会議の予定だ。
預定下午三點開始開會。

2　明日、開会式が行われることになっている。
已預定明天舉行開幕典禮。

3　この薬は眠くなるおそれがあるので、車の運転はしないでください。
因為這個藥恐怕會導致嗜睡，所以請不要開車。

4　夏休みはアルバイトをがんばるつもりだ。
暑假打算努力打工。

問題 2

＊5. 答案 1

今天媽媽生病了，於是 1 姐姐 3 代替媽媽煮了 2 好吃的 4 晚餐。

1 姐姐　2 好吃的　3 代替　4 晚餐

▲ 正確語順：今日は母が病気でしたので、母の　かわりに　姉が　おいしい　夕御飯を　作りました。

▲「かわりに／代替」之前是「な形容詞（形容動詞）＋な」，也就是說要注意「名詞＋の」的用法，由此可知此句是「母のかわりに／代替媽媽」。因為要表達「母ではなく～が／不是媽媽而是…」的意思，所以「～」的部分應填入和人物有關的「姉が／姐姐」，也就是「母ではなく姉が／不是媽媽而是姐姐」的意思。另外，「い形容詞（形容詞）」的「おいしい／好吃的」之後應該接名詞，而名詞的選項有「姉／姐姐」以及「夕御飯／

晚餐」，但是接在「おいしい」後面並且語意正確的應該是「おいしい夕御飯／好吃的晚餐」。題目的最後是「作りました／煮了」，所以要找究竟煮了什麼東西（對象），發現應該是「夕御飯を／晚餐」。

▲ 如此一來順序就是「3→1→2→4」，＿★＿的部分應填入選項1「姉が／姐姐」。

＊6. 答案 3

> 4 根據 向媽媽 2 打聽的結果，這一帶以前是河川。
> 1 × 2 打聽 3 × 4 根據

▲ 正確語順：母に 聞く ところ に よると、昔、この辺りは川だったそうです。

▲ 請留意「〜によると／根據」的用法。「によると」的前面必須是名詞，所以是「ところによると／根據…的結果」。又，「聞くところによると／根據打聽的結果」的意思是「聞いたことによると／根據打聽的結果」。

▲ 如此一來順序就是「2→1→3→4」，＿★＿應填入選項3「に」。

09 希望、願望、意志、決定、感情表現

問題1

＊1. 答案 1

> （為了）買新房子而拚命努力。
> 1 為了 2 因為 3 總是 4 雖說

▲「ように／為了」表示目的、願望等，後面可以接辭書形以及「ない形」。

▲ 選項2「ために／為了」表示原因、理由，其句型是「名詞＋の＋ために／為了」，所以不正確。選項3「ことに／總是」表示習慣。選項4「といっても／雖說」表示假定條件。如果填入選項3或選項4，句子的意思並不通順，所以不正確。

▲ 各選項的正確用法，舉例：

1 大学に合格できるように、毎日勉強している。
為了考上大學，每天都用功讀書。

2 大雪のために、電車が止まりました。
因為大雪，電車停駛了。

3 外から帰ったら、手を洗うことにしている。
從外面回到家後，總是先洗手。

4 駅まで遠いといっても、自転車で行けばすぐだ。
雖說到車站很遠，但騎腳踏車的話很快就到了。

＊2. 答案 3

> 小孩：「唉唷，今天又吃魚？我討厭魚啦！」
> 母親：「不要說這種話。很好吃的，你吃吃（看）嘛！」
> 1 試 2 正在 3 試試看 4 才剛

▲「みる／試試看」是以「〜てみる／試試看」的句型表達「ためしに〜する／嘗試做…」的意思。（ ）之後的「よ／嘛」是邀請對方的用法。本題的「みる」要用「て形」，因此選項3「みて／試試看」才是正確答案。

▲ 選項1「みる／試」是辭書形所以不正確。

▲ 各選項的正確用法，舉例：

1 新しくできたパン屋へ行ってみる。

去新開的麵包店瞧瞧。

2 赤ちゃんが寝ている。
小嬰兒正在睡覺。

3 このめがね、かけてみてよ。
試戴看看這副眼鏡。

4 さっき来たばかりだよ。
才剛到而已嘛。

＊3. 答案 3

> A：「狀況似乎不太好哦。看過醫生了嗎？」
> B：「嗯。醫生（要）我戒酒。」
> 1 因為　2 似乎　3 要　4 不必

▲ 帶有輕微命令語氣的詞語是選項 3「ように／要」。

▲「ように」的前面要用辭書形或是「ない形」。因此意思是「お酒をやめなさい／不要喝酒」。如果是選項 4「ことはない／不必」，意思會變成「お酒をやめなくてもいい／不必戒酒也沒關係」。

▲ 選項 1「から／因為」表示原因。選項 2「ようだ／似乎，好像」表示樣態或比喻。

▲ 各選項的正確用法，舉例：

1 友だちに、太ったのは、運動をしないからだと言われた。（太った原因は運動不足。）
朋友說我變胖都是因為沒運動。（變胖的原因是運動不足。）

2 姉は、風邪をひいたようだと言った。（たぶん、風邪をひいた。「ようだ」は様態。）
姐姐說她似乎感冒了。（大概是感冒了。「ようだ／似乎」表示樣態。）
彼女は歌が上手で、歌手のようだ。（歌手に似ている。「ように」は比況。）
他唱歌很好聽，好像歌手一樣。（很像歌手。「ように／好像」是比喻。）

3 母に、早く寝るようにと言われた。（早く寝なさい。）
媽媽要我早點睡。（早點睡。）

4 友だちは、あなたがあやまることはないと、言った。（あやまらなくていい。）
朋友說了，你沒什麼好道歉的。（不用道歉也可以。）

＊4. 答案 2

> 哎，口好渴。（好想喝）冰啤酒啊！
> 1 ×　2 想喝　3 喝吧　4 ×

▲ 表達自己的希望時用「たい／想」，而「たい」前面的動詞需接「ます形（連用形）」。

▲ 選項 1「飲めたい」、選項 4「飲むたい」不是「ます形」，所以不正確。選項 3「飲もう／喝吧」是勸誘的説法。

▲ 各選項的正確用法，舉例：

2 寒いね。温かいココアが飲みたいなあ。
好冷哦。好想喝熱可可啊！（自己的希望）

3 寒いね。喫茶店で温かいココアを飲もうよ。
好冷哦。去咖啡廳喝熱可可吧！（勸誘）

＊5. 答案 4

> A：「星期日早上的時間，未免約得太早了吧！」
> B：「還好啦！（只要是為了）打高爾夫，多早起床都沒問題。」
> 1 為了　2 由於…之故
> 3 因為　4 如果是為了

▲ 題目的意思是「為了打高爾夫球，早起也沒關係」。選項 4「ためなら／如果是為了」的「ため／為了」表示目的，「なら／如果」則表達出「如果是這樣」的想法。

▲ 選項 2 和 4 的「せい／因為」指出造成

某種結果的原因。

▲ 各選項的正確用法，舉例：

1 研究のために、外国へ行く。（研究の目的で。）
為了研究而出國。（目的為研究。）

3 弟のいたずらのせいで、携帯が壊れた。（携帯が壊れた原因。）
都怪弟弟惡作劇，手機壞了。（手機壞了的原因。）

4 彼女のためなら、何でもやるよ。（彼女のためだったら。）
只要是為了她，我什麼都願意做。（如果是為了她…。）

＊6. 答案 4

今年夏天絕對變瘦（給你看）！
1 看到了　2 似乎　3 得到　4 給你看

▲ 題目的意思是「今年夏天絕對會瘦下來」。所以（　）應填入表達強烈決心的選項4「みせる／讓…看」。「みせる」此處是「～てみせる／做給…看」的句型。

▲ 各選項的正確用法，舉例：

4 今年こそ合格してみせる。
今年絕對會合格給你看！

10 義務、不必要

問題 1

＊1. 答案 4

開車（光臨）的顧客，請絕對不要喝酒。
1 使用　2 拜訪　3 不來　4 光臨

▲ 請留意（　）的後面有「お客様／顧客」，由此可知（　）應該填入尊敬語。使用尊敬語的是選項4「いらっしゃる／光臨」。「いらっしゃる」是「来る／來」、「行く／去」、「いる／在」的尊敬語。

▲ 選項2「伺う／去、拜訪」是「行く／去」、「訪問する／拜訪」的謙讓語。

▲ 各選項的正確用法，舉例：

2 父は午後に伺う予定です。
家父將於下午前往拜訪。（「行く／去」的謙讓語。）

4 もうすぐ社長がこちらにいらっしゃるでしょう。
總經理即將蒞臨吧？（「来る／來」的尊敬語。）

＊2. 答案 2

有任何問題都歡迎洽詢負責人。
1 做　2 請做　3 請您做　4 您做

▲「お～になる／請您做…」、「ご～になる／請您做…」用於尊敬地描述對方的動作。「ください／請」是「そのようしてほしい／希望你這樣做」的禮貌說法。「ください」前面必須是「て形」，因此，以選項2「になって」最恰當。

▲ 各選項的正確用法，舉例：

2 お好きなものをお食べになってください。
若有合您胃口的食物請盡情享用。（「食べてください／請吃」的尊敬用法。）
お好みの色をお選びになってください。
敬請選擇您喜歡的顏色。（「選んでください／請選擇」的尊敬用法。）

＊3. 答案 1

想結婚就（不得不得到）父母的同意。
1 不得不得到　2 必須使　3 不能　4 ×

▲（　）前面是「認めて／同意」，請留意這是「て形」。可以接在「て形」後面的是選項1「もらわないわけにはいかない／不得不得到」。「～わけにはいか

ない／不能…」用於表示「不可以做…」的意思。題目的意思是「如果父母不同意的話就不能結婚」。

▲ 各選項的正確用法，舉例：

1 進学するには、学費を親に出してもらわないわけにはいかない。（学費を親に出してもらわないと、進学できない。）
要升學，就不得不麻煩父母出學費。（父母不出學費的話，就無法升學。）

3 今日は試験があるから、欠席するわけにはいかない。（欠席することはできない。）
因為今天有考試，所以不能缺席。（不可以缺席。）

問題 2

＊4. 答案 3

明天就要開始考試了，所以今晚 3 2 總不能 1 不 4 念書。

1 不　2 不能　3 總（是）　4 念書

▲ 正確語順：明日から試験なので、今夜は 勉強 しない わけには いかない。

▲ 請留意「～わけにはいかない／不能…」的用法。這裡「～わけ」的用法是接在動詞的連體形、「ない形」、「ている形」、使役形之後。題目中將其接在「ない形」的「勉強しない／不念書」後面，意思是「勉強しないことはできない／總不能不念書」。

▲ 如此一來順序就是「4→1→3→2」，＿★＿應填入選項 3「わけには／總（是）」。

＊5. 答案 4

今年 4 將要 2 進入我們公司的 3 女生是 我大學時期的朋友。

1 ×　2 進入我們公司　3 女生　4 將要

▲ 正確語順：今年 入社する ことに なった 女性は 私の大学の友だちです。

▲ 請留意「～ことになった（なる）／被決定…」的用法。因為「こと」要接在連體形或「ない形」的後面，所以是「入社することになった／將要進入我們公司的」。以「入社することになった／將要進入我們公司的」作為連體修飾語，修飾「女性は／女性」。

▲ 如此一來順序就是「2→1→4→3」，＿★＿應填入選項 4「なった／將要」。

＊6. 答案 3

因為非常方便，3 請 4 務必 3 試用看看。

1 ×　2 ×　3 請…試用看看　4 務必

▲ 正確語順：とても便利ですので、ぜひ お試し に なって ください。

▲ 請留意「お・ご～になる／您做…」這種敬語用法。（「お／ご」＋「ます形」刪去「ます」＋になる）就是敬語用法了。例如：「お待ちになる（您稍候）／ご出席になる（您出席）。」因為題目最後有禮貌的請求「ください／請」，由此可知是「お試しになってください／請您務必試用看看」，並加上有強調作用的「ぜひ／務必」。

▲ 如此一來順序就是「4→3→2→1」，＿★＿應填入選項 3「お試し／請…試用看看」。

11 條件、假定

問題 1

＊1. 答案 4

A：「你知道哪裡有不錯的牙醫嗎？」
B：「唉呀，牙痛嗎？（去）車站前的田中牙科（看看如何呢）？」

1 不是要去嗎　　2 去給看
3 就算去了恐怕也　　4 去…看看如何呢

▲ 請記住「V（動詞）＋たらどう？／要不要…呢」的用法。首先「行く／去」接上有「ためしに～する／嘗試…」意思的「みる／試看看」，變成「行ってみる／去看看」。然後，接在「たら／的話」後面變成「行ってみたら／去看看的話」。另外在句子的最後接上「どう／如何」。「どう」是「どうですか／如何呢」的簡略說法，含有推薦對方的意思。選項４「行ってみたらどう／去看看的話如何呢」也就是推薦對方前往的語氣。

▲ 各選項的正確用法，舉例：

4　京都（きょうと）のお寺（てら）に行（い）ってみたらどう（ですか）？
　去看看京都的寺院如何？

＊2. 答案 2

唉呀，感冒了嗎？（如果）發燒的溫度（很高），還是去醫院比較好哦。

1 很高時　　2 如果很高
3 似乎很高　　4 雖說很高

▲ 只要接上「なら／如果」變成條件句。接上「なら」可表達「もしそうであれば／假如是那樣的話」的意思。選項２「高いようなら／如果很高」的「よう／那樣」是表示樣態的用法。

▲ 選項１「高いと／很高時」是「高い時は／很高的時候」的意思，但若使用「と」，請注意和「行ったほうがいいですよ／去比較好喔」一樣，不能用在表達說話者的意志、請託、命令、願望、禁止等意思的句子中。

▲ 各選項的正確用法，舉例：

2　遠（とお）いようなら電車（でんしゃ）で行（い）きましょう。
　如果很遠就搭電車去吧。

＊3. 答案 1

（即使）明天（下）雨，（還是）要去遠足。

1 即使下…還是　　2 如果下
3 因為下　　4 雖下了

▲ 請注意句首的「たとえ／即使」。本題考的是「たとえ～ても／即使…還是」這一用法。「～ても／即使…也」是用於逆接的句型，意思就是「たとえ～であろうと／即使…是這樣」。整句話的意思是「たとえ、雨が降ろうとも、遠足は行われる／即使下雨，還是要去遠足」，因此正確答案是選項１「降っても／即使下還是」。

▲ 選項２「降ったら／如果下」和選項３「降るので／因為下」，後面都沒辦法接「遠足は行われます／要去遠足」，所以不正確。選項４「降ったが／雖下了」則因為本題敘述的是明天的事情，不用過去式，所以不正確。

▲ 請多留意「ても／即使…也」和「たら／如果」的用法。

▲ 各選項的正確用法，舉例：

1　雨（あめ）が降（ふ）っても、試合（しあい）は行（おこな）われる。
　即使下雨，比賽還是照常進行。

2　雨（あめ）が降（ふ）ったら、試合（しあい）は中止（ちゅうし）だ。
　如果下雨，比賽就會中止。

＊4. 答案 4

聽説人(只要)有水，就可以存活好幾天。
1 全是　2 ×　3 因為　4 只要

▲ 請注意(　)後面的「あれば／有」。以「～さえ～ば／只要…就」的句型表示「それ一つあれば他のものは求めない／只要這一樣，不求其他的」的意思。可以用「～だけ／只要…」替換。因此選項4「さえ／只要」是正確答案。

▲ 選項1「ばかり／全是」、選項2「は」、選項3「から／因為」後面都無法接「～ば」的句型。

▲ 各選項的正確用法，舉例：

4　パソコンさえあれば、一人でもたいくつしない。
只要有電腦，即使單獨一人也不覺得無聊。

＊5. 答案 4

A：「請問不管是誰都可以入會嗎？」
B：「是的，(只要)辦理手續，任何人都可以入會。」
1 做　2 不做的話
3 因為不做　4 只要做…的話

▲ 這題要考的是表示假定的「～ば／如果…的話」的用法。「する／做」的假定形是選項4的「すれば／只要做…的話」。請注意假定形的活用變化。

▲ 選項2「しないと／不做的話」後面不會接「さえ／只要…就行」。

▲ 各選項的正確用法，舉例：

4　薬さえ飲めば、熱は下がるでしょう。
只要吃藥，就會退燒了吧！（「飲む／喝」的假定形。）

＊6. 答案 3

(既然)當了老師，就希望成為值得學生信賴的老師。
1 對於　2 雖然　3 既然　4 剛…就

▲ 題目的意思是「先生になったのだから／因為當了老師」。「から／因為」表示理由，「には／對於」表示強調。

▲ 選項1「には」應該接名詞，所以不正確。選項2「けれど／雖然」是逆接(表示按前項事情推測，應得到某結果，然而卻發生了不同於預測的事情)的連接詞，若填入「けれど／雖然」則語意不通順。選項4「とたん／剛…就」的意思是「恰好在做某事的時候」。

▲ 各選項的正確用法，舉例：

1　彼の意見には、賛成できない。(「彼の意見」を強調。)
對於他的意見，我無法贊同。(強調「他的意見」。)

2　何度も読んだけれど、意味がわからない。(何度も読んだが。)
雖然讀過好幾遍了，但還是不懂。(雖然讀了很多遍。)

3　約束したからには、絶対に来てね。(約束したのだから。「約束した」ことを強調。)
既然約好了，就一定要來哦！（因為已經約好了。強調「約好了」。)

4　家に帰ったとたん、電話がなった。(家に帰ったちょうどその時。)
一回到家的時候，電話就響了。(就在踏進家門的時候。)

12 規定、慣例、習慣、方法

問題 1

＊1. 答案 2

房間這麼髒亂，看來是沒辦法（邀請）朋友來玩了。
1 邀請　2 邀請　3 邀請　4 邀請

▲（　）中要填入帶有「呼ぶことができる／可以邀請」意思的可能動詞。「呼ぶ／邀請」的可能動詞是「呼べる／可以邀請」，但是要注意（　）後面有「そう／看來是」。這時候，必須以連用形放在具有「そのように思われる／被這樣想」意思的「そう（だ）」前面，而「呼べる／邀請」的連用形是選項２「呼べ／邀請」。

▲ 選項３「呼べる」是終止形也是連體形，所以不正確。

▲ 各選項的正確用法，舉例：

2　日本の小説は読めそうもない。
日本的小說恐怕讀不懂。（可能動詞「読める／可以讀」的連用形）

＊2. 答案 2

A：「暑假打算怎麼過？」
B：「我（要）去鄉下的叔叔家。」
1 似乎　2 要　3 好像　4 不必

▲ 當已經預先決定的時候，可用「～ことになっている／（決定）要…」的句型。「ことになっている」的前面要用辭書形或「ない形」。「行くことになっている／要去」也就是「行くことに決まっている／決定要去」的意思。

▲ 各選項的正確用法，舉例：

1　太郎は来週北海道へ行くらしいよ。（はっきりとは言えないが、たぶん行くだろう。）
太郎似乎下週要去北海道喔。（沒辦法確定要去，但大概會去吧。「らしい／似乎」表示推測。）

2　明日、振り込みをすることになっているんだ。（振り込みをすることが決まっている。）
明天將會轉帳。（確定會轉帳。）

3　食事のしたくができたようだよ。（はっきりしないが、したくができた。）
餐點好像已經準備就緒了喔。（雖然沒有把握，應該準備好了。「ようだ／好像」表示樣態。）

4　あなたが出席することはないよ。（出席しなくてよい。）
你用不著出席喔。（不必出席。）

＊3. 答案 1

雖因骨折而住院一陣子，終於（可以）靠自己的力量（走路）了。
1 可以走路　2 ×　3 ×　4 ×

▲「～ようになる／變得…」的意思是「變成…的狀態」。「ようになる／變得」前面的動詞必須是辭書形。因此，正確答案是選項１「歩ける／可以走」。「歩ける」是可能動詞，意思是「可以走路」。

▲ 各選項的正確用法，舉例：

1　ようやく、漢字を書けるようになった。（書ける状態になった。）
終於會寫漢字了！（變成了會寫的狀態。）
日本の歌を歌えるようになった。（歌える状態になった。）
學會唱日本歌了！（變成了會唱的狀態。）

＊4. 答案 1

我小學的時候，由於媽媽（經常）不在家，所以都是自己做飯。
1 經常　2 經常的　3 身為　4 時期

▲ 題目的意思是「媽媽常常不在家」。選項 1「がち／經常」的意思是「經常發生那種事、經常那樣」。

▲ 選項 2「がちの／經常的」後面不會接「だった」，所以不正確。「がちの」後面要接名詞。

▲ 各選項的正確用法，舉例：

1 最近、荷物の配達が遅れがちだ。（遅れることが多い。）
最近，包裹的配送時常延誤。（經常延遲。）

2 雨がちの天気で、洗濯物が乾かない。（雨が多い天気。）
常下雨的天氣，衣服不容易乾。（多雨的天氣。）

3 教師の職業がら、子どもが好きだ。（教師という立場上。）
身為老師之職，我喜歡孩子。（站在老師的立場。「がら／身為」表示一個人的性質、態度、立場。）

4 小学生の頃、東京に住んでいた。（小学生の時。）
小學時期，我曾住過東京。（小學的時候。「頃／時期」表示大約那個時候。）

問題 2

＊5. 答案 1

不管別人説什麼，我都 1不 4在意。
1 不　2 ×　3 在　4 意

▲ 正確語順：なんと言われても、気に しない ことに して いる。

▲ 因為題目最後有「いる」，由此可知前一格要填入「て形」的「して／在」。另外，因為「～ことにする／決定…」要接在動詞的連體形、「ない形」的後面，這裡要將「気にする／在意」改成「ない形」，填入「気にしない／不在意」。

▲ 如此一來順序就是「4→1→2→3」，＿★＿應填入選項 1「しない／不」。

＊6. 答案 4

2如果 1努力 4做到 每天 3練習，就能把鋼琴彈得很好。
1 努力　2 如果　3 練習　4 做到

▲ 正確語順：毎日 練習する ように する と ピアノも上手に弾けるようになります。

▲ 請留意「～ようにする／努力做到…」的句型，接在動詞之類的連體形之後，用於表達習慣或努力。連接之後變成「練習するようにする／如果努力做到練習」。另外，表示條件的「と／如果」前面是普通形，也就是「すると／如果做到」。

▲ 如此一來順序就是「3→1→4→2」，＿★＿應填入選項 4「する」。

13 並列、添加、列舉

問題 1

＊1. 答案 1

母親：「唉呀，姐姐還沒回來嗎？」
妹妹：「姐姐（好像）要和朋友吃過晚餐才會回來哦！」
1 好像　2 打算
3 如果那樣　4 像…一樣的

▲ 妹妹猜測「（姉は）はっきりはわからないが、ご飯を食べてから帰るだろう／雖然不確定（姐姐的）行程，但是應該會吃完飯再回來」。選項 1「らしい／好像」可用於表達覺得大概是這樣。

▲ 選項 2「つもり／打算」是表達自己打算這樣做，所以不正確。請留意「つも

り」的用法。選項４「ような／像…一樣的」是錯誤的活用用法，所以不正確。

▲ 各選項的正確用法，舉例：

1　彼は会社をやめるらしいよ。
　他好像要辭職唷。

2　わたしは将来医者になるつもりよ。
　我打算將來成為醫師喔。

＊2. 答案 1

氣象預報説了，「明天是晴天，（依據）地區（不同）有雨。〈亦即：局部地區有雨〉」
1 依據　2 在…方面　3 若是　4 關於

▲「ところにより／根據不同地區」是氣象預報的常用語，請記下來吧！「ところ／地區」是指「地域、地方／地區、地方」。題目的意思是因地區的不同某些地區會下雨。

▲ 各選項的正確用法，舉例：

1　明日は、ところにより、雪になるでしょう。
　明天部分地區可能會下雪。

＊3. 答案 2

我小學的時候，從來沒有生過大病（像樣的病）。
1 像是　2 像　3 似乎　4 好像

▲ 題目的意思是「沒有得過被普遍認為是重病的疾病」。如本題，表示擁有普遍被認可的特徵的詞語是選項２「らしい／像」。

▲ 選項１「らしく／像是」的詞尾變化不正確。選項３「みたいな／似乎」和選項４「ような／好像」都用於表達相似的樣子。

▲ 各選項的正確用法，舉例：

2　最近、雨らしい雨は降っていない。
　最近沒下什麼大雨。

3　父は、グローブみたいな手をしている。（グローブに似ている。）
　爸爸的手宛如棒球手套。（像棒球手套。）

4　お城のようなホテルに泊まった。（お城に似ている。）
　當時住在像城堡一樣的飯店。（和城堡相似。）

＊4. 答案 3

只要練習，你也（能夠）輕鬆游完一公里。
1 像是　2 的是　3 能夠　4 的樣子

▲「〜ようになる／變得能夠…」用來表示「變成…的狀態」。題目的意思是「變成會游泳的狀態」。「ようになる」前面要接辭書形。

▲ 各選項的正確用法，舉例：

3　漢字を 500 ぐらい書けるようになった。（書ける状態になった。）
　已經會寫大約 500 個漢字了。（變成會寫的狀態。）

＊5. 答案 2

聽説她哥哥有副好體格（就不用説了），個性也非常好喔。
1 雖然好
2 就不用説了（自不待言、當然）
3 不好　4 明明好

▲「もちろん／當然」在句子中通常以「〜はもちろん〜／…就不用説了」的方式呈現，表示「事實清楚的擺在眼前，沒必要説」。題目的意思是「當然也有副好體格」。

▲ 各選項的正確用法，舉例：

2　あの旅館は、料理の味はもちろん、サービスもよい。（もちろん料理の味もよい。)
那間旅館，美食當然沒話說，就連服務也是一流。(當然料理也好吃。)

問題 2

＊6. 答案 4

就讀高中的兒子說他想去紐西蘭住在寄宿家庭。我雖想 4 讓 孩子 2 去做 他 1 3 想做的事，難免有點擔心。
1 想…的事　2 去做　3（希望）做
4 讓【3- 1したいと思うことは，想做的事】

▲ 正確語順：高校生の息子がニュージーランドにホームステイをしたいと言っている。私は、子どもが したいと 思うことは させて やりたいと思うが、やはり少し心配だ。

▲ 首先，請留意選項 1 的「思う／想」前面應該是表示內容或引用的「と」。由此可知連接後變成「したいと思うことは／想做的事」。接著再掌握使役形「させてやりたい／讓他做」的用法，表示允許對方的行為。

▲ 如此一來順序就是「3→1→4→2」，　★　應填入選項 4「させて／讓」。

14 比較、對比、逆接

問題 1

＊1. 答案 1

她（明明）從台灣剛來不久，日語卻說得非常好。
1 明明　2 因為　3 之類的　4 等等

▲ 題目的意思是「如果剛來日本不久（一般而言，）日語可能不太好，但她卻說得很好」。像這樣要在後文敘述與預想相左的事項，可用「のに／雖是」。

▲ 選項 2「ので／因為」表示原因或理由。選項 3「なんて／之類的」用於舉例時。選項 4「など／等等」用於舉出數個事例，並且還有其他項目的時候。

▲ 各選項的正確用法，舉例：

1 春になったのに、まだ寒い。(予想と違っている。)
明明已經春天了，卻還很冷。(和預想不同。)

2 雪なので、外出はやめよう。(雪のため。)
因為下雪，不要外出了吧。(下雪的緣故。)

3 おみやげにケーキなんてどうかな。
(たとえばケーキ。)
買蛋糕之類的伴手禮不知道好不好呢？
(例如蛋糕。)

4 鉛筆や消しゴムなどは、文房具だ。
(鉛筆、消しゴムのほかに、ノート・ボールペン…などがある。)
鉛筆或橡皮擦等等屬於文具。(除了鉛筆、橡皮擦，其他還有筆記本、原子筆…等等。)

＊2. 答案 3

（明明）已經拚命練習了，結果第一回合就輸了。
1 應該是這樣所以　2 該不會
3 明明應該是　4 打算

▲ 題目的意思是「雖然拚命練習了，然而第一回合就輸了」。因此，(　) 應填入逆接（表示依照前面事項推測，應得到某種結果，然而卻發生了不同於預測的狀況）的連接詞。逆接的連接詞是選項 3「はずなのに／明明應該是…」中的「のに／明明」。「はず／理應」意思是「一定會如此」。題目呈現的心情是「因為拚命練習了，所以我以為一定會贏」。

▲ 選項 1「はずだから／應該是這樣所以」的「から／所以」是順接（表示前述事

項可以自然連接到後述事項）的連接詞。

▲ 各選項的正確用法，舉例：

1　荷物を何度も確認しておいたはずだから、忘れ物はないでしょう。
因為行李已經檢查過好幾遍了，應該沒有漏掉的物品吧。（順接）

3　集合時間を何度も言っておいたはずなのに、彼は来なかった。
明明應該再三提醒過集合時間了，結果他卻沒來。（逆接）

問題 2

＊3. 答案 3

再沒有像姊姊做的點心 2 那樣 4 好吃 3 的 了。
1 ×　　2 那樣　　3 的　　4 好吃

▲ 正確語順：姉が作るお菓子　ぐらい　おいしい　もの　は　ない。

▲ 請留意「A ぐらい B はない／沒有像 A 那樣…的 B 了」的句型。A 處和 B 處應填入名詞，意思就是「A がいちばん B だ／A 是最 B 的」。選項之中，符合 A 的是「（姉が作る）お菓子／（姊姊做的）點心」，而符合 B 的是「もの／的」。由此可知「お菓子／點心」之後應該是「ぐらい／那樣」。由於「おいしい／好吃」是形容詞，也就是用來形容「もの／的」。題目的意思是「姉が作るお菓子がいちばんおいしい／姐姐做的點心是最好吃的」。

▲ 如此一來順序就是「2 → 4 → 3 → 1」，＿★＿應填入選項 3「もの／的」。

＊4. 答案 4

她一定 3 連 身為知心好友的 3 我 都 1 無法商量，4 獨自一人 2 煩惱不已。
1 無法商量　　2 煩惱不已
3 連我　　4 獨自一人

▲ 正確語順：彼女は親友の　私にも　相談できずに　一人で　悩んで　いたに違いない。

▲ 請觀察空格的前後部分，尋找正確答案吧！因為前面是「親友の／知心好友的」，所以下一格應該接名詞。名詞的選項有「私にも／連我」和「一人で／獨自一人」，符合文意的是「私にも／連我」，因此可知是「親友の私にも／連知心好友的我」。接著，尋找可以表示「親友の私にも」的動作的動詞，發現了「相談できずに／無法商量」。又因為最後一個空格之後接的是「いた」，所以前一格應為「て形」的詞語。由此可知是「悩んでいたに違いない／一定煩惱不已」。最後剩下的「一人で」就放在「悩んでいた／煩惱不已」的前面。

▲ 如此一來順序就是「3 → 1 → 4 → 2」，＿★＿應填入選項 4「一人で」。

＊5. 答案 2

剛才 2 專程 去了牙科，沒想到記錯 4 預約 3 的 1 時間 了。
1 時間　　2 專程　　3 的　　4 預約

▲ 正確語順：さっき歯医者に行った　のに　予約　の　時間を　間違えていました。

▲ 請留意表示逆接意思的「のに／專程」。「のに」的前面必須是普通形，由此可知「のに」的前面接的是「さっき歯医者に行った／剛才專程去了牙科」。又因為「の／的」的作用是連接兩個名詞，因此合起來就變成「予約の時間を／預約的時間」。題目最後「間違えていました／

記錯」的對象只可能是「時間を／時間」，所以連接後變成「予約の時間を間違えていました／記錯預約的時間」。

▲ 如此一來順序就是「2→4→3→1」，＿★＿應填入選項2「のに」。

＊6. 答案 1

> 他既有悠哉 1 的一面，2 也 有 3 性急 2 的一面。
> 1 的一面　2 也…的一面　3 性急　4 ×

▲ 正確語順：彼は、のんびり　している　反面　気が短い　ところも　あります。

▲「のんびり／悠哉」是表示性格的詞語，寫成「のんびりしている」。「反面／的一面」是「一方／另一方面」的意思，接在普通形之後，所以是「のんびりしている」。而「反面」的後面應該接與「のんびりしている」相反的「気が短い／性急」。並且「ところ」在這裡是「部分、點」的意思，因為要將「のんびり」和「気が短い」這兩個性格並列，所以要寫「ところも／也…的一面」。

▲ 如此一來順序就是「4→1→3→2」，＿★＿應填入選項1「反面／的一面」。

15 限定、強調

問題 1

＊1. 答案 2

> （在百貨公司挑選衣服）
> 客人：「我想找可愛的長裙。」
> 店員：「那麼，（類似）這種款式您喜歡嗎？」
> 1 ×　2 類似　3 光是　4 在

▲「など／類似」是「從眾多選項中舉出一例，委婉告訴對方要不要這個決定時使用的表達方式」。題目中，店員用「これなどいかがでございますか／類似這種款式您喜歡嗎」的句型推薦。

▲ 各選項的正確用法，舉例：

1 これが私の宝物だ。
　這是我的寶物。

2 デザートにケーキなどいかがですか。
　甜點吃蛋糕好嗎？

3 彼は野菜を食べず、肉ばかり食べている。
　他都不吃青菜，光吃肉。

4 駅前にデパートがある。
　車站前有百貨公司。

＊2. 答案 2

> A：「去夏威夷旅行，好玩嗎？」
> B：「（到處都是）日本人，完全不像到了國外呢。」
> 1 像是　2 光是　3 左右　4 到

▲ 題目以「日本人ばかり／到處都是日本人」表示有許多日本人。這時候「ばかり／全都是」也可以替換成「だけ／只有」。

▲ 各選項的正確用法，舉例：

1 これ、ほんものみたいだ。
　這個好像是真的。（此處的「みたい／像是」是指「～のようだ／就像是」。）

2 言うばかりで、実行しない。
　光說不練。

3 会議は 50 人ほど出席します。
　大約有五十人左右將要出席會議。（此處的「ほど／左右」表示大概的數目。）

4 駅まで歩くと 15 分かかる。
　走到車站要花十五分鐘。（此處的「まで／到」表示到達的場所。）

＊3. 答案 3

和她分手這種事，(光是)想像就覺得很傷心。
1 因為　2 由於　3 光是　4 如果

▲ 題目要表達「想像する、それだけで悲しくなる／光是想像就覺得很悲傷」的意思。「だけ／光是」是表現範圍的用法。因此選項3「だけで／光是」才是正確答案。

▲ 各選項的正確用法，舉例：

3　見(み)るだけで、買(か)わない。
只是看看，不買。

＊4. 答案 3

A：「這個抽屜裡放了什麼呢？」
B：「(只)放了照片」
1 全是　2 ×　3 只　4 在

▲ 請注意「だけしか～ない／僅僅只有…」的用法。「だけ／僅僅」後面接「しか／只有」用於強調「だけ／僅僅」。「写真だけしか入っていない／僅僅放了照片」是指「写真だけ入っている／只放了照片」。請注意，「だけしか／僅僅只有」後面的動詞必須是否定形。

▲ 選項1「ばかり／全是」不會接「しか／只有」。

▲ 各選項的正確用法，舉例：

3　そのことは母(はは)だけが知(し)っている。
那件事只有媽媽知道。
そのことは母(はは)だけしか知(し)らない。
那件事僅僅只有媽媽知道。

＊5. 答案 3

A：「為什麼喜歡這件衣服？」
B：「因為它(不僅)可愛，(還)很好穿。」
1 只是　2 因為　3 不僅…還…　4 到

▲ 題目中説明喜歡這件衣服的理由是「かわいい／可愛」、「着やすい／好穿」。如同本題，除了一項之外，還想再説另一項時，可以用「～だけでなく／不僅…還…」的句型。

▲ 各選項的正確用法，舉例：

1　安(やす)いだけで、おいしいとは言(い)えない。
只是便宜，算不上好吃。(僅限於「安い／便宜」。)

2　天気(てんき)がいいので、公園(こうえん)へ行(い)こう。(理由(りゆう)を述(の)べている。)
因為天氣晴朗，我們去公園吧！(陳述理由。)

3　彼(かれ)はやさしいだけでなく、頭(あたま)がいい。
他不僅溫柔，還很聰明。

4　店(みせ)は10人(にん)までで、満席(まんせき)です。(10人(にん)以内(いない)である。)
這家店最多只能容納到十個人就客滿了。(十人以內的意思。)

＊6. 答案 2

聽説這次的考試內容，(不僅限於)第一學期的課程範圍，包括第二學期的範圍也會出題。
1 只限　2 不僅限於　3 大約　4 沒有那麼…

▲ 題目的意思是考試的出題範圍包括第一學期和第二學期這兩部分。不限於一項的句型是「～だけでなく～／不僅…還…」。因此，正確答案是選項2。

▲ 選項1「だけ／只限」是只限於其中一項的詞語。選項3「くらい／大約」用於表示大約的數量或程度(請參考例句的用法)。選項4「ほどでない／沒有那麼…」用於表達「不像…那麼」的感覺。

▲ 各選項的正確用法，舉例：

1　引っ越しを自分だけでする。（自分一人。）
我將自己一個人搬家。（獨自一人）

2　このかばんは軽いだけでなく、丈夫だ。（軽いし、丈夫。）
這只提包不僅輕巧，還很耐用。（輕巧又耐用。）

3　料理を半分くらい残した。（だいたい半分。）
菜餚剩了大約一半。（大約一半。）

4　今年の暑さは、去年ほどでない。（去年よりも暑くない。）
今年沒有去年那麼熱。（不比去年熱。）

16 許可、勸告、使役、敬語、傳聞

問題 1

＊1. 答案 1

學生：「老師，下周日可以去老師家（拜訪）嗎？」
老師：「哦，可以啊。」
1 拜訪　2 前去　3 ×　4 ×

▲ 因為是學生向老師說話，要表現出對老師的尊敬，（　）的部分應填入「行く／去」、「訪問する／拜訪」的謙讓語。「行く」的謙讓語是「伺う／打擾」或「参る／拜訪」，但是選項３「参られて」以及選項４「伺われて」並沒有這樣的說法，所以不正確。選項２「行かれて／前去」是「行く」的尊敬語因此不正確。所以，選項１的「伺って／拜訪」才是正確答案。

▲ 各選項的正確用法，舉例：

1　明日、私は部長のお宅に伺う予定です。（謙譲語）
明天我會去經理的府上拜訪。（謙讓語）

2　先生は講演会に行かれています。（尊敬語）
老師將前往演講會。（尊敬語）

3・4　是不適切的說法。

＊2. 答案 4

這是我第一次自己做點心，請（享用）。
1 吃　2 被請吃　3 想吃　4 享用

▲ 向客人推薦料理時，要用「食べる／吃」的尊敬語。「食べる」的尊敬語是「召し上がる／享用」。因為後面接的是「ください／請」，所以應該用「て形」，變成「召し上がって／請享用」。因此，選項４為正確答案。

▲ 選項１「いただいて／吃」是「食べる」的謙讓語，所以不正確。

▲ 各選項的正確用法，舉例：

4　夕食は何を召し上がりますか。
晚餐想吃什麼呢？

＊3. 答案 4

糟糕，弟弟（被）狗（咬了）！
1 咬了　2 ×　3 ×　4 被咬了

▲ 題目的意思是「犬が弟をかんだ／狗咬了弟弟」。當主語是弟弟的時候，「かむ／咬」必須使用被動形。「かむ」的被動形是「かまれる／被咬」。因此正確答案是選項４「かまれた／被咬了」。

▲ 選項１「かんだ／咬了」的主語是狗，所以不正確。選項２「かまられた」以及選項３「かみられた」則是被動式的錯誤變化。

＊4. 答案 1

老師正在（做）什麼研究呢？
1 做　2 ×　3 ×　4 ×

▲ 因為是在敘述關於老師的事，所以要用尊

敬語。「する／做」的尊敬語是「される／做」。因此正確答案是選項１「されて」。

▲ 選項２「せられて」、選項３「しられて」、選項４「しれて」都是敬語的錯誤變化，所以不正確。

▲ 各選項的正確用法，舉例：

1　先生はどんな本を書かれているのですか。
　請問老師正在撰寫什麼樣的書呢？
　（「書く／寫」的尊敬語。）

＊5. 答案 3

媽媽：「晚餐想吃什麼？媽媽還沒決定哦。」
小孩：「那（讓）我來（決定），就吃咖哩好了！」
１決定　２規定　３讓…決定　４被決定

▲ 題目的意思是我來決定、希望由我決定。像這樣表示請託時要用使役形。因此，正確答案是「決める／決定」的使役形，也就是選項３「決めさせて／讓…決定」。請記住請託句型的最後面要接「ください／請」。至於選項４「決められて／被決定」是被動式，所以不正確。

▲ 各選項的正確用法，舉例：

3　次はわたしに歌わせてください。（使役形）
　接下來請讓我為大家獻唱一曲。（使役形）

4　たばこを吸っていい場所は決められています。（受身形）
　吸菸必須在指定區域之內。（被動形）

＊6. 答案 4

老師畫的那幅大作，可以（讓）我（拜見）嗎？
１拜見　２看　３如果拜見　４讓…拜見

▲ 題目的意思是「想看老師畫的大作」。這是對師長表示敬意、使用敬語拜託對方的用法。「見る／看」的謙讓語是「拝見する／拜見」。因此，（　）應填入「拝見する／拜見」的使役形「拝見させる／使拜見」。另外，因為句尾是「いただけますか／可以嗎」，「拝見させる／讓拜見」應轉成「て形」，填入「拝見させて／讓拜見」。

▲ 各選項的正確用法，舉例：

4　先生が撮られた写真を、拝見させていただけますか。
　可以容我拜見老師拍攝的照片嗎？

Index 索引

い

う

お

か

き

く

こ

さ

し

せ

た

つ

て

と

な

に

の

は

MEMO

心智圖 絕對合格 全攻略！
新制日檢！
N3 必背必出文法 (25K+MP3)

絕對合格 31

● 發行人 林德勝

● 著者 吉松由美・田中陽子・西村惠子・大山和佳子・山田社日檢題庫小組

● 出版發行 山田社文化事業有限公司
地址 臺北市大安區安和路一段112巷17號7樓
電話 02-2755-7622 02-2755-7628
傳真 02-2700-1887

● 郵政劃撥 19867160號 大原文化事業有限公司

● 總經銷 聯合發行股份有限公司
地址 新北市新店區寶橋路235巷6弄6號2樓
電話 02-2917-8022
傳真 02-2915-6275

● 印刷 上鎰數位科技印刷有限公司

● 法律顧問 林長振法律事務所 林長振律師

● 定價+MP3 新台幣349元

● 初版 2021年 6 月

© ISBN : 978-986-246-614-8